생텍쥐페리,
삶과 죽음을 넘어

생텍쥐페리, 삶과 죽음을 넘어
© 작가와비평, 2020

1판 1쇄 인쇄_2020년 5월 21일
1판 1쇄 발행_2020년 5월 31일

지은이_앙투안 마리 로제 드 생텍쥐페리
옮긴이_설영환
펴낸이_홍정표
펴낸곳_작가와비평
　　　등록_제2018-000059호
　　　이메일_edit@gcbook.co.kr

공급처_(주)글로벌콘텐츠출판그룹
　　　대표_홍정표 이사_김미미
　　　편집_김수아 이예진 권군오 홍명지 기획·마케팅_노경민 이종훈
　　　주소_서울특별시 강동구 풍성로 87-6
　　　전화_02) 488-3280 팩스_02) 488-3281
　　　홈페이지_http://www.gcbook.co.kr

값 13,800원
ISBN 979-11-5592-245-3 03860

Écrits de guerre

생텍쥐페리,
삶과
죽음을
넘어

앙투안 마리 로제 드 생텍쥐페리 지음 | 설영환 옮김

작가와비평

| 차례 |

생텍쥐페리의 영혼과 고뇌 ∘∘∘∘∘ 6

1939 ∘∘∘∘∘∘ 17

1940 ∘∘∘∘∘∘ 55

1941 ∘∘∘∘∘∘ 87

1942 ∘∘∘∘∘∘ 117

1943 ∘∘∘∘∘∘ 139

1944 ∘∘∘∘∘∘ 257

다시 인간의 자리를 생각하며 ∘∘∘∘∘∘ 299

생텍쥐페리의 영혼과 고뇌

세계에서 가장 이른 시기의 우편물 배달 비행사였고, 2차 대전 중에는 전투 비행사였으며 여러 권의 베스트셀러 작가이기도 한 생텍쥐페리는 오늘날 전 세계에서 어린이들을 위한 잊지 못할 짧은 동화『어린 왕자(Le Petit Prince, The Little Prince)』의 작가로 잘 알려져 있다. 비행 모험을 엮은 초기의 책들은 판을 거듭하여 왔고, 아직도 문고판으로 팔리고 있다. 그것들은 초기 비행의 고전적 문학으로 남겠지만 결코 한 시대나 한 가지 전문적인 일에만 국한되어 있지는 않다.

지난 50년 동안 비행은 철저하게 변화되어 왔다. 하지만 인간의 가치는 영구적인 중요성을 갖고 있다. 모래와 그리고 별들, 땅 위의 하늘을 나는 저자의 이 서사시적인 이야기는 놀라울 정도로 시간을 초월한 관점을 반영한다. 전쟁이 일어나기 전에, 로켓이 발사되기 전에, 인간이 달을 여행하기 전에 써졌지만 그 책은 선견지명이 있는 호소를 했고 후에 많은 다른 이들에 의해서 그것은 반복되었다. 생텍쥐페리는 "나는 사람들에게 그들이 모두 같은 혹성에 살고 있고 같은 배에 타고 있다는 것을 열심히 말하기 위해 『바람과 모래 그리고 별들(Terre des hommes, Wind, Sand and Stars, 인간의 대지)』을 썼다."고 기술하고 있다.

1939년 『바람과 모래 그리고 별들』이 미국에서 출판되고 나서 곧 나의 남편과 나는 생텍쥐페리가 뉴욕에 있는 동안 만날 수 있는 행운을 갖게 되었다. 우리는 그때 롱 아일랜드 사운드에 살고 있었다. 나의 일기는 전쟁에 임박한 먹구름에 반대한 태평한 대화가 불꽃을 튀겼던 찬란한 8월의 주말을 상세하고 생생하게 회고하고 있다.

그 달 초에 우리는 내 출판 담당자를 통해 생텍쥐페리로부터 편지 한 통을 받았는데 거기에는 나의 책 『들어보라! 저 바람 소리!(Listen! The Wind.)』의 불어번역판을 위해 그가 쓴 서문이 포함되어 있었다. 그 편지에는 그가 린드버그의 이름으로 책 앞에 붙일 한 페이지짜리의 정중한 서문을 쓰는 데 동의했다고 적혀 있었다. 그러나 대서양을 건너는 배 안에서 그것을 읽은 그는 출판사에 더 해야 할 말이 있다고 전보를 쳤고, 그것을 9페이지로 써서 동봉했던 것이다.

8월 4일자 내 일기의 기록을 보면 나는 그 서문이 극도로 아름답다는 것을 알았고 '그가 그 책에 부여한 중요성과 책의 분석에 대해서 뿐만 아니라, 그가 나를 파악해 왔다는 사실에 의해서도' 나는 감동을 받았고 몹시 놀랐다고 되어 있다.

8월 5일. 우리는 생텍쥐페리에게 전화를 했다. 그는 영어로 이야기 했다. 난 그와 이야기를 나눌 필요가 있었다. 얼마나 기대에 부푸는 일인가! 그렇다. 그는 그날 밤 저녁식사를 하러 나오는 것을 기뻐한 것이었다. C가 뉴욕의 북부로 떠나 집으로 가는 길에 그를 데려올 것이다. 3시에 그가 전화를 걸어 그렇게 할 수가 없다고 했다. 내가 생텍쥐페리를 데리러 갈까?

나는 시내로 뛰어 들었다. 호텔에서 그들은 생텍쥐페리가 바에 있다고 말한다. 그는 -키가 컸고 약간 구부정했으며 머리가 조금 벗겨진 – 정말로 그다지 좋은 인상은 아닌 남자였다. 파악하기 힘든 얼굴이었고 그 견고함과 불가해(不可解)함에 있어서는 거의 슬라브인(Slav) 같았으며 그의 눈은 구석 쪽이 약간 추켜올려져 있었다.

오, 그 사람이다. 그렇지 않은가? 나는 전에 가끔씩 그를 본 적이 있다는, 심지어 만나기까지 했었다는 느낌을 받으며 혼란스러운 꿈을 꾸며 생각한다. 나는 그를 즉각 알아본다. 나는 늦은 것을 사과하고 우리는 함께 차가 있는 곳으로 가서 출발한다. 차가 멈추고 다시 나아가려 하지 않아 우리는 블록을 건너가지도 못했다. 그리고 그 시간 동안 내내 우리는 최고의 속도로, 실질적인 세부사항들에 대해 어떤 주의를 기울이는 것을 막는 일종의 격렬한 토론을 벌이고 있다. 그는 내 책에 대해서 이야기하고 있고 주머니에서 그 서문을 꺼낸다. 나는 불어로 말하려고 애쓰지만 언제나 헛된 노력으로 그치고 괴로워한다. 택시기사에게 차의 어디가 잘못되었는지를 처음에는 불어로 그리고 나서는 영어로 설명하려고 애쓴다.

"하지만 당신은 그 서문이 마음에 안 드시나 보군요?" 그는 어떤 시점에서 말한다.

"오. 아니에요. 아니에요." 나는 그를 안심시키려고 애쓴다. 나는 그의 글에 대한 겸손함과 내가 그것을 혹시 이해하지 못하지나 않았을까 불안해하는 그의 염려에 놀랐다.

주로 그렇게 이야기를 나누며 그 주말은 지나갔다. 나의 남편과 생텍쥐페리는 초기 비행 시절의 메모들을 비교했다. 그들은 당시의 위기, 즉 독일의 세력, 영국의 다음 행동, 프랑스의 잠재적인 힘 등에 대해 이야기했다. 피상적인 대화를 깨고 생텍쥐페리의 작품들 속의 더 깊은 관심사가 나왔다. 현대생활 속에서의 기계의 위치라는, 그는 '인간이 기계의 위에서 더 위대하고 숭고한 목적을 위해 그것을 도구로 사용하리라고' 낙관하고 있었다. 그는 한 인간의 성격을 형성하는 두 가지 요소인 위험과 고독에 대해서도 역시 말했다. 나는 일기에 이렇게 기록했다. '그에게는 무엇인가에 투신한 승려를 연상케 하는 절정의 엄숙함이 있다. 그것이 무엇일까?'

그리고 놀이에 대한 그의 감각은 또한 그 주말을 활기차게 했다. 친구의 집에서 카드놀이를 하며 우리는 어린애 같은 방법으로 우리의 속임수들을 즐겼다. 포치에 앉아 저녁식사를 하던 중에 내가 내 머리카락에서 6월에 날아다니는 곤충 한 마리를 잡아내 테이블 위에 올려놓자 그는 그것을 슬며시 집어 들고 관찰하는 것이었다. "이것은 날아가려고 무진장 애를 쓰고 있습니다." 그가 말했다. 그것은 날아서 겨우 그의 팔에 가 앉았다. 그것을 지켜본 그는 "그렇게 짧게 날아 서야 거의 아무런 소용이 없지요."라고 말했다.

그는 사막에 대해서 많은 이야기들을 했다. 그 아름다움과 그 위험은 신비롭게 서로 연관이 되었다. 이야기들은 그의 입을 통해 기이한 꽃들처럼 피어나 우리를 마법에 걸린 것처럼 만들었고, 우리가 어디 있으며 무엇을 하고 있는지를 망각하게 했다.

차를 타고 가는 동안 이러한 이야기들에 귀를 기울이던 나의 조심스런 남편은 넋이 빠져 가스를 다 써버리고 말았다! 그 사막은 확실히 생텍쥐

페리를 사로잡았던 것이다. 하지만 그가 프랑스에 뿌리를 둔 프랑스인이
라는 사실은 결코 지워질 수 없었다. 그는 향수에 젖어 그의 옛날 집이
있던 고향 마을에 대해 이야기했고 우리가 가서 보면 좋아할 곳들과 우리
와 만나게 해주고 싶은 사람들 이야기를 했다. 우리는 이어서 일리액과
우리의 황량한 브레톤 성에 대해 이야기했고 그를 그곳에 초대하고 싶다
고 했다. '이 변화하는 세계를 통해' 나는 이렇게 적고 있었다. '이런 일들
이 아무것도 실현되지 못할까봐 두렵다. 우리는 두려움만 가질 뿐 알지도
못하는 거대한 지각변동에 앞선 꿈같은 막간에 살고 있는 격이다.'

그 후로 다시는 그를 보지 못했지만 전쟁의 전야에 짧은 이러한
막간으로 인해 생텍쥐페리는 나에게 내가 그것을 통해 전쟁을 볼 수
있는 렌즈가 되었다.

전쟁은 최근 그 종말의 기념축제로 돌이켜 볼 때 이제 40년이 지난
옛 일이었다. 미국은 그때 이후 두 번의 전쟁을 겪었다. 우리는 오늘날
다른 문제들을 가지고 있다. 그것들 중 많은 것들이 생텍쥐페리가
예견했었던 것들이다. "일단 독일 문제가 해결되고 나면 그때는 우리
시대의 근본적인 문제 −즉 인류의 의미와 목적이라는− 가 생각 되어
져야 할 것입니다."

이 행동의 인간이며, 도덕주의자요, 영웅이 없는 시대의 영웅인 이
작가가 오늘의 우리에게 그의 마지막 작품들을 통해 말해야 했던 것
은 무엇일까? 확실히 그의 초기 찬미자들은 전쟁 중에 그가 겪은 일들
과 갈등, 그리고 믿음을 읽어내려 할 것이고 마지막으로 프랑스 정찰
임무를 띠고 비행하던 중 피격당한 그 풀리지 않는 수수께끼의 실마
리를 잡으려 할 것이다.

그를 모르거나 그를 잊은 사람들이 있다면 그들을 위해 아직도 어디서나 어린이들에게 읽어 주고 어른들에 의해 널리 읽혀지고 있는 그의 가장 유명한 작은 책을 다시 한 번 들여다보게 될 것이다.

그것은 무엇을 말하고 있는가? 그것이 유행하는 비결은 무엇인가? 왜 우리는 보편적으로 그것에 끌리고 있는가? 어린 왕자는 그의 작은 혹성에서 지구로 와 여러 다른 세계들과 짧은 접촉을 가진다. 이 외계의 왕국들에서 그가 발견하는 것들로 인해 혼란스러워하고 실망한다. 그는 오직 권위만을 가지려는 왕과 만나고, 박수갈채를 받기 위해 사는 자만심에 찬 남자와 별을 헤는 사업가, 과학적인 수치에만 코를 틀어박고 책상에 앉아 있는 지리학자, 그리고 케케묵은 질서에 따르는 등대지기 등을 만난다. 이들 지구상의 존재들 중 누구도 그에게 그들이 하고 있는 일의 이유나 또는 삶에 대한 이해를 보여줄 수가 없다. 마침내 지구상의 아프리카 사막에서 그는 한 마리의 뱀과 작은 여우를 만나 "무엇이 삶의 요점인가? 무엇이 가장 본질적인 것인가?"라는 질문에 대한 해답을 얻는다.

작은 여우가 말한다. "본질적인 것은 눈에 보이지 않아. 그것은 마음으로만 볼 수 있는 것이지." 중요한 것은 그 자신보다 더 큰 개념으로 우리 서로를 연결시켜주는 속박이다.

근본적으로 이 신화적인 이야기와 그 지류들은 생텍쥐페리의 작품 전반에 걸쳐 흐르고 있다. 우리에게 옛날이야기는 설교보다 더 실감나게 들린다. 이것이 우리가 왕자의 이야기에 귀를 기울이는 이유이다. 그 메시지는 생텍쥐페리의 모든 작품들, 좀 더 터놓고 말해서 그가 죽은 뒤 미완성으로 출판된 『사막의 지혜(Citadelle, The Wisdom of the Sands, 성채)』라는 책에 나타나 있는데 거기서 한 사막의 군주는 명상을 하고

'본질적인 것'과 '볼 수 없는 것'이라는 그의 주제에 조언을 하는 것이다.

이 책은 또 하나의 어린 왕자는 아니다. 하지만 여기에는 생텍쥐페리가 인간에게 주고 싶었던 것들이 또 다시 실려 있다. 그의 사후에 모아진 것들이기에 이 책은 전체적으로 매끄럽지 못하며 또 그렇게 될 수도 없다. 우리는 아름다운 무늬를 넣은 비단의 뒷면을 바라보고 있는 것 같은 느낌을 받을 것이다. 그의 완성된 작품들(그의 주장에 따르면 서른 번은 고쳐 썼다는)은 디자인과 색깔이 선명한 패턴으로 드러나 있는 비단직물이다. 이 작품집 안에서 우리는 뒤엉키고 짜 맞추어 엮어진 부분들이 아주 많다는 것을 보게 될 것이다. 여기에서 우리는 그의 작품들이 그에게 요구한 것 −실제로 완성을 향한 그의 열정이 그에게 예술과 행동에 있어서 지불케 했던 것− 그의 고매한 감각과 헌신이 삶과 그리고 종국에는 죽음에 있어서까지 그에게 요구했던 것이 무엇이었는가를 깨닫게 된다. 그 형식은 때때로 끊기기는 하지만 여전히 그 안에 보이고 있다.

이 수필적인 작품집 속에는 편지와 메모, 연설문, 서문, 그리고 나중에는 책의 형태로 출판된 점령 프랑스에서 만났던 한 친구에게 보내는 긴 편지가 포함되어 있다. 여기에는 프랑스가 무너진 뒤에 그가 겪었던 지독한 무위의 시련에 대한 이야기도 실려 있다. 그는 휴전과 북아프리카의 전쟁을 계속하기 위한 헛된 노력으로 그곳에 40명의 젊은 비행사들을 보내기 위해 보르도에서의 수송비행기 '탈취'에 대해 반대했다고 말하고 있다.

휴전이 프랑스에서와 마찬가지로 북아프리카까지 확대되었다는 것을 그가 알았을 때 그는 곤경에 처해 있었다. 이 기간에 비시 정부 (Gouvernement de Vichy)는 연로한 페탱 원수(Philippe Pétain)아래 조직되어 있었다. 의견을 물어보지도 않은 상태에서 생텍쥐페리는 자신이 비시 국민회의에서의 어떤 직위에 추천 받았다는 사실을 알게 되었다. 그는 즉각 이 제안을 거절했다. 그러나 그는 드골 장군(Charles De Gaulle) 뒤에서 '자유로운 프랑스인' 그룹에 가담할 수 있다고 느끼지는 않았다. "나는 독일인에 반대하는 그를 기쁜 마음으로 따랐어야 했다. 하지만 프랑스인에 반대하는 그를 따를 수는 없었다." 그는 전쟁의 소용돌이로 프랑스가 말려 들어가는 것에 반대했고 그에 따를 비참함과 흐를 피를 예견하고 있었다. 모진 어려움을 겪고 그는 미국의 항공기를 유럽에서 사용하도록 허락해 달라고 루즈벨트 대통령(Franklin Roosevelt)을 설득하려는 희망을 품고 미국으로 가기 위한 여권을 얻어냈다. 1940년 12월 그는 리스본에서 미국을 향해 출항했다.

일단 뉴욕에 도착하자 그는 전쟁에 대한 미국시민의 고립주의자적 반응에 실망했고 추방된 프랑스인 단체들 사이의 갈등에 충격을 받았다. 많은 친구들이 그를 따뜻하게 맞았지만 비시 국민회의에의 그가 거절한 추천에 대한 소문은 드골주의자(프랑스의 외세로부터 독립을 주장하는 사람)로부터의 중상과 모략을 불러일으켰다. 한편으로는 그에 대한 비판자들에게 항변하며, 한편으로는 미국의 협조를 호소하며 그는 2개의 작품을 더 쓰는 일에 착수했다. 『아라로의 비행(Pilote de Guerre, Flight to Arras, 전시조종사)』은 전쟁의 초기 몇 개월간 그가 수행했던 아슬아슬한 항공 임무들에 대해 묘사하고 있다. 9개월간 독일 상공을 날던 그의 정찰 그룹은 그 인원의 4분의 3을 잃었다. 프랑스의 빠른 패배는 장비의 부족 (우리는 그들의 탱크에 우리의 건초 더미로 맞섰다.) 과 가담한 군대의 불평등한 힘 (독일군은 프랑스군을 수적인 면에서 2대1로 능가했다.) 에 기인했다고 그는 주장한다.

더 깊이 있게 『아라로의 비행』에서 나타나고 있는 것은 인간에 대한 인간의 책임에 대한 그의 신념이다. "신의 상속자로서 우리 문명인들 각자는 모두에 대한 책임이 있으며 모두는 각자에 대한 책임이 있다. 민주주의는 형제애임에 틀림이 없다. 그렇지 않다면 그것은 거짓말이다."

한 포로에게 보내는 편지는 점령된 프랑스 안에 숨어 있는 한 친구를 위한 그의 깊은 염려와 표현이다. "오늘밤 나의 기억을 괴롭히는 그 남자는 쉰 살이다. 그는 병을 앓고 있다. 그는 유태인이다. 그가 독일인의 테러를 견뎌낼까?" 편지가 길어지면서 생텍쥐페리는 프랑스 자체의 이해를 호소하고 있다는 것을 우리는 깨닫게 된다. 프랑스 밖에서 살고 있는 프랑스인들은 프랑스를 적절하게 판단할 수 없으며 나라에 봉사할 수도 없다고 그는 주장한다. "새로운 진리의 탄생은 언제나 억압의 가장 깊은 구석에 있다."

『어린 왕자』에는 아마 그의 모든 독자들에게 했을 작별의 뜻이 함축되어 있다. 1941년, 그가 기다려 왔던 그 '기적'은 일어났다. 미국이 전쟁에 참가했던 것이다. 북아프리카의 탈환과 함께 생텍쥐페리는 마침내 미국의 지원 하에 전선으로 돌아가게 된다. 그는 '미국시민들을 위해 전쟁에 나가는 것이 아니라 인간을 위해, 인간의 존엄성을 위해 전쟁에 참여하려 했던' 5만 명의 미국 병사들에 싸여 대서양을 건넜다. "내가 어떻게 잊을 수 있을까요?" 그는 미국인들에게 보내는 편지에 이렇게 적었다. "미국인들이 싸우는 그 위대한 목적을 말입니다."

튀니스에 도착하자 생텍쥐페리는 그의 옛 부대이며 이제는 연맹 정찰 부대 휘하에 있는 2/33 부대(프랑스 공군 제33정찰비행대대 2비행대, Groupe de reconnaissance II/33e escadre de reconnaissance)에 소속되었다. 사진촬영 장비를 총으로 대치시키는 전환 P-38 라이트닝 작전을 그는 임무수행에 앞서 몇 달 동안 훈련받았다. 1943년 7월 그는 그의 첫 번째 촬영 임무를 띠고 프랑스에 파견되어 론(Rhone)의 골짜기 밑과 그가 몹시도 사랑했던 프로방스(Provence) 지방 위를 비행하게 되었다. 그러나 미국 법령은 P-38 작전 비행사의 연령을 최대 35세까지로 규정하고 있었기에 그 당시 43세였던 생텍쥐페리는 그가 원하는, 유일한 과업을 계속할 수 있게 허락하도록 고위관계자들을 설득하는데 어려움을 겪었다.

"나는 전쟁에는 아무 취미도 없다. 하지만 그 뒷전에 물러나 있을 수는 없다." 침울했던 8개월간의 지연 끝에 특별 중재로 그는 마침내 프랑스에서 다섯 가지의 임무를 수행하도록 허락되었다.

1939년부터 1944년까지 생텍쥐페리가 쓴 것은 그에게 긴급했던 문제들 같은 그런 급한 문제들에 대한 것이 아니었다. 그 글들은 미래를 내다보는 탐조등과 같이 빛을 발하고 있다. 그 경고의 구절들은 예언자적인 명석함으로 가슴을 울린다. "어딘가에서 우리는 길을 잘못 들었다. 인간집단은 그전 어느 때보다도 번성했다. 우리는 더 많은 부유함과 시간을 가지고 있다. 그러나 아직 우리는 본질적인 어떤 것을 잃어버리고 있다. 우리는 인간다움을 덜 느끼고 있다. 어딘가에서 우리는 우리의 신비로운 특권을 잃어버린 것이다."

그는 이러한 특권들에 대해서 할 말이 많았다. 그것은 전쟁과 그의 강요된 추방생활이 그에게 명백히 해주었던 것이다. "전쟁보다 더 나를 경악하게 하는 것은 내일의 세계이다. 나는 죽음을 염려하지 않는다. 그러나 위태로워진 영적공동체에 대해서 걱정한다." 우리 시대의 많은 예술가들이나 작가들처럼 그는 서구의 기술 문명을 이해의 눈으로 보지만 희망의 눈으로 보지는 않는다. 미국인들에게 보내는 그의 감사와 충고의 편지에서 그는 이 주제를 공들여 쓰고 있다.

"여러분은 새로운 어떤 것이 우리의 지구상에 나타나고 있다는 것을 알고 계십니다. 현대에는 기술의 진보가 인간들을 마치 복잡한 신경조직처럼 서로 연결시켜 놓았다는 것이 사실입니다. 여행 수단은 수없이 많고 통신은 지극히 빠릅니다. 우리는 하나의 몸 안에 있는 세포들처럼 서로 긴밀히 연결되어 있습니다. 그러나 이 몸에는 아직 정신이 없습니다."

그리고 우리는 이제, 히로시마에 원자폭탄이 떨어지기 전에, 그리고 그 치명적인 힘이 전 세계에 퍼져 현재의 큰 위협이 되기 오래전에 쓰인 그의 전쟁에 대한 공포로부터 나온 평화 호소를 들을 준비가 되어있다.

"너무 위험해서 할 수 없는 그 게임들, 구하는 것보다는 파괴하는 것이 더 많은 그 게임들을 끝내도록 합시다! 우리 모두가 진흙더미 속에서 죽기를 원치 않는다면 언젠가는 반드시 평화를 이루어야 합니다. 인간이 정복해야 할 것은 아주 많습니다!"

1939

Antoine de
Saint−Exupéry

독일. 언젠가 나는 라자레프에게 히틀러가 방금 그와 만났던 챔벌린에게 어떤 인상을 주었는가 물었던 적이 있다.

"아주 훌륭한 것이었지." 그가 대답했다.

그것은 예상했던 바였다. 만일 베르그송과 아들러를 대면시킨다면 아들러는 틀림없이 베르그송을 깜짝 놀라게 할 것이다. 베르그송으로 말하자면 그는 아마 아들러에게 아무 인상도 남길 수 없으리라.

술 취한 항해사는 철학자보다 시끄러운 법이다.

생텍쥐페리

불쾌감을 치유하려면 당신은 거기에 빛을 밝혀야 합니다. 우리는 확실히 불쾌한 상태에서 살고 있습니다. 우리는 평화를 갈구해 왔습니다. 그러나 평화를 구하면서도 한편 우리의 벗들을 해쳐 왔습니다. 그리고 틀림없이 우리들 중 많은 이들이 우정이라는 것에 그들의 생명을 걸 태세였으며, 지금은 그것에 대해 일종의 부끄러움을 느끼고 있습니다.

하지만 만일 그들이 평화를 희생시켰다 할지라도 그들은 똑같은 수치심을 느꼈을 것입니다. 왜냐하면 그때는 인간애를 같이 희생시켰을 것이 분명하기 때문입니다. 그들은 유럽의 도서관과 성당, 그리고 연구소 등의 회복할 수 없는 파괴를 받아들였을 것입니다. 그들은 그 전통이 파괴되고 세계가 하나의 잿더미로 변화하는 것을 받아들였을 것입니다. 그리고 그것이 바로 우리가 어떤 의견을 다른 의견으로 바꾸는 이유라 할 수 있습니다.

평화가 위협당하는 듯할 때, 우리는 전쟁의 부끄러움을 알게 되었습니다. 전쟁으로부터 우리가 안전해진 듯할 때, 우리는 평화의 부끄러움을 느꼈던 것입니다.

∘∘∘

그리고 만일 독일인들이 오늘날 히틀러를 위해 피를 흘릴 준비가 되어 있다면 당신은 히틀러를 비난하는 것이 아무 소용없는 일이라는 걸 이해해야 합니다. 그것은 히틀러가 독일인들에게 그들이 열광할 무엇인가를, 그들의 삶을 거기에 바칠 수 있는 무엇인가를 주기 때문이며, 그러한 독일인들에게 히틀러는 위대한 것입니다. 한 가지 행동을 하는 힘은 그것을 한 인간들에게 달려 있다는 것을 이해하지 못하십니까?

당신은 자기를 희생하는 것이나, 기꺼이 위험을 무릅쓰는 것, 그리고 죽도록 충성하는 것은 인간의 위대함의 근본이 되는 자질들이라는 것을 이해하지 못합니까?

이것을 입증할 예를 찾는다면 당신은 그가 운반하는 우편물을 위해서 자신을 희생시키는 비행사에게서, 그리고 낙타 군단의 선두에 서서 결핍과 고독의 사막을 향해 나아가는 장교에게서 그것을 찾아낼 수 있을 것입니다. 그들의 희생이 무의미한 것 같다고 해서 그들이 어떤 목적을 수행하지 않았다고 당신은 생각합니까? 무엇보다도 그들은 깨끗한 인간의 육체에 아름다운 영상을 새겨 넣었습니다. 그들은 그들의 행위로 생겨난 이야기로 달래어져 잠드는 어린아이의 가슴 속까지 그것을 수놓았습니다. 잃은 것은 아무것도 없습니다. 벽으로 둘러싸인 수도원조차도 그 빛을 발하는 것입니다.

어디에선가 우리는 길을 잘못 들었다는 것을 당신은 이해하지 못합니까? 인간의 집단은 그전 어느 때보다도 번성했습니다. 우리는 부와 여가를 더 많이 가지고 있지만 아직도 어떤 본질적인 것을 잊어버리고 있습니다. 그것은 표현하기가 어렵다는 것을 우리는 압니다. 우리는 덜 인간적임을 느낍니다. 우리는 어딘가에서 우리의 신비로운 특권을 잃어버린 것입니다.

०००

그러면 우리를 위해 열리기를 바라는 공간들은 무엇입니까? 우리는 우리를 둘러싸고 있는 감옥의 벽들로부터 우리 자신을 자유롭게 해방시키려 하고 있습니다. 우리들이 자라기 위해서는 입고 먹고 우리의 모든 요구를 충족시켜 주기만 하면 된다고 생각되었습니다.

그래서 차츰차츰 우리는 카트린의 하층 부르주아가, 마을의 정치가가, 내면적 삶이 없는 기술자가 되었습니다. "우리는 배웠다." 여러분은 대답할 것입니다. "우리는 계몽되었고 우리 이전에 살았던 어떤 사람들보다도 이성의 작용으로 풍요로워졌다."하고.

하지만 정신의 문화가 일련의 공식이나 습득한 지식의 암기에 기초를 두고 있다는 생각은 문화에 대한 아주 보잘 것 없는 개념입니다. 가장 평범한 공립학교 학생조차도 데카르트나 파스칼, 또는 뉴턴보다 자연과 그 이치에 대해서 더 많이 알고 있습니다. 그런데도 그는 데카르트나 파스칼, 또는 뉴턴이 할 수 있었던 사고의 전개를 조금도 할 수 없습니다. 이들이 맨 먼저 문명화된 사람들입니다.

파스칼은 본래 하나의 이름입니다. 또한 뉴턴은 한 인간입니다. 그는 우주를 비추어 봅니다. 목초지 위에 떨어지는 익은 사과와 7월의 밤에 빛나는 별들은 그에게 그가 이해할 수 있는 언어로 말했습니다. 그에게 과학은 생활이었던 것입니다.

그리고 이제 우리는 놀랍게도 우리를 번영시키는 신비로운 상황이 있다는 것을 발견합니다. 우리는 우리들 밖에 있는 공통목표에 의해 묶여져 있을 때에만 오직 숨을 쉽니다. 풍요로움의 자손들인 우리는 사막에서 우리의 마지막 식량을 나누어줘 버리는 데에서 설명할 수 없는 위안을 받습니다. 사하라에서의 파괴와 복구의 그 위대한 즐거움을 알았던 그런 우리들 사이에선 다른 어떤 즐거움들도 모두 하찮은 듯합니다.

그러므로 놀라지 마십시오. 그 안에 알지 못할 잠재력이 있다는 것을 전혀 의심해 보지 않은 사람이 바르셀로나에서의 무정부주의자 모임에서 단 한번 그것이 꿈틀거림을 느낀다면 그 생명의 회생 때문에 상호협조 때문에, 그리고 정의의 그 엄격한 이미지 때문에 그는 무정부주의의 진실 이외에는 어떠한 다른 진실이 있다는 것도 결코 깨닫지 못하게 될 것입니다.

그리고 스페인 수녀회에 있는 어린 수녀들을 보호하는 사람은 스페인의 교회를 위해 죽을 것입니다.

○○○

목적도 방향도 없이 유럽에서 다시 태어나야 하는 사람은 2백만 명이나 있습니다. 산업은 그들을 그들 조상 대대로 내려온 농부의 가문에서 분리시켜 검은 차들이 줄지어 늘어선 거대한 마당과 같은 넓은 빈민가에 가두어 놓았습니다. 이러한 기숙사 같은 도시의 늪에서 그들은 다시 태어나야 하는 것입니다.

또한 여러 가지 직업의 올가미에 갇혀 있는 사람들이 있습니다. 그들은 메르모쯔(Mermoz: 프랑스의 비행가. 비행임무 수행 중 실종)의 즐거움도 종교생활의 즐거움이나 과학자의 즐거움도 알지 못합니다. 그리고 그들 역시 다시 태어나기를 원합니다.

물론 그들을 똑같이 만들어 그들에게 생명을 줄 수도 있습니다. 그러면 그들은 전쟁의 노래를 부를 것이고, 그들의 동료와 빵을 나눌 것입니다. 그들은 그들이 열심히 찾던 모든 원하는 것을 발견하게 될 것입니다. 그러나 그들은 그들에게 주어진 빵을 먹음으로써 다시 죽을 것입니다.

나무로 된 우상을 만들거나 과거에 어느 정도 그들의 요구에 부응했던 오래된 슬로건을 재생시킬 수도 있습니다. 범독일인의 신화나 로마제국의 신화를 다시 부활시킬 수도 있습니다. 독일인들을 독일인이라는, 그리고 베토벤과 한 민족이라는 데 대한 황홀함에 취하도록 할 수도 있습니다. 그들에게 그런 것을 계속 주입시킬 수도 있습니다. 그것은 또 다른 베토벤을 만들어내는 것보다 확실히 쉬운 일입니다.

하지만 이런 선동적인 우상들은 생명을 요구합니다. 지식의 진보나 질병의 치료를 위해 죽는 사람은 죽어가면서까지 생명을 위한 봉사를 하는 것입니다. 독일이나 이탈리아, 또는 일본의 팽창을 위해 죽는 것은 아름다운 일입니다. 하지만 그때의 적은 더 이상 교류를 거부하는 평등한 나라나 또는 혈청을 거부하는 암세포가 아닙니다. 적은 바로 이웃에 있는 사람입니다. 그와 싸워야 하는 것입니다.

거기에는 더 이상 의심의 여지가 없습니다. 각자는 시멘트 벽 뒤로 후퇴합니다. 각자는 더 좋든 나쁘든 적을 골목길에서 야습할 것을 명합니다. 승리는 마지막으로 약해지는 자에게 돌아갑니다. (스페인을 보십시오.) 그리고 그때의 상대는 둘 다 함께 쇠약해져갑니다.

재생되어지기 위해 우리는 무엇이 필요합니까? 우리는 한 인간이 다른 인간과 똑같은 생각을 통하지 않고서는 서로 교신할 수 없다는 것을 희미하게나마 이해했습니다. 비행사들은 우편물 가방을 위해 싸우면서 만납니다. 히틀러를 위해 자신들을 희생시키려 하는 그의 추종자들처럼, 또는 똑같은 정상을 향해 힘껏 매진하는 등산가들처럼 사람들은 서로 대결함으로써가 아니라 오직 비슷한 이상을 나눔으로써 함께 모입니다.

우리는 사막이 되어 버린 세상에서 우정에 목말라 하고 있습니다. 친구들 사이에 나누어진 빵의 맛이 우리에게 전쟁의 가치를 받아들이게 했습니다. 그러나 똑같은 목표를 향해 노력해 갈 때 우리는 동지애의 따뜻함을 느끼기 위해 전쟁을 필요로 하지 않을 것입니다. 전쟁은 우리를 기만합니다. 미움은 싸움의 찬미에 그 이상 어떤 것도 보태주지 못합니다.

생텍쥐페리는 1938년 10월 초, 서구 민주주의 세계가 전쟁을 피하기 위해 히틀러에게 주데텐란트(Sudetenland)를 합병하도록 허용했던 뮌헨 조약이 있은 직후 이 글을 썼다.

생텍쥐페리는 1937년 6월 스페인으로부터 파리조약에 대한 보고를 받은 후로 전쟁에 대해 생각할 충분한 시간을 가졌다. 스페인에서의 적의는 3월 28일로 그쳤지만 (그의 일기의 기록에 의하면) 세계의 정치적 상황은 전면 전쟁을 예상할 수 있게 했다. '이성적으로 받아들일 수 없는 전쟁'이었지만 마찬가지로 그것은 닥칠 것이었다.

1939년 2월 독일로의 여행을 떠나기 전에 생텍쥐페리는 『바람과 모래 그리고 별들』을 출간했다. 당시 그의 사고의 한 구절 (그것은 그가 1943년 좀 더 세련되어진 항공기로 활동적인 일을 수행하는 것에 다시 참여했을 때 되살아난다.) 속에는 비행사와 그의 비행기 사이의, 그리고 감성과 계산 사이의 관계를 포함한다. 1939년 8월 1일 장 마리 꽁티의 편집으로 도큐먼트라는 잡지가 발간되었는데, 그것을 위해 생텍쥐페리는 다음의 서문을 썼다.

쟝 마리 꽁티는 여기에서 시험 비행사들에 대한 이야기를 할 것이다. 꽁티는 에콜 공업학교의 졸업생이며 방정식을 믿고 있다. 그는 옳다. 방정식은 경험을 성문화(成文化)했다. 그러나 실제로 계란 속에서 병아리가 터져 나오듯이 수학적인 분석에서 발명이 나온다는 것은 아주 드문 일이다. 수학적인 분석은 경험을 앞선다. 그러나 때때로 단지 그것을 성문화할 뿐일 때가있다. 그것은 그럼에도 불구하고 본질적인 기능이 있다. 아무렇게나 한 측정은 현상의 변화들이 과장된 곡선으로 나타남을 보여준다. 이론가는 그 과장된 곡선에 상응하는 한 방정식에서 이러한 실험적인 측정들을 글이나 문자로 풀어냈다.

그러나 그는 역시 긴 분석을 통해. 그것이 달라질 수 없었다는 것도 보여준다. 좀 더 세밀한 측정으로 그가 보다 정확한 그래프를 그릴 수 있을 때, (그 그래프는 이제 완전히 다른 공식의 그래프와 훨씬 더 유사해 보인다) 그는 새로운 방정식을 사용하여 그 현상을 극도로 상세하게 공식화할 것이다. 그는 그러고 나서 더욱 공들인 분석을 통해 이것이 처음부터 예측할 수 있었던 것이라는 사실을 증명할 것이다.

이론가는 논리에 대한 믿음을 가지고 있으며 그가 꿈이나 직관, 그리고 시를 경멸하고 있다고 믿는다. 그는 이 세 가지가 단지 그를 상사병을 앓고 있는 15세 소년처럼 현혹되게 만들기 위해 그것들 스스로를 위장하고 있었다는 사실을 인식하지 못한다. 그는 그의 가장 위대한 발견들이 그것들의 힘에 의한 것이었다는 걸 알지 못한다. 그는 어떻게 그 이론가가 그는 엄격한 논리를 기만하고 있으며 그것들에 귀를 기울인다고 하면서 사실은 뮤즈들의 노래 소리에 귀를 기울이고 있었다는 걸 짐작할 수 있었겠는가…

장 마리 꽁티는 시험 비행사들의 찬란한 존재를 이야기해 줄 것이다. 그러나 그는 여러 기술의 산물이다. 그리고 그는 시험 비행사가 곧 기술자들을 위한 측정의 도구 이상이 아닐 것이라는 점을 이야기할 것이다. 그리고 나 역시 그와 마찬가지로 이 사실을 믿는다.

나는 역시 우리가 원인을 모른 채 아프다고 느낄 때 우리에겐 아무것도 묻지 않고 주사기에 피를 뽑아 어떤 데이터를 만들어내고, 이런 것들을 곱해서 그 계산된 자료들을 검토하고 난 뒤 알약을 가지고 우리를 치료하려고 하는 물리학자에게 찾아가게 될 때, 그날은 오게 되리라는 걸 믿는다. 그럼에도 불구하고 우선 만일 내가 아프다고 느낀다면 나는 여전히 늙은 시골 의사를 찾아갈 것이고, 그 의사는 나를 위아래로 살펴보고 위를 만져본 뒤 내 가슴에 손수건을 얹고 잠시 귀를 기울이고 나서 기침을 하고 그의 파이프를 채워 넣으며 뺨을 어루만지고 나를 치료하기 위해 날 보고 미소를 지을 것이다.

나는 여전히 쿠펫, 라신, 또는 데뜨루와를 믿는데, 그들에게 있어서 한대의 비행기는 단순한 매개변수의 집합이 아니라 검토해 봐야할 유기체인 것이다. 그들은 착륙한다. 그들은 신중하게 그 비행기를 둘러본다. 손가락 끝으로 그들은 비행기의 동체를 건드려 보고 날개를 두드려 본다. 그들은 계산하지 않는다. 그들은 생각한다. 그러고 나서 그들은 기술자를 돌아보며 간단히 말한다. "그 고정된 표면은 짧아져야만 합니다."라고.

나는 과학을 숭배한다. 그러나 나는 또 역시 지혜를 숭배한다.

생텍쥐페리

생텍쥐페리는 앤 모로우 린드버그(Anne Morrow Lindbergh)의 『들어보라! 저 바람 소리!』의 불어판 서문을 써 달라는 부탁을 받고 그것을 읽은 뒤 전보를 쳤다.
(1939년 7월 10일)

린드버그의 작품을 읽고 압도당함. 책을 뉴욕으로 7월 15일 발송해도 너무 늦지 않다면 짧은 서문 대신 중요한 것을 쓰고 싶음.

₀₀₀

앤 린드버그가 표현한 것은 -한 마디로 말해서- 늦은 것을 좋아하는 점에 있어서 인간이 느끼는 그릇된 양심이다. 인간이 물질세계의 타성에 대항하여 끊임없이 싸울 때 그 자신의 내재적 리듬에 선행하는 것은 얼마나 어려운가. 모든 것은 늘 중지하기 직전에 있다. 붕괴하기 직전에 있는 세상에서 생명과 활동을 보존하기 위해 인간은 얼마나 경계해야 하는가.

린드버그는 대강을 둘러보기 위해 포르토 프래이아만에 작은 한 척의 배를 띄웠다. 그녀는 끈적끈적한 집단에 붙들려서 그 자신을 지치게 하고 있는 작은 한 마리의 곤충처럼 언덕 꼭대기에서 그를 바라보았다. 바다를 향해 걸음을 돌릴 때마다 그녀에게는 남편이 움직이지 않는 것처럼 보였다. 그 곤충은 헛되이 날개를 접어 넣었다.

만을 건너는 것은 너무도 어려웠다. 약간 속도를 늦추기만 해도 결코 다른 쪽 육지에 도달할 수 없을 것이었다.

며칠 동안 그들은 시간이 아무런 의미를 갖지 못하고 시간이 흐르지 않으며, 사람들은 머릿속에 한 가지 작은 똑같은 생각밖에 갖지 않은 채 살고 죽는 그런 섬에 유배된 죄수들이었다. (그들의 주인은 계속해서 같은 말을 지껄여댄다. "나는 여기에서 주인이다…" 멀리서 메아리는 무심하게 울려왔다) 시간은 다시 움직여야 한다. 그들은 대륙으로 돌아가 주류에 다시 휩싸여야 하고 거기에서 시들어가며 살아야 한다. 앤 린드버그는 죽음에 대해서가 아니라 영원에 대해서 염려하고 있었다.

영원은 너무도 가깝다! 결코 만을 건너지 못하는 것, 결코 섬을 떠나지 않는 것, 결코 바투어스트에서 내리지 않는 것, 이것들은 너무도 잠깐이다. 그들은 둘 다 조금 늦었던 것이다. 린드버그와 그녀는…아주 조금…겨우… 하지만 인간은 단지 약간 너무 늦는 것을 필요로 하고, 그러면 아무도 세상에서 더 이상 그를 기다리지 않는 것이다.

우리는 다른 이들보다 약간 더디게 뛰는 어린 소녀를 알았다. 저기에 다른 소녀들이 놀고 있다. "기다려! 나를 기다려 줘!" 그러나 그녀는 약간 너무 늦은 것이다. 그 소녀들은 기다리는 데 지쳐 버릴 것이다. 그녀는 뒤에 홀로 남을 것이다. 그리고 세상에서 혼자인 채 잊혀질 것이다.

어떻게 그녀를 안심시킬 수 있을까? 이런 근심의 형태는 치료할 수 없는 것이다. 왜냐하면 이제 그녀가 게임에 참가하며 출발해야 하는데 출발을 지연시킨다면 그녀는 친구들을 지치게 한 것이기 때문이다. 이미 그들은 서로 수군대며, 그녀를 곁눈으로 보고 있다…그들은 다시 한 번 세상에 그녀를 홀로 남겨둘 것이다!

그리고 이 비밀스런 근심은 세상에서 갈채를 받는 이 한 쌍의 편에서 이상하게 노출된다. 바투어스트에서 온 전보에는 그들이 거기에 초대되었고 그들은 무한히 감사하다고 되어 있다. 나중에 그들은 바투어스트에서 이륙할 수 없게 되고 그들 자신이 주최자들 사이에 끼어드는 것을 부끄럽게 생각한다. 여기서 이것은 그릇된 겸손이지만 운명적인 위협을 느끼는 것이라는 데는 의심의 여지가 없다. 약간 너무 늦으면 모든 것을 잃게 되는 것이다.

결실 있는 근심, 이것은 그들을 새벽 동이 트기 두 시간 전에 출발하여 선두주자까지 앞서게 하고, 아직도 다른 이들을 가로 막고 있는 폭풍의 바다를 건너게 하는 내면적 자책이다.

사냥 이야기의 독단성으로 사건들을 함께 휘젓는 그런 이야기들로부터 우리는 얼마나 멀리 떨어져 나온 것인가! 앤 린드버그는 얼마나 은밀하게, 잘 정의를 내리길 거부하는 어떤 것, 신화로써 근본적이고 보편적인 어떤 것으로 그녀 이야기의 토대를 삼았는가. 그녀는 비행기에 대해서 쓰고 있진 않지만 그 비행기에 대한 그녀의 경험을 통해 쓰고 있다. 이 전문적인 이미지들의 축적은 우리에게 믿을 수 있지만 본질적인 어떤 것을 보여 주는 기구로써 사용된다.

린드버그는 바투어스트에서 이륙하지 않았다. 그 비행기는 너무 무겁게 짐을 실었다. 바다 바람이 불어야 비행기가 뜰 것이었다. 그러나 바람은 전혀 불지 않았다. 그래서 그들 중 둘은 그 곤경에 대처해 다시 한 번 투쟁한다. 그리고 나서 그들은 저장품, 액세서리들, 그리고 덜 필수적인 여분의 것들을 희생시키기로 결정한다.

그들은 다시 새롭게 이륙을 시도한다. 그리고 실패한다. 그리고 매 시간 그들은 비행기의 짐을 가볍게 덜어낸다. 그리고 차츰차츰 그들의 숙소는 그들이 덜어낸 귀중한 물건들로 어지럽혀진다. 무한히 유감스럽게 점점 더 그 양이 늘어나며⋯.

앤 린드버그는 이 전문적인 상심을 꿰뚫는 명확함으로 나타낸다. 그리고 그녀는 그 비행기의 감상적인 본성을 적어도 잘못 표현하지 않는다. 이 감상은 일종의 무대세트처럼 핑크빛 저녁의 구름들로 만들어진 것은 아니다. 그것은 비행기 날개의 한 구획의 균형 안에 부러진 이빨처럼 검은 구멍을 하나 남길 때 나사돌리개의 사용을 걱정할 수도 있다. 그러나 실수는 하지 말라. 만일 작가가 전문 비행사에게와 마찬가지로 문외한에게도 이 애상을 느끼게 한다면 그것은 그녀가 -이런 순수하게 전문적인 감상을 넘어서- 인간의 보편적인 감상을 나타냈기 때문이다.

그녀는 놓여난 그 희생물의 옛 전설을 재발견했다. 우리는 이미 열매를 맺기 위해 가지를 쳐내야 하는 그런 나무들과, 그들의 수도원 같은 교도소에서 그들의 정신적인 영역을 발견하고 발전적인 포기를 함으로써 정신적인 충만함을 얻는 그런 사람들을 알고 있다.

그러나 신의 도움 역시 필요한 것이며, 앤 린드버그는 운명을 재발견한다. 한 남자를 구하기 위해 그의 마음속으로 파고 들어가는 것으로는 충분치 않다. 그는 은총으로 감명을 받아야 한다. 나무를 열매 맺게 하기 위하여 그 가지를 쳐내는 것만으로는 역시 충분치 않다. 봄이 와야 하는 것이다. 비행기의 짐을 덜어내는 것만으로는 마찬가지로 충분치 않다. 바다 바람이 불어 줘야 했다.

노력도 하지 않고서 앤 린드버그는 이피게니아(Iphigeneia)의 신화를 소생시켰다. 그녀는 바투어스트에서 바람의 부족이 우리들에게는 운명의 문제가 되도록 하기 위하여, 그녀의 시간에 대항한 투쟁이 죽음에 대한 한 투쟁이 되기에 충분할 만큼 높은 수준으로 쓰고 있다. 그녀는 물위에서는 단지 무겁고 다루기 힘든 기계인 그 수상 비행기가 바다 바람이 그것을 스치자마자 곧 얼마나 민감한 좋은 비행기로 그 성격을 바꾸는지를 우리에게 인식시켜 준다.

생텍쥐페리는 그의 미국 출판인들로부터의 요청으로 미국에 간다. 그는 한 기자에게 그가 앤 모로우 린드버그의 재능을 막 발견했다고 말했다.

"나는 돈벌이로 작품 활동을 하는 것을 꺼렸고 짧은 몇 줄을 읽고서 그 번역판을 프랑스 독자들에게 내가 제시할 수 있어야 하겠다고 생각했습니다. 그러나 전혀 그럴 수 없었습니다! 더 읽어 가면서 나는 그것에 사로 잡혔고 내 자신에게 온갖 종류의 의문을 던지기 시작했습니다."

생텍쥐페리는 계속했다.

"아주 인간적인 책이었습니다… 린드버그는 그 비행기에 대해 쓰고 있진 않습니다. 그러나 마치 그 비행기는 그녀의 일부였던 것 같습니다."

그리고는 그 유명한 주제가 다시 나온다.

"린드버그 여사와 그는 언제나 엔진의 작동보다는 더 찬양할 만한 무엇, 즉 뛰는 심장 같은 어떤 것이 있으리라는 걸 믿고 있습니다. 그들은 그들 자신이 기계에 전복되도록 허용치 않습니다."

생텍쥐페리는 다시 8월에 프랑스로 출발하여 30일에 리하뇨 항에 도착했다. 그 며칠 전에는 히틀러-스탈린 조약이 체결되었었다. 히틀러는 9월 1일 폴란드를 침공했다. 이틀 후 프랑스와 영국은 독일에 선전포고를 했다.

9월 첫 주에 생텍쥐페리는 징집되었고 툴루즈 무토드랑의 공군기지에 배치되었는데 거기서 그는 공중전의 항공술 교관 임무를 맡았다.

고위 정보담당위원이었던 쟝 지로두는 그가 선전활동에 참여하도록 하고 싶어했을 것이다. 다음의 글은 라디오 방송이었다.

범 독일주의의 주장
1939년 10월 18일의 메시지 방송

독일의 선전팀은 헐리우드 영화에 특수효과를 만들어내는 팀들처럼 화려하게 활약했다.

독일의 선전팀은 매 시간 다음의 문제들에 직면했다. 영토 확장을 위하여 독일은 주어진 대륙을 흡수해야한다. 이 새로운 요구를 그들이 상식을 흩뜨리고 그 양심을 혼란시키는 그런 방법으로 어떻게 세계에 제시할 수 있을 것인가? 그래서 그들은 슬로건을 만들기 시작했다. 그 슬로건은 서로 모순되는 것들이지만 선전요원들이 잘 알고 있듯이 군중들은 기억력을 갖고 있지 않다.

오랫동안 우리는 기만당했다. 우리는 심각하게 그들 동기의 정당성을 논의했다. 우리는 그 주장의 반대되는 구절을 손상시키지 않고 그의 훌륭한 신념에 호소하여 그의 모순점들을 부끄럽게 여기도록 하려고 노력했다. 우리는 말이 적합하지 않은 곳에서 말을 사용했다.

그런 상투적인 문구들은 모두가 그저 포스터들이었고 그것들의 목적은 독일이 그 인종이 무엇이든 인구밀도가 어떻든 간에, 또는 그 새로운 땅의 거주민들의 정신적인 욕구가 무엇이든 관계없이 그저 더 많은 땅을 삼키도록 하는 것이었다.

우리는 우리의 상대가 우리에게 제시한 단순한 규칙과 규정들 속에 말려들어 왔고 이 점에 대해 용서를 구했다. 우리는 인간이며 인간은 철학이나 종교 또는 주의에 의해 그들의 행동에 영향을 받는다고 생각했다. 우리는 만일 인간들이 하나의 명분을 위해 싸우고 죽을 각오가 되어 있다면 이 명분은 그들의 이상주의에 호소했기 때문임에 틀림없다고 믿었다. 우리는 행동을 일으키는 동기들 중에는 이상주의와 전혀 무관한 것들도 있으며, 한 나라가 마치 맹목적인 기관처럼 영토를 확장하려 할지도 모른다는 사실을 잊고 있었던 것이다.

우리는 이것을 잊고 있었다. 왜냐하면 우리에게 문명은 기본적인 욕구를 누르고 정신을 지배하는 것으로 나타났기 때문이었다. 그러나 그 너머에 정신은 그 기관의 욕구를 정당화시킨 아첨꾼일 뿐이었던 것이다. 범 독일주의의 개혁운동은 괴테나 바하에 의존한다. 그래서 독일이 오늘날 포로수용소에서 썩게 내버려 두거나 아인슈타인처럼 추방하려고하는 괴테나 바하는 개방된 도시의 독가스나 포격을 정당화시키는 데에 사용된다.

그러나 범 독일주의는 그 목적에 이용당한 괴테나 바하와는 아무 상관도 없다. 그것은 인간의 권리에 대한 이데올로기와 아무런 상관도 없으며 필수적인 레벤스로(Lebensraum, 레벤스라움)와도 아무 상관이 없다. 그것은 단지 그 자체의 목적을 위한 공간의 문제일 뿐이다. 범 독일주의는 확장을 지향하는 경향이다. 그것은 모든 동물 종족 안에서 발견되어지는 하나의 경향이다. 모든 종족에게는 자신을 확장하고 다른 종족들을 근절시키려는 경향이 있다.

범 독일주의에 어떤 정당성이 있다면 그것은 이것이다. 그리고 이것은 단순한 경구(驚句)가 아니다. 우리는 모든 나치 기록들 속에서 베일에 가려진 방법으로 그것을 발견할 수 있을 것이다. 그 주장은 이런 것이다. 우리 독일인들은 영토를 확장하고 우리의 이웃 나라들을 흡수하여 그들의 물자들을 우리의 발전을 위해 사용할 가치가 있는 사람들이다. 왜냐하면 확장하고자 하는 욕망은 힘의 표시이며, 우리는 이런 욕구를 느끼는 유일한 민족이기 때문이다. 우리의 상대국에 대한 우리의 우수성은 그들을 흡수하려고 하는 우리의 바람 속에 나타나있으며 반면에 우리보다 열등한 우리의 상대국들은 그런 바람을 가질 수 없는 것이다.

그러므로 우리는 이제 우리의 항복이 독일민족의 욕망을 더욱 굳건히 해주는 의미가 된다는 것을 안다. 나치와 소련의 그 비인도적인 조약은 동쪽으로의 영토 확장의 길을 영원히 막아 버렸다. 내일은 누가 그들의 욕망의 먹이가 될 것인가? 독일은 논리적인 이데올로기로 해명되어질 수가 없다. 독일은 정의할 수 있는 목표를 따르고 있지 않다. 독일의 목표는 계속적인 전술적 전진, 주지의 공격과정일 뿐이다.

그것이 오늘날 우리가 나치즘에 반대해서, 또는 폴란드를 위해서, 또는 체코인들을 위해서, 또는 우리의 문화를 위해서 싸우는 것이 아니라 살아남기 위해서 싸우는 이유이다. 그들의 농장과 상점, 공장들을 떠난 사람들은 독일의 번영을 위한 단순한 밑거름이 되지 않기 위해서 싸운다. 그들은 삶을 누릴 권리, 평화로운 삶을 누릴 권리를 얻기 위해 나섰던 것이다.

생텍쥐페리는 『아라로의 비행』의 5장을 쓰게 되었을 때 그 고위 관리의 권유를 상기하게 되었다.

○○○

유혹당하는 것은 영혼이 잠들어 있을 때 이성적인 정신에 굴복하도록 유혹을 받는다는 것이다.

이 산사태에 나의 생명을 거는 모험을 함으로써 나는 무엇을 성취할 것인가? 난 아무런 대답도 할 수 없다. 시간과 또 사람들은 내게 말하려 할 것이다.

"나는 당신을 이곳저곳으로 나를 것을 약속할 수 있습니다. 그것이 당신이 속해 있는 곳입니다. 당신은 공군전투에 참여하는 것보다 더욱 유용할 수 있습니다. 비행사들이여! 우리는 수많은 비행사들 훈련시킬 수 있습니다. 반면에 당신은….."

그들이 옳다는 데는 의심의 여지가 없다. 나의 정신은 그들에게 동의한다. 그러나 나의 본능은 언제나 나의 정신을 이기는 것이다.

그들의 이론이 내가 그것을 반박할 아무런 주장도 지니고 있지 못함에도 불구하고 나를 확신시키지 못하는 이유는 무엇일까? 나는 내 자신에게 말하곤 한다. "지식인들은, 마치 전쟁이 끝난 뒤 다 먹은 잼통처럼 선전국의 서가에 보존되어 있는 것이다."라는 주장에 나는 동의한다.

그리고 이제 다시 그 집단의 다른 모든 비행사들처럼 나는 모든 훌륭한 이론과 명백한 주장들, 그리고 모든 지성적인 반응에도 불구하고 그것들을 떠났다. 이성에 대항해서 싸우는 것이 이성적인 것이라는 걸 내가 알게 되는 순간은 분명히 올 것이다.

X 에게

툴루즈, 1939년 10월 26일

나는 당신이 전투부대를 위해서 내가 직접 출격하는 데 당신의 영향이 미쳐주기를 간절히 청한다. 나는 더욱 더 숨이 막히는 기분이 든다. 이곳의 분위기는 참을 수가 없다. 전능하신 신이여, 우리는 무엇을 기다리고 있는 것인가?

나를 전투부대에 넣기 위해 모든 수단을 다 써볼 때까지 도라(Daruat)를 만나지 마시오. 싸우지 않고 있는 동안 나는 도덕적으로 괴롭다. 나는 사건들에 대해서 할 이야기가 아주 많다. 그러나 나는 그저 여행가가 아니라 전투가로서 그것을 말할 수 있을 뿐이다. 그것은 내가 이야기할 유일한 기회이다.

나는 하루에 네 번 비행한다. 나는 사태가 더욱 나빠져 가는 이때에 원기 왕성한 상태에 있다. 아마도 너무 그런 것만 같다. 그들은 나를 무거운 폭탄의 투하병(投下兵)들을 위한 비행교사와 항공술 강사로 쓰길 원하고 있다. 그래서 나는 숨이 막힐 것 같고 비참한 기분이며 침묵하고 있을 수밖에 없다…나를 전투부대에 속하도록 해주시오…나는 전쟁에는 취미가 없다. 하지만 일선 뒤에 남아서 내 몫의 위험을 받지 않은 채 있을 수는 없는 것이다…우리는 전쟁을 해야만 한다. 그러나 완전히 안전하게 툴루즈를 거닐면서 그런 말을 할 자격이 내겐 없다. 그건 수치스러운 역할일 뿐이다. 내게 그런 자격을 만들어줄 그 시험을 내가 겪도록 해주시오. '가치가 있는 사람들'을 안전하게 보호해야 한다는 것에는 이성적으로 혐오스러운 무엇인가가 있기 마련이다.

사람이 유용한 역할을 하는 것은 참여함으로써 이루어진다. 존경받을 만한 사람들은 만일 그들이 이 땅의 소금이라면 그 땅과 섞여야할 것이다. 따로 분리되어 서 있다면 '우리'라는 말을 쓸 수는 없다. 그런 상황에서 '우리'라고 말하는 것은 죄가 될 것이다.

X 에게

툴루즈의 그랜드 호텔, 티볼리어, 1939년 11월

나는 방금 이틀간의 보초임무를 수행했다. 나는 비행장의 전화기와 암호로 된 전달문들 사이에서 잠들었고, 하얗게 칠해진 작은 방에서 잠을 깨웠으며 싸늘한 식당에서 마치 어린아이처럼 식사를 했다. 그 건물의 소음과 틀에 박힌 생활 속에서, 그리고 오고가는 사람들 속에서 나는 표현할 수 없는 즐거움을 찾았다. 나는 그것에 골수까지 빠지고 싶은 것이다.

나는 그다지 필요하지 않은 존재임을 느낀다. 이 작은 부르주아의 존재는 아무런 쓸모도 없는 것이다. 나는 한 그루의 나무속에 합쳐

들어가고 싶다. 그러고 나면 나는 내가 보호하고 있던 모든 새들을 느낄 수 있을 것이다.

항공 비행사로서든 전투비행사로서든, 아니면 수도원의 은둔생활 속에서든 무명이라는 축복은 당신을 부드럽고 단순하게 중요한 무엇인가로 만들어 주는 것이다. 인간은 일종의 자연적 소화 작용을 통해 다른 어떤 존재로 변모한다.

내가 요청하는 것은 놀라운 것이 아니다. 어떤 직위나 보조금이 아니다. 그것은 나를 최전선의 전투부대로 파견해 달라는 것이다. 이 일은 나에게 아주 중요한 것이다. 그리고 만일 이 소망을 이루기가 어렵다고 하더라도 또 내가 그런 중요한 도움을 당신께 청하는 것이 처음이기 때문에 여러 가지 복잡한 문제들이 개입된다 하더라도 나는 당신께 서슴지 않고 이런 부탁을 하겠다.

'도라를 먼저 만나지는 마십시오.' 도라는 나를 구하려 하지 않을 것이다. 내가 이 종교전에서 나의 역할을 수행해야 하는 것이 내가 사랑하는 모든 것들을 위협하고 있다. 프로방스 지방에서 산불이 났을 때 사람들은 모두 양동이와 곡괭이를 집어 들었다. 나는 사랑과 내면의 신앙을 위해 싸우고 싶다. 나는 합류하지 않을 수 없다. 가능한 한 빨리 나를 전투부대에 넣어 주시오.

여기서 나는 비참하고 쓸모없이 썩고 있을 뿐이다. 나는 전투 비행사로서의 스테미너에 대한 환상은 가지고 있지 않다. 그러나 적어도 항공 비행사로서 내가 느꼈던 그 똑같은 즐거움으로 일종의 부식토가 되어갈 수는 있다. 항공 비행사들 가운데서 나는 나무에 양분을 주는 작은 대지가 되어가고 있는 것이다.

나는 더 이상 이해할 필요가 없소. 대지의 목적은 그 나무에 있는 것이다. 그것이 더욱 명백한 것처럼 보인다.

의사들이 그의 나이와 비행 사고를 당하면 남을 후유증 등을 이유로 그가 전투부대에 가담하도록 허락하는데 반대하긴 했지만 합의가 이루어졌다. 비트를 대령의 덕택으로 생텍쥐페리는 1939년 12월 3일 오르콩트(Orconte)에 근거지를 둔 일반 수색연대 2/33 부대에 배치되었다. (그는 폭탄병을 비행기로 나르는 것을 원치 않았다)

11월 26일 그는 군대의 비행사로서의 훈련을 받기 시작했다. 그 지방의 사택에 거주하라는 권유를 뿌리친 뒤 생텍쥐페리는 오르콩트의 한 작은 농가로 이사했다.

X 에게

오르콩트, 12월 중순

진흙, 비, 한 농가에서 앓는 류머티즘. 공허한 저녁들. 우울한 회의. 35,000피트에 대한 불안. 공포도 역시 물론임. 사람들 속에서 한 사람이 되기 위해 그에게 요구되는 모든 것들. 그리고 나는 만일 내가 동료들로부터 분리된다면 아무 것도 아닌 존재이기에 그들과 결속되어 있다. 방관자들을 내가 얼마나 경멸했던가….

나는 내가 발견하려던 것을 찾았다. 나는 다른 사람들과 같다. 나는 다른 이들처럼 추위를 느낀다. 다른 이들처럼 류머티즘도 얻었다. 나는 다른 이들 이상의 선택은 하지 않았다. 그들은 그들을 입대시킨 헌병들이 있었다. 나는 내 뒤의 헌병보다 더 권위 있는 무엇인가가 있었다. 그래서 역시 나는 그 권주가(勸酒歌)들을 즐긴다. 그러나 그들 역시 마찬가지다. 그럼에도 불구하고 그들은 몸을 덥히기 위해 떠나고 위안을 받으며 명랑해지고 다정하게 어깨를 두드리기를 계속한다.

나는 완전히 무명의 군인이 되고 싶었다.

X 에게

오르콩트, 1939년 12월 22일, 또는 23일

우울한 하루. 우리 부대와 우리의 쌍둥이 부대에서는 각기 똑같은 날 총에 맞은 승무원 하나씩을 잃어 버렸다.

나는 리비아에 긴급 착륙하여 조금씩 조금씩 나를 삼켜 버리는 그 사막을 걷는 것을 좋아했다. 나는 어떤 다른 것, 그리 나쁘지 않은 어떤 것으로 변화하고 있었다…. 밤이면 나는 모래 속에서 길을 잃어버린 느낌이었고, 수많은 별들이 빛나는 넓은 창공을 사랑했다. 그것은 내 의무가 아니었던가?

나는 우리가 의무라고 말하는 것이 가장 위대한 일을 수행하게 하는 것이라고 믿을 태세가 되어 있었다. 그러나 이것은 우리가 명상적인 진리들을 이야기하고 있을 때 더 이상 그렇지가 않은 것이다. 그리고 관조는 동정보다 더 위대하다. 그것은 더욱 높은 차원에 있는 것이다…그러나 그것은 병을 만드는 취미를 가지고 있다. 인간은 그 자신을 우월하게 돋보이도록 하려고 애쓰는 것 같다. 아무도 내게 무엇을 요구하지 않는다. 그리고 내게 만일 어떤 임무가 주어진다면 그것은 나를 착취하기 위해서가 아니라, 백 명의 다른 지원자들에 앞서 내게 편의를 봐주기 위한 것일 뿐이다.

승진하려고 애쓰는 외교관들의 무리를 본적이 있는가? 나는 그런 종족은 아니다. 나는 강제로 대지의 보물들을 뜯어내어 그것을 고갈시키는 오만한 나무는 아니다.

X 에게

오르콩트, 1939년 12월

나는 곧바로 지금 출발하라는 권고를 받았다. 왜냐하면 다음 2주일 동안은 일이 약간 있을 것이고, 후에는 더 많은 일이 있을 것이기 때문이다.

나의 다른 편지는 믿지 마시오. 모든 것이 설명하기가 너무 어렵고 너무나 모순되어 있다. 나는 그 선택을 후회하고 있지는 않다. 그것은 인생이 이해하기에 얼마나 어려운가를 내가 알았고, 내 자신을 이해하기가 너무나 복잡한 일이라는 걸 깨달았기 때문이다.

어려운 순간들을 이런저런 환상을 쫓으며 시간을 보내고 있다. 일찍이 나는 3,500피트 상공으로 올라가 전투를 벌이는 데 대한 생각을 해보지 못했다. 나는 전쟁에 대한 갈증을 전혀 느끼지 못하며 내 자신과 같은 세대의 역할이 무엇인지 명확히 알지 못했다. 35,000피트 상공과 진흙, 그리고 죽음의 위협을 받아들이는 일이 더 큰 문제였다.

여기에도 저기에도 창조나 정복, 또는 그 탐구의 즐거움이 전혀 없었기에 오직 완전한 비탄(悲嘆)만이 남아 있다. 나는 참여하지 않는 일을 견딜 수 없다. 그래서 당신이 당신을 감싸고 있는 나무껍질의 표피들을 벗겨낼 때 그것은 찢고 상처를 입힌다. 그러나 그때 당신은 이런 껍질들이 단순히 나무껍질이라는 사실을 깨닫게 된다. 일단 그 환상들을 쫓아 버리면 35,000피트에 대한 걱정을 덜 수가 있기 때문이다.

당신이 평정을 찾는 것은 언제나 걱정들 가운데서인 것이다. 당신을 그 나무껍질을 벗겨내야 합니다.

X 에게

오르콩트, 12월 말 자정

비트리에서 축하연이 있었다. 나는 무장한 군대의 극장에 가야만 했다. 그리고 또다시 어느 때보다도 긴급하게 내 자신에게 묻는다.

우리는 무엇을 위해 싸우고 있는가? 이 모든 것 속에서 프랑스인은 어디에 있는가? 파스칼은 어디에 있는가? 이 모든 익살의 천박함! 이 이미 있던 민요들의 속됨이여! 그들은 '올가'만큼이나 어리석어야 참을 수가 있다.

군에 입대하는 대신 그녀는 그 부대를 따라갔다.

그들이 느낌으로 연장시켜 감정을 휘저어 놓기 위해 애쓸 때 이것들은 마음의 외설물로 바뀐다. 이것은 제조자들이 그것에 만족하는 사람들에게 주는 개방이다. 밀튼은 칭송을 받았다. 그런 비참한 광대의 사악한 명랑함은 그의 말뚝으로 곤란을 당하며 아무런 다른 생각도 하지 않는다. 그러나 말로 속임수를 써서 얼마간 돈을 모은 사람들은 그것들을 경구라고 할 수가 없다. 경구들은 내면 감정을 표현하는 것들이기 때문이다.

그래서 다시 한 번 나는 새로움과 진실함, 그리고 '올가'에게 귀를 기울이는 건강함으로 되돌아가는 것이다.

그녀는 반만 처녀였기 때문에 그녀의 생활비로 반만을 지불했다.

갑자기 그 형식은 그 내용, 엉뚱한 것을 말하는 즐거움이며, 농담을 하는 것, 또는 트림처럼 자연스러운 어떤 것인 그 내용과 경쟁한다. 내용은 빈약하지만 그것은 삭제나 첨가 없이 그대로 그 형식에 의해 전달된다. 하지만 어떻게 이런 것을 참을 수 있는가.

나는 당신을 미치치치…칠 듯이 사사…랑…한…다.

속이 뒤집히지 않고서?
내면적 감정이 이런 형식에 어떤 책임이 있는 것일까? 나는 돈을 긁어모으는 말 상인인 작가를 보았다. 그 이야기들이 논리적으로 서로 연결되어 있을지라도 그것들은 취객의 트림, 정신의 창자가 꿈틀대는 소리에 불과하다. 내면과 연결된 것은 아무것도 없다.

이 모든 것은 얼마나 몰취미(沒趣味)한가! 여기에서 사랑은 아마추어 연기자의 닳아빠진 자줏빛일 뿐이다.

잠깐 동안 감명을 받았다.

하녀들이 숲속으로 가버릴 때 그 목사는 행복하다. 세례식은 더 많이 있을 것이고….

갑자기 나는 도시와 마을들에 어떤 의미를 부여하면서 그것들을 생각했다. 지로두와 현재 상태의 사건들은 도시에 있었다. 그러나 그 도시 안에서 모든 것은 정신적 속임을 통해 그 의미를 잃어 버렸다. 그의 의미를 천박함으로 잃어버린 나의 말 상인처럼.

시골은 인내와 혈연, 그리고 시간과 그 흐름이 가져다주는 변화의 개념들을 전달한다. 인간은 옥수수의 씨를 뿌리고 그것은 자란다. (어린 소녀들이 숲속으로 가면 목사는 그 뒤에 따를 세례식을 생각하며 기뻐한다)

그래서 서서히 민요와 춤, 그리고 아름다운 가구들이 생겨난다. 중세의 시골마을에서는 시간의 흐름이 어떤 의미를 가졌었고, 인간은 어떤 대열의 일부였으며 말들은 교회로 인해 현재성을 가졌고 죽은 자들은 영속성을 보장받았다. 그러나 우리의 고인들은 빈 상자에 있다. 그리고 우리의 여름은 가을과 아무런 상관이 없다. 그들은 단지 나란히 놓인 계절들일 뿐이다.

오늘날 무능력한 사람들이여! 그래서 지로두는 사람이란 그의 지성으로 구원될 수 있다고 믿고 있다. 그러나 분해되어 그 조각들을 나란히 배열해 놓은 지성은 그 본질적인 것에 대한 느낌을 잃어버린다. 인간이 '상황들'을 분석할 때 그는 더 이상 인간적인 어떤 것도 감지할 수 없는 것이다.

나는 늙지도 젊지도 않았다. 나는 그 가운데 쯤에 있다. 나는 형성된 어떤 존재이다. 나는 나이가 들어가는 과정에 있고 더 이상 피어날 것이 없는 장미꽃이지만 방금 봉오리를 열고 태어났다. 그것은 교육학적인 설명이며, 그 장미꽃을 죽이는 분석이다. 한 송이의 장미꽃은 어떤 계속적인 단계에 있지 않다. 한 송이 장미꽃은 희미하게 구슬픈 의식인 것이다.

나는 내가 말하는 것은 정확히 알고 있다. 그러나 나 자신을 좀 더 명백히 하기 위하여 생각해야 할 것이다.

무장된 부대의 극장에 대해서, 이 전쟁 속에서…나는 '땅을 비옥하게 하기 위해 죽을 각오가 되어 있지만 밀튼을 구하기 위해서는 그렇지 않다. 나는 내가 살고 있는 이 이상한 혹성으로 인해 불행하다. 내가 이해할 수 없는 모든 것들 때문에 나는 지쳐 있다. 그러나 지쳤기 때문에 표현하는 것이 아주 어렵다.

나는 아마도 부분적으로는 그에게 이것에 대해 빚지고 있을 것이다. 나의 친구들이 그들의 가치를 잃어버린 것을 내 눈으로 보는 것은 다른 무엇보다도 고통스러운 일이다. 사실 나는 J에 관해서 아무 것도 확인하지 못했고 알지도 못했다. 그러나 그는 나를 싫증나게 했다.

나는 그의 존재에 싫증이 나 있었다. 나는 내 자신에게 말했다. "나는 저주하지는 않는다. 나는 흥미가 없다!"

나는 인생에 대한 그의 생각에 아무런 관심도 없다. 나는 술을 마시는 데에 흥미가 없다. 그리고 나는 그의 손 안에 있는 사물들에 무슨 일이 일어나는지 개의치 않는다. 그는 아름다운 어떤 이야기들을 들었다. 그러나 그것들은 추하게 변했다. 그것이 전부이다.

나는 35,000피트 상공에서 돌아왔다. 또 다른 망령이 드리워졌다. 그 35,000피트 상공에는 모르는 짐승들이 떠돌아다녔고 거기서 보이는 오목한 대지는 검은색이었으며 사람의 동작은 시럽 속을 헤엄쳐 다니는 것처럼 느려졌다. 기압의 저하는 생명을 앗아갈지도 몰랐으며, 거기에서는 얼음처럼 차가운 공기를 들이마셨고, 거기에는 몸을 곧바로 갈기갈기 찢어 버릴 흡입기의 고장과, 문자 그대로 몸을 얼음으로 만들어 버릴 난방기의 고장을 포함해서 스물다섯가지 종류의 파멸 위험이 있었다. 그 모든 것은 사실이다. 그러나 그것은 아주 다른 것이다. 그런 것들은 단지 망상에 불과한 것이다.

물론 그 계기판 위에는 산소의 흐름을 조절하는 게이지가 있고, 그 심장박동을 체크하는 것보다 더 중요한 작은 바늘이 있다. 그러나 그럼에도 불구하고 그것은 다른 어떤 것이다. 그리고 그 바늘은 관념적으로 남아 있다. 아무도 그것을 보지 않는다.

인간은 그저 가끔씩 손가락 끝으로 마스크에 달려 있는 고무 튜브가 차 있는지 알아보기 위해 그것을 눌러볼 뿐이다. 아기의 우유병 속에 우유가 있으며, 인간은 만족스럽게 그것을 빤다. 여기에 감상적인 것은 아무 것도 없다.

난방시설의 고장가능성에 대해 말하자면 나는 거기에는 꽤 안심하고 있었다. 나를 놀라움으로 채운 것은 열이 그렇게 흘러 나와 그토록 아름답게 퍼진다는 점이었다. 나는 그 전깃줄이 내 살갗을 태우지나 않을까 걱정했지만 전혀 그렇지 않았다. 그 전깃줄에는 아무런 뜨거운 감각도 없었다. 그래서 나는 중얼거렸다. "만일 에스키모가 이것을 가졌다 해도 마찬가지다!"하고.

　　이 모든 것이 공학의 걸작품이었다. 손가락만 빼놓고, 나는 손가락이 시려웠다. 하지만 참을 만 했다. 그래서 상공에서 오랫동안 권총의 손잡이를 쥐고 비행했던 것이다.

　　그러고 나서 나는 착륙했다.

　　"기온은 어땠나요?"

　　"영하 51도."

　　"아주 따뜻하지는 못했겠군요."

　　"물론이죠. 나는 추웠습니다. 당신은 그 따뜻한 산소가 코를 태워버릴 거라고 말했지만 내 코는 말짱합니다. 구두에 관해서라면…."

　　"…구두는 당신을 태워 버리지 않았을 겁니다. 당신은 그것들을 연결시키는 걸 잊었던 거예요."

　　그래서 이 첫 번째 비행 이전에 그것을 생각해 보면 나는 내 자신이 느릿느릿한 싸움을 한 것처럼 생각되었다. 그 지독하게 축축한 이마와 손, 그리고 일종의 반대 감각이었던 그 달콤한 감각.

　　아니다. 산소를 가진 35,000피트의 비행은 산소가 없이 하는 35,000피트보다 더 쉽다. 그리고 갑자기 내가 숭배하던 모든 것들이 무너졌다 툴루즈에서의 미시 소령에 대한 나의 숭배감도 사라졌다. 그는 높은 고도를 경험했던 내가 아는 유일한 비행사였다. 이런 사람들은 그들의 영웅심을 매일 증명해 보인다. 그들은 땅에 착륙했을 때 그들이 겪은 시련에 대해서는 조금만 이야기한다. 영웅들은 그런 것이다. 말수가 적은 거친 자들이다. 그들이 질문을 받을 때면 그냥 어깨만 으쓱해 보일 뿐이다. "이보게, 자네는 이해할 수 없어!" 하면서.

다시 한 번 나는 그들의 침묵의 의미를 발견했다. 그들은 할 말이 없는 것이다. 그것은 용기가 있는 곳이 아니다. 용기는 그들의 선택 속에 있다. 그리고 미시는 용감하다. 모두가 사전에 35,000피트에서는 사고의 확률이 약간 있으며, 그것은 치명적인 것들이라는 사실을 알고 있기 때문이다.

그래서 그런 일을 선택하는 데는 특별한 노력이 필요하다. 그러고 나서는 스스로 출발을 결심해야 하고, 그 망령을 잠들게 해야 한다. 그리고 용기를 내는 데 필요한 준비를 갖춰야 한다. 그것만으로도 가상한 일이다. 일단 망령을 없애면 그 일은 다른 일들과 같아진다.

35,000피트 상공을 비행하는 일이나 의자를 고치는 일이나…그 차이점이 어디 있단 말인가? 일단 망령이 사라진 뒤에는 나는 야간 비행 때마다 이런 느낌을 경험했다. 도라는 그의 비행사들에게 용기를 가르치지 않았다. 그러나 그는 그들에게 환상을 쫓아 버리라고 강요했다. 나는 이미 『야간비행(Vol de nuit, Night Flight)』에서 이것을 다루었다.

나는 그저께 나의 비행 임무가 취소되었을 때 너무나 기뻤다. 나는 얼마나 바보였단 말인가!

그러나 그때 용기는 술 취한 중사의 단순한 폭력보다 훨씬 고상한 무엇이 된다. 그것은 자기 인식의 한 조건이다. 그렇다, 물론 모든 드라마에는 사회적 특성이 있다. 그냥 아픈 한 어린애도 드라마를 만든다. 드라마는 언제나 누군가 다른 사람의 것이다. 그 사람 자신의 경우는 결코 드라마가 될 수 없다.

인간이 35,000피트로 날아올라 폭파하면 아무것도 남지 않는다. 그러나 한 인간은 다른 인간 속으로 들어갈 수 없다. 또 하나의 다른 인간은 무한한 공간이다. 그래서 추위에 떠는 한 작은 어린아이는 영하 50도에서의 난방기기의 파괴보다 더 큰 고통 속에 있는 것이다. 나는 추위와 위험을 알고 있었다. 그러나 오직 다른 사람들의 위험만을 알고 있었을 뿐이다.

나는 왜 이 모든 것들로 나 자신에게 부담을 주었는지 모른다. 나는 '그들의' 35,000피트를 흉내 내었던 것이다. 그것이 '나의 전쟁'이었다. 1/33과 2/33부대는 20 또는 25명의 승무원들 가운데서 11명을 잃었다. 그들은 오직 위험을 무릅쓰고 일했던 자들이었다. 그래서 그것이 가끔씩 내 방에 있을 때 나를 우울하게 만들곤 한다. 인간은 이것에 비싼 값을 치렀다. 그러나 인간이 그렇게 비싼 값을 치렀던 것이 무엇인지 나는 정말로 모르겠다. 적어도 나는 그것을 정의할 수가 없다.

오늘 저녁 나는 한쪽 귀가 들리지 않는다. 그리고 나는 내일까지 압축된 고막을 착용할 것이다.

그래서 다시 한 번 나는 그 이해할 수 없는 모순을 생각한다. 때때로 육신, 사랑을 하고 화롯가에서 평화로운 저녁을 즐기며 잠들기 위해 담요 밑에서 몸을 웅크리고, 어떻게 미소 짓는가를 아는 그 육체는 그 자신이다. 그리고 또 어떤 때는 육체는 그 자신과 분리되어서 들판에서 황소처럼 일하는 하나의 도구가 되어 그 귀가 터지게도 되고 그 살갗이 타버리기도 하는 것이다. 그저께의 나의 동료 비행사들처럼.

오늘 저녁에는 두 가지 느낌이 있다. 닥쳐올지도 모르는 죽음과 직면한 슬픔과, 그러면 문을 닫게 될 모든 정원들에 대한 슬픈 꿈이 그것이다. 메서슈미트(Messerschmitt)에서 치는 벼락은 당신을 불 위의 장작처럼 만들기에 충분할 것이다. 그것은 청명한 하늘에서 터져 나온다. 그리고는 잠잠하게 적막이 흐르는 것이다.

낙하산으로 간신히 살아난 세 명 중 한 명만이 아무 것도 보지 못했다. 그저 갑자기 자제력이 폭발했던 것이다. 그러고 나서 창자가 꿈틀거리는 것처럼 불이 났다. 불길에 휩싸였고, 그는 집을 포기했다. 그리고 물론 나도 불에 안전하지는 않았다. 아마도 나는 마지막 나의 마음을 우울하게 했던 환영을 떨쳐버려야 할 것이다. 인간은 호화로운 생각을 한다. 늘어뜨려진 정원들을. 그것은 나에게 있어 호화로운 이미지의 상징이다. 그러고 나서 인간은 심장을 조이는 그 육신과 냄새를 생각한다. 방문이 열리고 그 따뜻한 내음이 당신을 압도한다. 그러나 다른 느낌도 역시 있는데, 나는 이것을 내일의 행동 안에서 발견할 것이다.

육체는 아주 작은 가치만을 지닌 수단일 뿐이다. 육체가 관련되는 곳에 드라마는 없다. 나는 거기에 아무 것도 없다는 것을 안다. 때때로 나는 벌거벗겨져서 싸늘해진다.

전쟁에 대해 나는 할 말이 얼마나 많은지 나는 여기서 그것을 많이 알지는 못했다. 그러나 내가 있는 곳은 유리한 지점이다. 그리고 모든 유리한 지점들처럼 그것은 심적으로 유리한 지점인 것이다. 나는 이것을 겪어야 했다. 그러나 그것은 우울한 것이었다. 전부는 아니더라도 부분적으로.

무엇보다도 먼저 나는 보다 나쁜 조건들, 불편함, 추위, 그리고 습기 등으로 인해 행복하다. 그것은 실체적인 호사스러움들 너무나 잘 타는 난롯가, 또 나의 농가의 침대 등을 벌충해 주는 것이다. 나는 밤에 얼음처럼 차가운 침대에 누워서 공처럼 몸을 동그랗게 구부리고 나 자신의 온기와 꿈을 만드는 것을 좋아한다. 나는 한 걸음 옮길 때마다 마주치는 한기의 강을 느끼는 걸 즐긴다. 나는 일단 눈이 녹고, 그래서 자연히 내 기관지염이 치유되면 기분이 좋다.

그러면 물론 또 다른 비행들이 기다리고 있다. 나는 아직 그 방어선을 건너지는 못했지만 상공에는 올랐었다. 그리고 적과 만날지도 모르기 때문에 이륙하기 전에 권총을 어떻게 사용하는지도 배웠다. 나는 스포츠에는 취미가 없다. 아마도 이해하지 못하고 있는 것일 게다. 나는 나를 나 자신으로부터 벗어나게 하는 것이면 무엇이나 다 좋아한다. 나는 고도를 좋아하지 않는다. 35,000 피트는 사람이 사는 세계가 아니다. 그리고 그것은 내가 만일 호흡기가 고장이 나면 한 마리 닭처럼 질식해버릴 것이라는 걸 깨닫는 데 큰 영향을 주었다.

이것은 나 자신을 둘로 나누고 나 자신을 나 자신으로부터 멀어지게 하는 것이다. 나는 누구나에게 닥칠 수 있는 내장의 압박을 무시해야 한다. 표면적인 생은 흥미 없는 것이다. 나는 여기에 있지 않다. 나는 어떤 다른 곳에 있다. 나는 깨어났을 때 나 자신에게 만족할 필요가 있다.

나의 동료 비행사들에게는 다른 문제가 있다. 한 가지 것을 위한 자질 문제가. 그러나 판단하는 데에는 여러 가지 방법들이 있다. 사람들은 이 문제를 어떻게 해결해야 할지 알지 못한다.

사람들은 좋은 음악이 흘러나올 때 그것을 꺼버리는 사람들과 싸운다. 그러나 그들은 위대한 근본적 자질들을 가지고 있는 것이다. 그리고 가장 잘 싸운 사람들, 진짜로 싸운 유일한 사람들은 내가 싸우는 것과 같은 이유로 싸우지는 않는다. 그들은 우리의 문명을 구하기 위해 싸우고 있지 않다. 아니 만일 그들이 그랬다면 문명과 그것이 의미하는 바가 다시 정의되어야 할 것이다.

현 세대의 중대한 어리석음이 내 마음을 짓누른다. 그것은 언제나 같은 것이다. 현재는 철저히 생각되어지지 않는다. 왜냐하면 지난 백 년 동안 모든 것이 너무나 빨리 변했고, 사고의 진전은 더디었기 때문이다.

동시에 알려진 현상에 스무 가지의 새로운 부분과 천 개의 새로운 현상이 주어진 한 물리학자를 상상해보라. 문제는 그에게는 너무 과다한 것이다. 인간은 수세기 동안 이 모든 것을 천천히 소화해서 세계를 질서 안에 놓을 수 있는 누군가가 나타나기를 기다려야할 것이다. 수학적인 물리학에는 더 이상의 법칙이 없을 것이다. 이 모든 것이 극도로 슬픈 것이다. 더 이상 가능한 입장은 많지 않다. 히틀러의 노예가 될 것을 받아들이든지 아니면 그를 완전히 거부함으로써 거기에서 파생되는 모든 위험을 무릅쓰든지 둘 중의 하나이다.

그러나 이 모든 것이 침묵하고 있다. 나는 라디오에서 말하고 싶지 않다. 사람들에게 제시할 성경 구절이 없을 때 그것은 비열한 일이다. 그래서 나는 거부함으로써 생기는 위험을 받아들인다. 그러나 나는 평화를 포기함으로써 무엇이 얻어지는가를 확실히 밝히기 위해 죽어야만 했다. 나는 내가 원칙적으로 포기하고 있는 것 -자유, 사랑의 육체적인 따사로움, 그리고 아마도 생명- 이 무엇이라는 것을 알고 있다.

그리고 나는 내 자신에게 묻는다. 무엇 때문에? 이 질문은 종교의 회의만큼이나 고통스럽고, 아무 결론도 없는 의문이다. 그것은 진리를 억지로 만들어내는 참을 수 없는 모순이다. 나는 모순 속에 목을 건 것이기 때문이다. 나는 죽든지 아니면 나 자신과 타협할 것이다. 그러나 내가 정신적인 평화를 발견할 곳은 분명 파리 스와르지 (Paris-Soir紙)에서는 아니다. 또한 라몽 페르난데스에게서도 아니며, 그 끔찍스러운 라디오 방송에서도 아니다.

나는 어제 피에르 닥의 이야기를 듣고 충격을 받았다. 만일 내가 외국인이었고 그런 헛소리가 프랑스에서 흘러나오는 것을 들었다면 그런 쓰레기를 세상에서 빨리 제거해 버려야한다고 생각했을 것이다. 파리 스와르지는 어제 히틀러 총독에 대한 놀랍고도 긴 기사를 실었다. 그것은 히틀러가 여태껏 꿈꾸어 왔던 중에 가장 커다란 선전이었다. 그것은 확실히 위대한 인상을 주었다. 그리고 검열관은 그것을 통과시켰다! 그들은 모두 구렁이 앞에 선 원숭이들 같았다. 이 지방은 싸워야 할 명백한 이유가 주어지지 않았다면 침략 당했을 것이다. 확실히 아무것도 그것에 영향을 미치지 않는다. 그러므로 우리가 영국의 지휘를 따르는 것은 놀랄 일이 아니다. 우리는 우리 자신을 정의하고 우리의 특징들을 묘사할 능력이 없다. 영국인들은 그들의 관습을 위해서, 그들의 실론 차를 위해서, 그들의 주말을 위해서 싸운다. 우리는 희미한 단결심을 느끼지만 그런 일반적이고 명확한 관습은 가지고 있지 않다.

그리고 영국은 달라디에(Édouard Daladier)와 우리의 양심의 문제가 되었다. 그리고 우리는 더 이상 영국이 우리로 하여금 부끄럽게 만들지 않는다면 전쟁을 하지 않을 것이다. 그래서 우리는 영국에 대해 적대적인 감정, 즉 사람들이 너무나 분명한 것을 요구하는 양심에 대해 그러하듯 영국에 대한 나쁜 감정이 고조되었다. 지로두는 적당하지 않았고, 그의 방법이 너무나 명백해졌다. 지성인들의 정신적인 트릭은 인종과 단결에 대항하여 싸웠다. 어느 누구도 방법이나 칵테일 처방을 놓고 죽을 각오가 되어 있지는 않다.

사실 추상적이고 재미있고 흥미로운 모든 것은 가슴에 어떤 인상도 남기지 않는다. 나는 볼에 의한 죽음을 받아들일 마음의 준비가 되어 있지 않다. 나는 어깨가 아프면 낙하산으로 탈출하지도 못 한다는 사실을 경험했다. 나는 나의 모험을 더욱 진지하게 받아들이기 때문에 그런 경험이 더 많으면 많을수록 좋다고 믿는다. 그리고 나는 이해해야만 하리라. 하지만 나의 반대되는 적이 '하일, 히틀러.'라고 외칠 때 나는 외치지 않을 것이다.

"의도된 말이여. 영원히."

무엇인가가 다시 한 번 나를 친다. 홀로 앉아 있는 이 이상한 산 위에서 아주 부드러운 것이. 나는 내가 사랑하는 모든 사람들을 향해서 애정을 느끼며, 전 인류를 향해서 더 큰 애정을 느낀다. 그것은 언제나 똑같은 일이다. 인간이 위험 속에 있을 때 그는 모든 것에 대한 책임을 지는 것이다. 그는 이렇게 말하고 싶어 한다.

"평화가 당신과 함께 하길."

1940

Antoine de
Saint−Exupéry

전쟁은 수행되어야만 한다. 하지만 근본적인 문제가 서로 충돌하지 않기 때문에 이 전쟁은
두 진영가운데 어느 한 쪽이 순간적으로 소모됨으로써 끝날 것이다.

생텍쥐페리

쟝 이스라엘의 추억

별이 없는 맑은 밤을 이용하여 2/33 비행부대의 대장은 1940년 1월 12일 비행 연습을 하기로 결정했다. 비행사들은 조명 없이 착륙 지점을 보여주는 제한된 지상 조명만을 이용하여 내려야만 했다.

생텍쥐페리도 이 연습에 참가한 비행사 중의 하나였다. 그는 지상 조명을 잘못 읽는 바람에 비행로를 따라 여분의 조명등을 싣고 있는 트럭으로 향했다. 지상에서 몇 미터 떨어지지 않은 상공에서 그는 착륙하려다가 지상 조명이 사라지는 것을 보고 그 앞에 검은 물체가 있는 것을 깨달았다.

비행기 착륙을 멈추려면 조종간을 단단히 붙잡아야 한다. 착륙하는 깃이 멈춰야 다시 이륙하게 되는 것이다. 비행기는 급강하고 바퀴는 바닥에 심하게 부딪친 다음 물체에 강하게 닿은 뒤 반동으로 상승하게 된다. 조종사는 고도를 올리고, 그리하여 비행기는 상공을 다시 한 번 선회한다.

다른 행동은 무의미하다. 비행기는 지상에 너무 가까이 다가왔기 때문에 그렇게 행동하지 않았다면 트럭과 충돌, 부서질 수밖에 없는 것이다.

생텍쥐페리는 이 행동을 어렵게 해낼 필요가 없었다. 그는 놀라운 순발력으로 항공우편 조종사 시절 그가 익혔던 기술을 그대로 적용하기만 했을 뿐이다. 그 당시 그는 매우 민감한 엔진 하나짜리 비행기로 날아다녔고 시골구석에서 내려야 했던 적도 많았다. 만일 착륙지점이 마지막 순간에 도랑이 가로 놓인 곳이었다면 그 도랑을 뛰어넘기 위해 바퀴로 바닥을 강하게 부딪쳐야 하는 것이다.

그의 기억 속에 깊이 파묻혀 있던 이 기술이 이 중요한 시기에 생텍쥐페리에게 떠올랐다.

아무도 생텍쥐페리가 훌륭한 조종사가 아니라고 말할 수는 없다. 나는 그날 밤 비행기 앞좌석에 앉아있었다.

X 에게

1940년 1월

나는 비행기를 몇 시간 타고 낭시에 도착했다. 내가 트럭과 충돌할 뻔했던 그 일은 매우 바보 같은 행동이었다. 하지만 나는 긴장하고 있었다. 원래 그 원인은 매우 설명하기 어렵다. 돌이킬 수 없는 잘못을 저지른 후에 사람들은 잘못된 진로를 틀었던 그곳으로 발을 돌리고 싶어 한다. 사람들은 그때 그 말을 하지 않았으면, 그런 행동을 하지 않았으면 좋았을 걸 하고 후회하는 법이다. 그 사태를 돌이킬 수 없다는 느낌이 고통을 수반한다. 유동적이었고 변하던 모든 것이 딱딱한 규격에 맞추어 들어간다.

과거의 사건들은 하늘에서 떨어진, 헤매는 돌과 같다. 사람들은 그 것을 움직일 수도 없으며, 그것을 뚫고 나갈 수도 없다. 그것은 어제는 분명했던 분야를 이제 점령해서 나는 그 존재를 항상 염두에 두어야만 하는 것이다. 하지 않아야 하는 행동을 하고 나면 온 미래가 응고되어 버린다. 부드럽게 조각해도 되었던 모든 것이 갑자기 굳어진다. 그리고 사람들은 그 정당하지 못한 현실의 무게를 느낀다. 정당하지 못한 것은 움직일 수 없다. 정당하지 못함은 속죄나 되찾는다는 것이 불가능하다. (분명히 이것은 단지 정당하지 못하다는 것에 불과하다) 그것은 살아있는 모든 것에 뿌리박힌 제일 우선적인, 실체가 없는 돌과 같아서 사람들은 일단 그것을 경험하고 돌아갈 수 있다. 정당하지 못 한 것이란 눈을 후벼 파는 일이다.

내가 한 시간에 110마일로 그것에 접근할 때 검은 트럭은 나에게서 30피트나 떨어져 있었다. 그리고 나는 그것을 피하기 위해 조종간을 당겨야만 했었다. 나는 그것을 생각할 시간이 100분의 1초도 채 되지 않았다. 가장 확실한 반응이 이루어져야만 했다. 나는 사건의 시작으로 돌아가서 모든 일이 갈라지는 중요한 지점에서 다시 시작할 수는 없다. 분명히 나는 올바른 해결 방법을 택했지만, 나는 다른 방법도 보았고 옳은 선택보나 더 가깝고 더 가능성이 있는 각도에서 그것을 보았다. 100분의 1의 찬스에서 그 가능성은 나에게 열려 있었다.

…나는 죽음을 두려워하지 않는다. 나는 무엇이 일어날지 두려워한다. 나는 괴물처럼 갑자기 밤중에 나타났던 검은 트럭을 두려워하지 않았다. 하지만 실수를 두려워했다. 내가 어둠 속에서 다시 한 번 공중을 선회할 때 나는 착륙지점을 놓치면 어떻게 하나 하고 생각하지 않았다. 불이 붙는다거나 다른 여러 상황에 대해서 생각하지 않았다. 나는 내 마음의 눈에서 더 무거운 영상을 떠올렸다. 그 비행기는 희미하게 켠 불빛 때문에 모습이 보였다. 하지만 나는 그 불빛에 눈이 부시어 다른 모든 것이 어둠뿐이었다. 다시 상승하기 위해 대지에 부딪치기로

결심했을 때 나는 다시 솟아오르기 전 바닥에 배를 깔고 대지에 숨는 듯한 인상을 가졌다. 나는 내 뒤의 대지에 자국을 남겼다. 마치 내 모습처럼 파인 굴을 남긴 것 같았다. 하지만 나는 그 둥지에서 무엇이 부화할지 몰랐다. 나는 이 둥근 내 가슴 속에서 무엇을 발견해야 할지 몰랐다. 그리고 그 바보들이 다시 조명을 켜는데 시간을 오래 끌었기 때문에 나는 생각했다. 저기…나는 그들을 모두 죽였구나 하고….

그리고 착륙한 뒤 모든 사람 중에 네가 있었다는 사실을 발견했을 때 나는 차 안에 우울한 기분으로 앉아 있었다. 그리고 나는 별로 되돌아가고 싶지 않았다. 나는 이것을 이해할 만하다고 생각한다.

그 다음날 라 페르떼(La ferte)로 차를 몰고 가면서 나는 어떤 이유나 나의 두뇌의 제지도 없이, 그리고 나의 모든 반사작용에 관하여 내가 대지에 부딪치기로 선택했던 그 순간에 갈라졌던 두 개의 길을 따라 차를 몰고 간다고 느꼈다. 나는 라 페르떼로 가고 있었다. 하지만 다른 행동을 선택했던 더 그럴 듯한 다른 나는 다른 길을 따라 동시에 차를 몰고 가고 있었다.

그리고 이 다른 나는 그의 손톱도 미친 듯이 물어뜯으면서 자신에게 말하고 있었다. 만일 1초의 10분의 1의 시간에 그 행동을 반복할 수만 있다면! 만일 내가 그 시간으로 돌아가서 나 자신을 박아버리는 것으로 선택할 수 있다면… 그러면 이 끔찍한 악몽을 다시 겪는 대신 나는 라 페르떼로 향하는 짙은 태양 속에서 기쁘게 운전할 수 있을 텐데….

그러자 나는 전파 소리와 잘못 맞추어진 헤드라이트와 물질세계의 모든 타성에 초조해졌다. 나의 헤드라이트를 맞추는 데 그토록 부주의한 다른 사람들이 "난 늦었어… 난 너의 헤드라이트를 맞추었었지."

하며 착륙지점을 잡은 것처럼 나에게는 느껴졌다. 두 개의 조명등이 장애물로 연결되는 그 착륙지점을. 그리고 나는 분노했다. 항공기를 점검하는 데 부주의함. 그것은 마치 "이대로 이륙해도 돼. 이륙해 봐. 일단 공중에 뜨면 작동할지도 모르지." 이렇게 말하는 것과 같았다. 하지만 봉화장치와 기관총. 라디오가 전부 부서져 있다. 그것을 처리하기엔 너무 늦다. 그리고 사람은 돌이킬 수 없는 그림자가 되어 미끄러져간다. 그리고 나는 아직도 분개하고 있다.

1월 16일 2/33부대는 아띠에 수 라옹(Athie-Sous-Laon)으로 이동했다. 1월 19일 비행장이 라옹 근처의 몽소 르 바스트(Monceau-le-Vast)의 작은 마을에 설치되었다. 생텍쥐페리는 아직 한 번도 전투 임무로 출정한 적이 없었다.

라 페르떼 수 자르(La ferte-Sous-Jarre)를 첫 번째로 방문했다. 그곳에서 그는 공군 지휘관 빌르맹 장군을 작전 본부에서 만났다. 그리고 생텍쥐페리는 2/33 부대에 남아 있기 위한 허가를 받기 위해 파리의 공군 본부로 가야만 했다. 도라(Daruat)를 비롯한 그의 몇몇 친구들은 그를 자신의 소망에 대해 보호하기 위해 이 '공모'에 가담했다.

X 에게

1940년 1월 중순

독일과 벨기에의 연합 공격 위협 때문에 우리는 오늘이나 내일 이동해야만 한다. 나는 내 참호로 옮겨야 하는 것이 슬프다. 나는 작은 농가와 마을의 거리, 그리고 활주로에 있는 병영에 익숙해졌는데. 눈이 다소 덜 오면 우리는 떠날 것이다. 눈이 내리고 있다. 나는 테튀 장군을 만나러 갔다. 그는 함께 저녁을 들자고 청했다. 나는 모든 것을 설명했고, 그는 이해했다. 하지만 모든 것은 빌르맹이 아니라 가므랭에게 달려 있다.

옳은 것만으로 충분하지 않다. 결정을 바꾸는 것은 올바른 이유 때문이 아니다. 하지만 가므랭, 빌르맹, 거이 라 샹브르, 그리고 달라디에의 경우라면 그들이 이해하여 '네가 옳기 때문에' 결정을 내린다고 말할 수 있으며 이에 대한 철학적인 서한을 상상할 수 있다. 그들은 상관하지 않는다. 단지 한 가지 행동 방향이 있을 뿐이다. 인간적인 접촉, 말, 분노, 그리고 따뜻함…

우리는 이동한다. 하지만 주소는 그대로이다.

X 에게

나는 나의 새 생활에 구역질이 난다. 이 중앙난방, 거울이 달린 옷장, 이 반쯤의 호화스러움, 이 중산층의 생활이, 단지 지금 조금씩 조금씩 나는 내가 얼마나 오르콩트를 좋아했는지 발견하고 있다. 내가 나의 농장 생활, 추운 방, 진흙과 눈이 얼마나 나를 내 자신의 일부로 느끼게 했는지 깨닫고 있다. 그리고 사람은 심각하게 만들었던 3만 5천 피트가 있었다.

다시 한 번 나는 어찌할 바를 모른다. 나는 자신을 추스를 수가 없다. 내 약속들은 아직도 거기 머물러 있었다. 나는 천천히 아주 천천히 해이해지기 시작했다. 이 쓸모없는 기계로 나는 무엇을 할 수 있을까?

나는 이 일상적인 생활을 원하지 않았다. 나는 다른 사람들의 침묵에 동참하고 싶었다. 나는 바깥에서, 나의 농장이나 나의 3만 5천 피트에서 —곧바로 오만하지 않고 동등하게 노래 부르는 것처럼 행복하게— 내 뿌리를 원했던 훌륭한 대지와 나의 가지를 위한 전체 하늘과, 다른 곳에서 불어 온 바람과 고독의 침묵과 자유와 함께 나는 오고 싶었다.

나는 군중 속에서도 혼자일 수 있다. 군중 때문에 한 쪽에 비켜서 있지만 내 머리와 내 글들을 가지고 말이다. 하지만 지금 나는 더 이상 나의 글도 없고, 내 가지를 위한 하늘도 가지고 있지 않다. 이제 나는 자신감 없이 구부리고 있다. 너무나 가까이 있기 때문에 그들은 나를 숨 막히게 한다.

그럼에도 불구하고 나는 다른 사람들을 좋아했다. 나는 아직도 아무런 주저 없이 그들을 좋아한다. 하지만 내가 진정 필요로 하는 것은 그들을 묘사하는 것이다. 나는 그들 자신보다 그들을 더 잘 표현한 수 있다. 그들의 견고한 뿌리와 훌륭한 실체를. 하지만 그들의 단순한 말은 그들 자신에도 불구하고 전하는 의미가 있지 않는 한 나의 흥미만큼 불러일으키지 못 한다.

그래서 내 책에서 "그녀는 순진하게도 잃어버린 보석 때문에 울었다… 그녀는 벌써 울었다. 그것도 알지 못한 채 … 사람을 모든 보석으로부터 분리시키는 죽음 때문에…."

그리고 여기도 마찬가지이다. 모든 그들의 행동은 곧장 내 마음에 파급되며, 그래서 나는 그들 자신보다 그들에게 가깝다. 하지만 이제 나에게는 공간이 부족하다.

그러므로 그들은 보석에 대한 이야기로 나를 싫증나게 한다. 그것은 더 이상 보석의 문제가 아니다.

나는 내 자신이 가지를 세웠을 때만 이해한다. 나는 그들이 나를 숨 막히게 한다면 더 이상 표현할 수 없다. 그리고 그들이 자신에 대해 표현하는 것은 나의 흥미를 불러일으키지 못한다.

나는 버트롤르에 갈 것이다. 나는 여기서 겪는 초조함보다 죽음의 위험을 택한 것이다. 나는 다시 툴루즈에서 나 자신을 발견했다. 하지만 덜 외롭다. 나는 고독에 대한 갈증으로 죽어가고 있다. 나는 고장난 기계이며 모르는 음식을 필요로 한다. 나는 도움을 달라고 외친다. 나는 무언가 명백히 해줄 것을 필요로 한다. 나에게 깨우침을 달라. 죽지 않고 열매를 맺기 위해 사람들은 무엇을 해야 하는가? 나는 어디에 있는가?

나는 선의로 목을 축인다. 그리고 오렌지나무처럼 나는 토양에 뿌리를 내린다. 하지만 오렌지 나무는 움직일 수 없다. 토양을 바꾸기는 어렵다. 나는 광부의 본능을 가지고 있을 뿐이다. 나는 그 지점에 있을 때 알 수 있으며, 하지만 어디로 가야 할지는 모른다. 나는 매우 실수가 많은 나무이다.

X 에게

라옹, 1940년 1월 하순

나는 처참한 기분으로 파리에서 돌아왔다. 그들은 아무도 필요로 하지 않았다. 사람들은 마치 브리지 게임에 낀 다섯 번째 사람처럼 느껴졌다. 나는 비행기 활주로의 밤 보초 근무를 할 때 더욱 유용한 존재로 느껴졌다.

전화나 부호로 된 메시지, 판에 박힌 시간을 처리해야 할 사람은 나뿐이었다. 무엇인가 나에게 의존하고 있기 때문에 나는 잠들 수가 없었다. 그리고 나는 내 심장이 뛰는 것을 느낄 수 있었다.

레온 베르스에게

라옹, 1940년 2월

친애하는 레온 베르스(Léon Werth).

…얼어붙을 듯이 춥다. 그리고 나는 인생을 잘 이해하지 못한다. 나는 평화를 얻기 위해 나 자신이 무엇을 해야 할지 모른다. 왜냐하면 현재 우리는 더 이상 전쟁과 관련이 없기 때문이다. 우리는 일어나지도 않을 사건에 대비하여 여기 보내졌고, 그래서 우리는 다소 편안한 상태이다. 다른 이들은 그들의 17비행대를 잃고 난 뒤 휴식은 얻었는데 나는 아직 아무 것도 하지 않았다. 그리고 만일 네가 나의 전쟁이 비상식적이라고 생각한다면 나의 휴식도 ─오히려 나를 쉬지 못하게 하는 이 안정을─ 더욱 이해할 수 없을 것이다. 우리는 진짜 집에서 진짜 거실과 중앙난방 시설을 가진 채 살고 있어. 이곳에서는 노래도 엉터리로 울리고, 나는 더 이상 밤에 불을 피우기 위해 일어나지 않아도 된다. 나는 그 일이 좋았어. 난 추웠지만 내가 불을 피우는 위대한 건축가처럼 느껴졌지.

나는 또 새벽의 차가운 내 침대를 사랑했어. 차가운 침대는 근사한 거야. 왜냐하면 사람이 움직이지 않으면 따뜻한 강에 누울 수 있고 만일 한 쪽 팔이라도 움직이면 혹한의 기류에 떨어져서 침대는 해협의 파도와 빙산이 떠오는 신비에 가득 찬 곳이기 때문이지. 사실 나는 모든 것을 지워 버리는 편안함을 싫어해. 나는 '적당한 기후'에 싫증났어. 여기서 보내는 밤은 난방기와 거울이 달린 옷장 사이에서 더 이상 곰 사냥하는 기분을 느끼고 싶지 않으며, 잠이 깨고 나서 더 이상

66 생텍쥐페리, 삶과 죽음을 넘어

붉은 타일이 깔린 마루를 지나 난로가로 다가가지 않아도 되지. 난 너무 추워 이빨이 마주치기 때문에 항상 주저하곤 했었는데.

그리고 그곳에서는 그럼에도 불구하고 나를 부정했던 급작스러운 임무가 있었지. 내가 그 임무를 맡고자 했던 것은 전쟁이 아니었다는 것을 너도 알고 있겠지. 하지만 그들의 목가적인 태도 속에서 나는 내 껍질을 떨쳐 버리게 하는 그것을 필요로 한다. 그리고 여기 나는 마치 인큐베이터 속에 있는 기분이다. 나는 이 반쯤의 호사스러움을 이해할 수 없으며 나는 1/52부대와 합류하기 위해 2/33부대를 떠나려고 한다. 그 부대는 아직도 계속하고 있지. 어떤 경우든 우리는 완전히 지고 있어. 기요메 대장은 딴 곳으로 전출되었고 부대장은 바뀌었어. 노래나 유희도 더 이상 의미가 없어. 레온 베르스. 넌 이와 같은 우리를 보면 슬퍼질 거야…

난 네가 벌써 알고 있는 사실들을 이해하기 바란다. 나는 매우 너를 필요로 한다. 왜냐하면 무엇보다도 나는 네가 내 친구 중에서 가장 사랑하는 친구이며 네가 나의 양심이기 때문에 그런 것이야. 나는 너처럼 사물을 이해하고. 너는 동시에 나를 가르치고 있다고 생각해. 나는 종종 너와 긴 토론을 하고 ─나는 불공평한 말을 하는 것이 아냐─ 나는 거의 네가 옳다고 찬성하지. 하지만 동시에 레온 베르스, 나는 너와 함께 사온느의 제방에서 시골 빵에 소시지를 먹으면서 페르노(Ferno)를 마시는 것도 좋아해. 나는 왜 그 순간이 그토록 완벽한 충만감을 주는지 모르겠어. 하지만 넌 나보다 더 잘 알 테니 더 말 안 해도 되겠지. 나는 너무나 그때가 좋았기 때문에 다시 그렇게 하고 싶다. 평화란 추상적인 것이 아냐. 그것은 위험과 추위의 끝이 아니다.

그리고 나는 일어났을 때 용감하게 벽난로로 진군하던 오르콩트의 나를 자랑스러워한다. 평화란 사온느의 제방에서 레온 베르스와 시골 빵과 소시지를 베어 먹는 것이 의미 없는 일이 아니라는 것을 의미한다. 소시지가 더 이상 어떤 맛도 없다는 것이 나를 우울하게 한다.

나를 보러와 줘. 하지만 우리는 비행 부대를 보러 가지는 않을 거야. 그건 꼭 슬픈 일은 아니지만 그래도 우울한 일이야. 우리 랭에 가서 하루를 보내면서 좋은 술집을 찾아보자구. 우리는 드랑쥬에게 전화해서 캄과 수잔느를 데리고 오라고 하자. 나는 너희 모두를 큰 연회에 초대한다. 나를 즐겁게 하도록 빨리 오려무나. 서둘러야 해. 왜냐하면 내가 1/52부대에 합류한다면 파리에서 멀리 떨어질 것이기 때문에.

토니오

라옹의 영국 호텔에서 만나자. 역 근처니까. 기차는 2시간 20분 쯤 걸리지. 상당히 가까운 거리야. 그리고 저녁 9시 6분에 도착하는 기차가 있어. 나와 함께 머물면 되겠지. 나는 그 다음 날은 쉬면서 너희들과 함께 랭으로 갈 거야. (나는 성당은 몰라) 드랑쥬는 저녁이나 점심을 우리와 함께 들 수 있으며, 너희들을 파리까지 데려다주겠지. 괜찮겠어?

1940년 2월 이용할 수 있는 고도계를 발명하고 나서 생텍쥐페리는 국립과학연구센터(CNRS)에서 일하도록 명령받았다. 1940년 1월 22일의 편지에서 CNRS의 소장은 "실제 비행 경험이 있고 비행의 필요성을 잘 아는 인물이 연구센터의 간부 조수로 필요하다."고 여겼다. "생텍쥐페리 기장이 바로 이 인물일지 모른다."

이에 관련하여 앙리 알리아스는 설명한다. 국립과학연구센터로 전출하라는 명령이 하달되었을 때 생텍쥐페리는 나에게 그가 그의 친구인 지로두에게서 받은 편지 이야기를 했다. 그의 친구는 그가 미국으로 건너가 선전 임무를 맡기를 바라고 있었다. 생텍쥐페리는 그가 한 번도 전투 비행 업무를 맡지 않았기 때문에 그런 역할을 떠맡는다는 것은 옳지 않다고 말했다. 그래서 그는 거절했다.

부대의 황금책에서

2/33의 세 번째 부대에서 젊은이다운 열기와 상호 신뢰 그리고 남아메리카 비행선에서 우리가 그토록 높이 평가했던 협동 정신을 다시 발견하고 몹시도 감명을 받았다.

여기서는 모든 것이 같았다. 그리고 내가 이 부대에서 높이 평가하는 것은 젊은이로 남아 있는 지휘관들과, 그들의 단순함을 가지고 있는 오래된 전문가들, 항상 충실한 동료 비행사들… 이들은 위험이나 진흙과 불편한 통나무집에서 오래되었지만 아직도 감미로운 전투를 둘러싸고 서로 행복하게 모여 있던 우정이었다.

나는 3부대에 남아 있는 것이 행복하다.

앙투안 드 생텍쥐페리 1940년 2월 11일

어머니에게

오르콩트, 1940년 4월

사랑하는 어머니.

전 어머니께 편지를 썼는데 제 편지가 분실되었다니 슬픕니다. 전 조금 아팠답니다. (이유도 없이 고열이 계속되는 병이었지요) 하지만 지금은 다 나아서 병영에 돌아왔습니다.

제가 그동안 아마 편지를 보내지 않았다고 생각하셨겠지만, 사실 편지를 썼고, 또 아팠기 때문이니 용서하시기 바랍니다. 제가 만일 어머니를 얼마나 사랑하고, 생각하며, 또 걱정하는지 아시기만 한다면! 무엇보다도 저는 제 가족이 평안하기를 바란답니다.

전쟁이 더 길어질수록, 미래에 대한 그 위험과 위협도 길어질수록 전 저에게 기대하고 있는 사람들에 대한 걱정이 늘어갑니다. 전 이제 완전히 혼자 남게 된 콘수엘로가 가엾습니다. 만일 그녀가 남 프랑스에 피해 온다면 저를 위해 그녀를 딸처럼 생각해 주십시오.

어머니의 편지는 저를 우울하게 했습니다. 왜냐하면 저를 꾸중하셨기 때문입니다. 전 어머니의 부드러운 이야기를 듣고 싶습니다.

혹시 필요한 것은 없으십니까? 어머니를 위해 어떤 것이라도 하고 싶습니다.

키스를 보내며
앙투안느
2/33 비행부대
우편번호 897

어머니에게

오르콩트, 1940년

사랑하는 어머니.

저는 무릎도 꿇은 채 예고되었으나 아직 터지지 않은 공습을 기다리며 어머니께 편지를 씁니다. 전 어머니를 생각합니다. 그리고 어머니 때문에 두렵습니다.

전 아무런 편지도 못 받았습니다. 도대체 편지는 어디로 갔을까요? 좀 고통스럽습니다. 이태리에서 끊임없이 공격 위협이 있는데 어머니가 위험하시지나 않을까 걱정스럽습니다. 전 무척 불행하답니다. 어머니의 부드러운 음성을 원합니다. 왜 제가 사랑하는 모든 것이 위협받아야 할까요? 전쟁보다 저를 더 두렵게 하는 것은 내일의 세계입니다. 파괴된 마음과 흩어진 가족입니다. 전 죽음은 두렵지 않습니다. 하지만 정신 사회가 위험에 처하는 것이 두렵습니다. 저는 우리 모두가 하얀 테이블을 사이에 두고 다시 함께 모이기를 바랍니다.

전 어머니께 제 생활에 관해 그다지 말씀드리지 않았지요. 사실 할 이야기가 없습니다. 위험한 임무와 식사수면… 전 몹시 불만족스럽습니다. 제 가슴은 다른 일을 원합니다. 전 제가 사는 시대의 상황이 불만스럽습니다. 받아들여지고 경험한 위험도 사람의 양심을 진정시키기에 충분하지 않습니다. 제가 찾을 수 있는 유일하게 기분 좋은 것은 어린 시절의 기억입니다. 크리스마스이브의 꽃불 타던 냄새. 영혼은 요즘 목말라 죽어가는 사막입니다.

전 글을 쓸 시간이 있습니다만 내키지 않습니다. 책은 아직 저의 내부에서 성숙되지 않았습니다. 목마름을 풀어 주어야 하는 책 말입니다.

안녕히 어머니. 포옹을 보냅니다.

당신의 앙투안느

의사에게 자문을 구하기 위해 파리에 갔던 생텍쥐페리는 5월 10일 밤 르네 드랑쥬와의 전화로 독일 침공임무를 맡게 되었다.

5월 16일 그는 수상 폴 레이노(Paul Reynaud)에 의해 받아들여졌다. 생텍쥐페리는 루즈벨트 대통령에게 중재를 부탁하러 대서양을 건너가겠다고 제의했다. 그는 대규모의 공중 방어만이 독일의 공세를 저지할 수 있다고 주장했다. 그리고 비행기가 있는 곳이면 (말하자면 미국에서) 어디에서라도 비행기를 얻어야 한다하고 주장했다. 레이노는 생텍쥐페리의 제의를 거절했다. 그는 벌써 공식 임무로 르네 드 샹브렁에 임명되었기 때문이다. 생텍쥐페리는 몹시 실망했다.

2/33 부대는 낭지, 그리고 브르그, 퐁텐블로, 마침내 오를리까지 후퇴했다. 생텍쥐페리는 사실상 많은 미국인들에게 그들의 나라도 참전해야 한다고 설득하려 했다. 그것은 1940년이나 1941년의 일이었다. 확실한 날짜는 알려지지 않았다.

세계를 효율적인 관념 체제로 파악하는 것은 인간 영혼의 위대한 일부이다. 하지만 그 약정들의 하나는 그가 너무나 많이 그것을 믿고 있었다는 것이다. 과학자가 이론을 제기할 때 그는 금방 그 본질적인 가치를 믿지 않는다. 그는 단지 그것이 세상을 정리하는 부호이며 정돈 그 자체만이 가치 있다는 것을 알고 있다. 이론의 가장 중요한 가치는 명쾌함이며 만일 이론이 단순함보다 혼란을 야기한다면 그 이론은 제외되며 이익보다는 해가 되는 것이다.

그리고 만일 우리가 우리 지구상에서 일어나는 인간 사건들에 어떤 순서를 정하고 싶다면 우리에게 가장 중요한 것이 우리의 배열방법으로 인해 방해받거나 상처입어서는 안 된다. 영혼은 우리의 한 욕구뿐만이 아니라 명령이나 기술 개발과 같은 그런 욕구, 우리의 모든 욕구를 만족시키는 종합으로 나아가야만 한다.

독일인들이 빵을 구걸할 때 어떻게 네덜란드, 스웨덴, 벨기에는 자치적인 생활을 영위할 수 있었을까? 이제 세계는 무엇이 달라졌을까? 아무 것도 다르지 않다 -경악의 효과를 제외하고, 새로운 개념은 세계를 너무 혼란시켰고. 어떤 다른 부호의 변화처럼- 우리는 너무 늦게, 그리고 천천히 반응했다. 만일 우리가 독일인이 라인 지방(Rhineland)

으로 들어갔을 때 함께 협력하여 행동했다면 우리는 세계 평화와 아울러 힘의 균형과 우리의 명예를 구할 수 있었을 텐데. 동맹의 시기 아니면 프라하의 일이 일어났을 때도 우리는 그것을 구할 수 있었다. 하지만 그때쯤에 그것은 아마도 전쟁을 의미했을 것이다.

만일 1억의 독일인이 그들의 존재가 대변하는 도전의 이름으로 5억의 유럽인들을 모두 함께 뭉쳐서 파멸시키겠다고 위협하는 그런 경우를 직면했다면 우리는 아직도 전쟁이 안겨다 주는 파괴를 막을 수가 있었음이 너무나도 명백하다. 이 위협이 진지한 것이든 아니든 그 근거를 따지자는 깃이 나의 의도는 아니다. 나는 히틀러가 진지하다고 생각한다. 최근의 무하마드처럼 히틀러가 진지하기 때문에 그는 파면되어야만 한다. 자유스러운 네덜란드의 존재는 인종주의자들의 마음에 견딜 수 없는 도전이다. 그리고 우리는 행복이 도전할만한 가치가 있기 때문에 문명을 위해 죽을 각오가 되어 있다. 1억의 독일인들은 나머지 세계가 자유를 보장하는 한 이웃 국가들을 존중할 준비가 되어 있었다. 기독교 초기부터 이 완고함은 수행 되었었고 그 와중에서 무정의와 기독교 정신의 사열도 있었다. 자유와 내적 평화, 인간적인 존중은 그 가치를 따질 수 없을 만큼 소중하며, 하지만 세계적이어야 하는 보물이다. 만일 비겁함과 두려움, 탐욕이 이 세계로 하여금 그 보물을 지키기 위해 결합하지 못하게 한다면 이 공통적인 보물은 없어져 버릴 것이다.

모든 다른 사람들이 부(富)를 소유했다 할지라도 우리 또한 부유하게 살 수 있으며, 우리는 개개의 얼굴에서 영광을 찾을 수 있다는 것을 안다. 이 지구상 5억이 넘는 여성의 얼굴에 같은 문신을 찍을 필요가 없는 우리는 이 세계의 다양함과 다른 이의 개인적인 행복 속에서 우리의 행복을 지켜야한다는 것도 안다. 무엇보다도 다른 사람의 행복을 보호하는 우리는 다른 사람의 행복이 바로 우리의 행복이라고 생각한다. 만일 다른 사람이 뭉치지 못한다면 그것은 그들이 이해하지 못하기 때문이다. 러시아와 네덜란드의 영혼, 스칸디나비아인들의 영혼과 노르웨이인의 영혼이 있다는 것은 명백하다. 어떻게 그토록 오랫동안 계속된 이 사실이 갑자기 정지할 수 있는가…

그들은 다시 한 번 인류의 중요한 생물학적 분장의 영원하고도 변하지 않는 부분이 사실상 인류 영혼의 내적 습관의 정복이라고 생각하는 오류를 범했다. 그들은 그들이 그 무엇을 위해 살아온 그 법칙이 없어질 수 있다고 상상하지 못한다. 그들은 행복한 사람에 대한 그들의 좁은 시야로 중요한 어떤 것이 사라질 수 있으며, 전 영혼의 영역이 위협받는다고 믿지 못한다. 그들은 전 시대의 모든 호적을 없애고 완전히 대륙을 변화시킨 중요한 역사적인 변동을 믿지 않는다. 그들은 그들에게 부당하다고 여겨지는 것이 가능하다는 사실을 믿지 않는다. 그들은 놀라면서 하나님의 정당함에 호소하면서 마치 그러한 보물들이 손실 없이 지켜질 수 있다고 생각하는 것처럼 마치 문화가 세대를 거쳐 자유롭게 전달되지 않을 수도 있는 것처럼 그들은 항의한다.

우리는 우리가 프랑스 사람이기 때문에 무엇보다도 프랑스를 위해 싸울 수 있다. 하지만 프랑스식 삶의 방식을 넘어서서 스위스의 조그마한 마을, 네덜란드의 튤립, 노르웨이인의 꿈을 위해 싸울 수 있다. 우리는 모르는 순간 그들을 위해 싸울지도 모르며, 비록 그들의 운명이 우리의 손아귀에 있어도 그들은 도깨비에게 제일 먼저 잡혀 먹힐까 두려워 감히 그 말을 하지도 못한다. 그들은 단지 보장만으로 보호될 수 없으며 그들 자신에게 관심을 집중시키지 않고 오스트리아, 체코, 폴란드를 나치 독일로 합병시켜서 단지 '하일, 히틀러'만 외치면서 그들의 진정한 욕망도 숨기려 하는 것이다. 그들은 나약하여 그들이 자신들의 유산을 지킬 수 있는 한 자신들을 변명할 수 있다.

그러나 우리는 나약한 자를 위해 싸우는 것이 어떠한지 알고 있으며, 그들이 적의 첫 번째 희생자가 되기 위해 앞으로 나서기를 기대하지 않는다. 하지만, 너, 바다에 의해 보호되는 지대한 권력의 나라의 목소리인 너, 해군과 육군과 전투에 강한 너, 아무것도 두려워할 것이 없는 너는 폰티우스 피라테(Pontius Pilate)처럼 너희 나라 사람들로 하여금 상관하지 말아야 한다고 말해야만 하는가? 여기에 관해 할 말이 많다. 이 전쟁은 직접적으로 너희들의 존재를 위협하지는 않지만 그래도 관련이 있다. 아마도 나치는 더 관계가 깊을 것이다. 왜냐하면 우리가 싸우는 것은 종교를 위해서이기 때문이다.

자유, 그것은 또한 너의 종교이기도 하다. 왜냐하면 그것은 우리가 지키며 또한 너도 함께 지켜야 하는 영혼의 목표이기 때문에 비록 다른 대륙에 살고 있다 하더라도 똑같은 지구상에 살고 있는 것이며, 인간이 연대 책임을 보이는 문명의 후계자들이며, 만일 메시나, 도쿄, 샌프란시스코가 지진에 파괴되었다면 결코 그 누구도 무심할 수 없다. 메시나와 도쿄, 샌프란시스코를 위해 고통을 받을 것이다. 메시나가 이탈리아의 도시이기는 하지만 그래도 그 도시를 재건하는 데 도와야 할 것이다. 메시나가 나치가 아니기 때문에 너는 그 도시를 더 이상 벌주지는 않을 것이다. 여러분은 우리와 같다. 그 허약한 생존이 우리들의 손아귀에 놓여 있으며, 기도를 제외하고는 그들의 비밀스러운 소원을 표현할 수 없고 이웃의 땅이나 소유물을 탐내지 않으며 오래 전에 로마 정복자를 물리쳐버렸다. 영국은 네덜란드보다 강한나라이지만 그래도 네덜란드의 식민지를 탐내지 않는다. 프랑스는 스위스보다 훨씬 강하지만 그래도 스위스의 불어권 국민들을 원하지는 않는다. 너는 멕시코보다 훨씬 강해도 멕시코를 넘보지는 않는다. 너는 전쟁이 위대한 어떤 것이 아닌 순간부터 서서히 나타난 나라 중의 하나이다. 그 고귀한 감정이 희생된 몇몇 목숨의 가치가 있는 곳이며, 인간이 기계의 무게에 짓눌려 버린 납골당이 된 곳이었다.

너무나 위험한 유희를 그만 두도록 하자. 생존보다는 파멸이 많은 유희를. 영토 확장의 야욕을 그만두자! 만일 우리가 진흙 속에서 모두 죽기를 바라지 않는다면 우리는 언젠가 평화를 이야기해야 한다… 인간에게 열려진 정복은 무수히 많다.

세계를 나누는 것은 이상이며. 너의 사고방식은 우리가 사랑하는 세계를 파괴시킬 수 있다. 만일 너의 사고방식이 퍼진다면 우리는 진정 우리 각자의 신조 아래 묻힐 것이다. 하지만 어떤 생각은 그 성공의 여부로 판단되고 그 성공은 그 초자연적인 무엇에 연결되는 것이 아니라, 그 엄격함에 관련된다. 사람들은 너의 다소 단순한 사고방식을 더 위대한 희망을 약속하는 풍요로운 다른 사고방식과 비교할 수 있다. 너의 각색은 만일 더 힘찬 신념과 힘으로 모인다면 우리에게 승리하도록 할 다른 협정과 비교될 수 있다.

나는 독일에 가서 물리학자에게 물어 보았다. 오늘날의 물리학은 아인슈타인의 상대성 이론을 고려하지 않고, 이야기할 수 없다. 아인슈타인을 읽는 것이 허용되는가? 절대로 안 된다는 대답이었다. 세계를 이해하기 위해 아인슈타인의 상대성이론을 알 필요가 있는 사람들이 만일 그를 무시하고 싶지 않다면 그를 경멸하듯 말해야 한다.

독일은 과학자들이 많은 나라지만 이제는 단순히 기술자들이 많은 나라가되었다. 얼마나 인간의 사고가 진보하는지 너는 잘 알 것이다. 자유로운 논박으로 이론과 그 상대적인 이론이 연결되는 초점이 나타난다. 불편함이 너무나 강렬했을 때 단단하게 조인 구멍은 벌어진다. 그리고 모순의 이상을 본 누군가가 나타나 새로운 종합으로 이르는 것이다.

자유만이 인간의 사고방식을 전진하게 한다. 그리고 200년 동안 우리는 인류의 자연 정복을 지켜보았다. 하지만 갑자기 사고를 잃게 하고, 단단한 틀에 집어넣으려 하며, 갑자기 그의 철장갑 아래 인류를 개미탑의 상태로 전락시킨 사람이 나타났다. 사고는 더 이상 그 사고 자체를 사문화할 수 없기 때문에 더 이상 관전만 할 수 없다. 갑자기 그것은 진실의 스펙트럼에 의해 빛을 잃었으며 보이지는 않으나 과거에도 거대한 개미탑을 지었던 돌로 된 기둥처럼 사고를 제한하는 것이다.

° ° °

아마도 히틀러는 우리의 지식과 자기나라의 과학적 전문 지식을 어떻게 획득해야 하는지 누구보다 잘 아는 것 같다. 그는 어떻게 무기를 생산하며, 어떻게 그의 민족에게 자기 발등을 찍도록 하는지 잘 아는 것 같다. 하지만 여기에서 무슨 위대함이 보이는가? 단지 인간의 사고방식의 열매를 약탈하거나 인간 사고방식을 경멸하는 도둑만이 보일 뿐이다. 오늘날 독일의 지식인들은 바보 같은 공상가거나 위험한 이론가와 같다. 지식의 전당에 파묻혀서 그들은 어떤 주어진 일은 어떤 것이라도 표절하여 그들이 창조해낼 수 없었던 일도 해치운다.

자신을 위해 싸워야 하는 우리는 우리와 같은 생각을 하는 (우리가 너의 유산을 위해서도 싸우기 때문에) 너 자신을 위해서도 또 독일을 위해서도 싸운다. 왜냐하면 우리가 사랑하는 독일을 위해서, 그리고 자기 나라를 견고한 수용소로 만드는 약탈자에 대항하여 싸운다. 우리가 단지 평화롭게 살기만 바란다는 사실을 너는 알 것이다. 우리는 기본적인 호사함, 우리가 너무나 자연스럽게 생각했기 때문에 지켜야 할 필요를 몰랐던 그 편안함도 지키기 위해 싸운다. 우리가 어찌 바로 이웃의 미치광이가 다른 사람에 대항하여 자신의 옷을 지킬 수 없기 때문에 자기 혼자만이 옷을 가질 권리가 없다는 기묘한 사실을 발견하리라고 짐작이나 했겠는가? 우리는 인류를 위해 싸운다. 그래서 개인이 대중에 압도되지 않도록, 화가가 비록 아무도 그의 작품을 이해 못해도 그림을 그릴 수 있도록, 비록 과학자가 비종교인이라도 실험할 수 있도록… 우리는 모든 아버지와 그들의 아들을 위해 싸운다. 부드러움이 가족 식탁을 감싸고 아들들이 그들의 아버지를 정당 관리에게 고발하지 않도록, 친구가 배반하지 않도록, 약한 자가 법과 세계적인 규범에 의해 보호받도록, 비록 방어할 수 없다 하더라도 자기 옷을 지킬 수 있도록 하기 위해서.

하지만 이를 위해서는 세계적인 협약이 필요하다. 모든 사람들이 그들의 소유를 함께 보호해야 한다. 모든 사람은 그들 나라의 영적인 유산의 일부가 되어야 하며, 동시에 인류의 일부가 되어 대중에 대해

각 인간을 지킬 준비가 되어야한다.

공군의 장군 명령 C 44번

1940년 6월 2일

독일 대장 빌르맹 장군은 다음과 같이 수여한다.

생텍쥐페리 대위, 앙투안 장 밥티스트 마리 로제, R.G.2/33 부대의 조종사.

"높은 지적 능력과 도덕적 자질을 지닌 비행 조종사는 항상 가장 위험한 임무를 자원한다. 그는 훌륭하게 두 번의 사전 정찰 임무를 수행했다. 1940년 5월 22일 강력한 반 비행 대공포화의 공격을 받으면서도 그의 비행기가 완전히 공격을 받아 손상되기까지 정찰 임무를 중단하지 않았다. 임무와 다른 부대원에 대한 완전한 자기희생의 본보기였다."

6월 4일과 8일 사이 베이강 장군의 지휘 하의 솜므와 에즈느 방어진이 뚫렸다.

6월 10일 남쪽으로 피난 행렬이 시작되었다. 생텍쥐페리는 아라로 가는 도로에 피난 행렬이 줄을 지었다고 말한다.

레이노 정부는 6월 14일 보르도에 피난 정부를 세움. 파리는 같은 날 점령되었다.

16일 생텍쥐페리는 보르도에 있었다. 이틀간 그는 아직도 확고한 자세를 버리지 않는 사람들과 이야기했다. 하지만 사건의 추세를 막기에는 너무 늦었다.

6월 17일 페탱 원수는 새로운 정부를 구성했다. 그는 휴전을 제의 했고 6월 22일 휴전을 얻어냈다.

6월 3일 2/33에 남아 있던 6개의 비행대는 낭지로 후퇴했다. 그리고 10일 그들은 샤펠, 방도므와즈, 샤또루, 그리고 종삭크, 보르도를 지키라는 명령을 받았다. 그리고 마침내 알제에서 매종 브랑슈 비행장으로 갔다.

어머니에게

1940년 6월 보르도

사랑하는 어머니.

우리는 알제로 철수하고 있습니다. 어머니를 사랑하여 포옹을 보냅니다. 편지를 기다리지 마십시오. 그건 불가능합니다. 하지만 제가 어머니를 무척 사랑한다는 사실을 기억해 주세요.

앙투안느

1943년 여름에 쓴 편지에서 생텍쥐페리는 다음과 같은 이야기를 적었다.

"개인적으로 나는 휴전 협상에 반대입니다. 나는 보르도에서 비행기를 한대 훔쳤습니다. 나는 네 명의 젊은 조종사를 모집하여 -길거리에서 제가 모은 것입니다- 그 비행기에 태웠습니다. (그것은 엔진이 네 개 달린 파멘이었습니다.) 그리고 북아프리카에서 전쟁을 계속하기 위해 날아갔습니다. 나는 그때 실직 중이었습니다."

X 에게

1940년 7월 초순, 알제에서

나는 이 순간 비행기 한 대가 프랑스로 향하여 떠났다는 말을 들었어. 여기서는 아무 것도 프랑스로 가지 않아. 편지나 전보도.
나는 네가 상상하는 것보다 더 슬프지.
너무나 많은 것들이 나를 구역질나게 한다.
나는 잘못 움직이는 부분처럼 느껴져. 그리고 이곳에서 사람들은 단지 손톱만 뜯을 밖에.
난 내가 할 수 있는 대로 할 수 있는 것은 다 했어.
나는 절망에 빠져 있다.
언젠가 물론 우리는 돌아가겠지…

생텍쥐페리는 8월말 제대 당했고 라 모리시에르를 타고 프랑스로 돌아왔다. 그는 그의 가족이 있는 아게이에 정착했고 『사막의 지혜』를 쓰기 시작했다. 여름 동안 어두운 위협이 가중되었다. 새 정부와 독일인들은 유태인에 대한 처벌을 시작했다. 특별히 '유태인 법령'이 10월 3일 시행되기 시작했다. 이 슬픈 시기 동안 생텍쥐페리는 자기 친구인 레온 베르스를 만나러 갔다.

미국이 조만간 전쟁에 참여하리라고 확고히 믿은 생텍쥐페리는 작가와 비행사라는 자기의 능력 때문에 그곳에서 유용하게 쓰일지 어떤지 고심했다.

리스본을 거쳐 미국으로 갈 생각을 한 그는 필요한 비자를 얻기 위해 비시에게 요청하는 글도 썼다.

비시 정부는 얼마 안 된 자기네 정부의 정책을 더 효과적으로 펼치기 위해 스포츠나 모험의 위대한 인물들의 명성을 이용하려 했기 때문에 이 유명한 조종사에게 교육상 자리를 줄까 고려중이었다. 생텍쥐페리의 생각과는 전혀 무관한 이 움직임은 뒤에 그에게 큰 고통을 주게 된다.

11월 초 생텍쥐페리는 알제에 도착했다. 그는 2/33 부대의 동료를 만나러 갔다. 그는 당시 튀니스 근처의 엘 아우이나에 진지를 치고 있었다.

11월 말 탕지에에 머문 다음 생텍쥐페리는 리스본으로 갔다. "밝지만 슬픈 천국과 같다."고 그는 『인질에게 보내는 편지(Lettre à un otage, Letter to a Hostage)』에서 리스본을 그렇게 묘사했다. 그는 미국으로 가는 배를 타고 싶었다.

11월 27일 그는 친구 기요메(Henri Guillaumet)가 죽었다는 소식을 들었다. 그의 비행기가 지중해에서 포격 당했던 것이다.

다시 한 번 그는 고통을 받았고, 망설였다.

X 에게

1940년 12월 1일, 르 팔라스, 에스토릴 포르무갈

···기요메가 죽었고, 오늘 나는 마치 아무 친구도 없는 것 같다. 나는 그를 동정하지 않는다. 나는 죽은 자를 동정할 수 없다. 하지만 그것에 익숙해지기에는 오랜 세월이 걸리며, 나는 벌써 이 고통스러운 작업에 짓눌려 있다. 수개월이 걸릴 것이다. 나는 그를 자주 필요로 할 것이다.

나이란 얼마나 우리를 빨리 잡아당기는지! 나는 아직도 살아 있는 오래된 카사블랑카-다카르 팀의 유일한 일원이다. 브리게 14의 위대한 영광의 시대를 알았던 사람들, 콜레, 렌느, 라살, 보르 가르도, 메르도쯔, 에티엔느, 시동, 레크리뱅, 윌리, 베르니, 리겔르 피코두, 그리고 기요메 ··· 모두 죽었고 나만 회상과 감회를 안은 채 지구상에 남아 있다. 나는 이빨이 없는 늙은이처럼 혼자 옛날을 회상한다. 그리고 남아메리카 노선을 함께 가던 조종사들은 남아 있지 않다. 아무도···

나는 내가 이렇게 말할 수 있는 동료가 아무도 없다. "기억하나?" 얼마나 완전한 고독인가. 나의 가장 강력했던 8년 중에서 관리자였고 뒤에 합류했던 루카스와, 한 번도 툴루즈를 떠난 적이 없기 때문에 숙소를 함께 한 적이 없었던 뒤브르디우만 남아 있다.

나는 이것이 단지 매우 늙은 사람에게만 일어나는 일이라고 믿었다. 그 자신의 친구를 모두 잃어버리는 것은···

인생 전체가 다시 시작되어야 한다. 전방을 볼 수 있도록 나를 도와

주기를. 나는 내려가는 경사 길에 있다는 것에 절망하고 있다.

무엇을 해야 할지 말해줘. 만일 내가 돌아가야만 한다면 나는 그렇게 할 거야.

1940년 12월 초 생텍쥐페리는 아메리카로 가기 위해 리스본을 떠났다. 그는 시보니라는 미국 화물선을 타고 대서양을 건넜다. 장 르누아르라는 영화감독도 함께 타고 있었다.

12월 31일 그는 친구 피에르 라자레프가 기다리는 뉴욕에 도착했다.

1941

Antoine de
Saint—Exupéry

루이스 갈랑티에르의 회상

생텍쥐페리로 하여금 프랑스를 떠나게 하고 우리 사이에서 그 자신을 가두게 만든 진짜 원인은 내가 그에게 직접 던진 적이 없는 질문이다. 그는 물론 미국에서 명성도 얻고 있었고 많은 친구들을 가지고 있었다. 그의 책은 인기가 높았고 그는 이 나라에서 물질적인 걱정을 안 해도 되었다. 하지만 우리는 중립국인 반면 프랑스는 패전국이었다. 그래서 아무리 좋은 의도라 하더라도 미국 국민들은 프랑스인인 그가 당하는 끊임없는 걱정과 고통을 나누어 가질 수는 없었던 것이다.

나는 중립이나 이민, 추방에 대해 그토록 찬성하지 않는 사람을 만난 적이 없었다. 생텍쥐페리는 프랑스가 계속 전쟁을 해야 한다는 사고방식에 사로잡혀 있었고 군인으로서 나라를 위해 싸우고 싶어 했다. 1939년 9월 초 그는 프랑스 선전상에게 자신의 명성이 이용당하는 것을 거절했고, 40대였지만 조종사로서 싸우겠다고 주장했다.

1월 생텍쥐페리는 센트럴 파크 남쪽 240번지에 정착했다.

그의 정치적 딜레마는 곧 표면화되었다. 이 당시 뉴욕에서 생텍쥐페리를 자주 만나던 장 르누아르는 이렇게 서술했다.

"그는 드골주의에 조금이라도 끌리는 것 같지 않았습니다. 오히려 점령 프랑스에서 일어나는 일을 더 걱정했지요… 생텍쥐페리와 나는 의견이 같았습니다. 전쟁에서 멀리 떨어진 뉴욕에서는 독일점령 하에 있는 프랑스에서보다 영웅이 되기가 훨씬 더 쉬웠지요."

그가 비시에 의해 세워진 유명 인사들의 집합인 국가자문위원의 일원으로 뽑혔다는 (아무런 사전 의논 없이) 소식을 들었을 때 생텍쥐페리는 1941년 1월 31일 신문에 성명을 발표하는 것을 제외하고는 달리 거절할 방법이 없었다.

드골주의자들은 뒤에 그를 이 사건 때문에 비난했다. 그는 몹시 상처를 받았다.

뉴욕에 도착하는 것을 망설였던 생텍쥐페리는 신념 때문에 그곳에 머물렀던 것은 아니었다. 그는 자신의 책 관계일 때문에, 또 수술을 받아야 되었던 건강 문제 때문에 머무르지 않을 수 없었다.

1941년 늦은 봄 그는 『아라로의 비행』과 『사막의 지혜』를 썼고, 안데르센을 다시 읽었으며 『어린 왕자』에 대해 생각했다.

로스앤젤레스에 머물던 6월 동안 생텍쥐페리는 공기역학의 권위자였던 테오도르 폰 카르만 교수를 만났다. 그 교수는 그 다음 해 자기 동료에게 다음과 같이 썼다.

"나는 방금 공기역학에 대한 자기 생각을 피력한 앙투안 드 생텍쥐페리를 만났네. 그의 아이디어는 매우 훌륭했고, 우리 과학에 새로운 혁명을 일으킬 만 했다네."

6월 22일 독일이 러시아를 침공했다.

1941년 봄 뉴욕의 어떤 저녁 식사 자리에서 루이스 갈랑티에르는 항공우편에 대한 생텍쥐페리의 문장을 잘못 해석했다.

생텍쥐페리는 오해를 싫어했다. 그날 저녁 집으로 돌아오면서 그는 자기의 의도를 분명히 하기 위해 그의 미국인 친구에게 편지를 띄웠다.

루이스 갈랑티에르에게

1941년 봄

친애하는 루이스.

이 편지를 용서해 주게. 하지만 어떤 종류의 혼란도 항상 나를 절망적으로 만들기 때문에 오늘 저녁 갑자기 핵심에서 옆으로 빗나간 대화를 정정하고 싶네.

난 자네에게 그곳의 훌륭한 항공우편을 휩쓴 것은 모든 것을 망쳐버린 민주화의 바람이었다고 말했지. 물론 만일 내가 글을 쓰고 있었다면 나는 그 위험한 단어를 피했을 텐데. 나에게 그 짧은 형태의 단어에는 내가 분명하다고 생각하는 여러 사실을 담고 있다네. 나는 그 단어를 그곳에 관련된 훌륭한 의미와는 상관없이 부정적인 의미로 사용했지, 나는 민주주의를 말했던 것은 아니었어. 나는 "도라가 민주주의에 반대하기 때문에 민주주의는 버려야 한다."고 말하지 않았어. 나는 "공정하든 아니든 보통 민주주의에 쏟아지는 비난이 바로 내가 의미한 바이며 내 의견으로는 항공우편의 쇠퇴를 가져왔다."고 말했어.

만일 종교예술적인 생 쉴피스(Saint-Sulpice) 성당을 보고 경악했다면 나는 다음과 같이 말하겠지. "이런 종류의 종교는 정말 경멸스러워" 하고. 만일 주어진 사회에서 내가 무사의 포악한 성격을 비난하거나 만일 당파적인 교조주의(教條主義)라고 학자를 비난한다면 나는 너무나 분명한 것을 비난하기 때문에 가장 열렬한 신자도 모욕을 당했다고 생각하지는 않을 테지. 나는 하나님에 대해 찬성이나 반대를 이야기하지 않았다는 것이 분명할 테니까.

이런 식으로 나는 민주주의의 가장 열렬한 지지자가 될 수 있으며 동시에 민주주의적 경향이 항공우편을 망치고 있다고 선언할 수 있어.

자네가 그저 토론의 새로운 장을 열기위해 자연스럽게 사용한 내 말에 중요성을 부여했을 때 나는 이중으로 고뇌했다네. 무엇보다도 우선 그 뒤 나는 내가 원래 말하고 싶었던 토론으로 나가지 못 한 것이야. 즉, 도라의 작품이 파괴되었다는 이야기였어. 내가 옆길로 새어 나갔을 때 난 몹시 불행했어. 하지만 이 얘기가 와전된 것은 내 잘못이었어. 나는 이러한 파괴적인 저류를 어떤 것과 연결시키도록 만들었으며. 그래서 더 이상 부수적이고 임의적인 연결을 끊지 않고나 자신을 표현할 수가 없게 되었어. 그래서 만일 내가 파브르우 종교적인 교조주의를 비난한다면, 그리하여 신의 존재를 부정한다고 비난받으면 나는 그 지식을 토론하기 위해 본능적인 문제를 버려야만 할 것이야. 옆으로 비켜 나가는 대화는 항상 나를 당황하게 만들지.

더욱이 토론의 이 새로운 장은 나를 슬픈 상황으로 이끈다네. 논증법 말일세. 그리고 논증법은 잘못 새어 나간 대화보다 나를 더 혼란시키지. 그리고 어떤 것을 토론하는 데 그토록 개방적인 자네도 한 주제와 또 한 주제가 있으면 논증법을 도입하거든. 하지만 나는 먼저 '논증법'이 무엇인지 정의해 보겠네.

자네는 항상 어떤 토론에서 내가 나의 견해를 명확히 하고 내 모순을 지적하여 내가 그 모순을 해결하도록 요구할 권리를 가지고 있어. 똑같은 방법으로 나는 자네가 민주주의란 말을 정의하도록 요구할 권리가 있지. 이 요구는 몹시 심각한 것이지만 여기서 논증의 문제는 없어. 논증은 자네가 더 이상 내 말을 분명히 하도록 요구하지 않고 오히려 그것이 부족하다 하여 나를 누를 때 시작된다네. 자네가 더 이상 나로 하여금 명확하게 말해 줄 것을 요구하지 않고 내가 잘못되었다는 것을 보여 주기 위해 내가 잘못 사용한 말을 즐거이 공략할 때 시작된다네. 내가 말하고자 하는 것이 무엇인지 알고 싶어 하지 않고 내가 말한 것을 이용할 때 시작되지.

만일 내가 논증법을 볼 때마다 절망한다면 그것은 내가 너무도 대화에서 조심스럽게 재거나 분명치 않을 때 그것은 그 목적을 달성한다는 사실을 잘 알고 있기 때문이야. 사람들은 항상 말로 한 이야기를 물리칠 수 있어…

하지만 이 찢는 듯한 방법은 진실을 찾는 것과는 하등 상관이 없어.

자네는 거의 많은 가능성의 의미 중에서 원래 의도되었던 그런 민감한 이해력을 항상 보여 주었지. 하지만 나는 자네가 나의 뜻을 명확하게 이해하고자 할 때 나는 대화중에 나의 의견을 정확하게 밝힐 수 있어. 하지만 한 가지 주제에서 그 이야기가 제기되자 자네는 논증주의자가 되어 버렸어. 그건 바로 민주주의였어. 우리가 만났을 때 그 단어가 제기되면 자네는 항상 내 말을 듣지 않으려고 하거나 내 말을 무시하려고 했어. 자네는 항상 내가 불분명하게 넘어가기를 바라더군.

나는 내가 자네에게 민주주의를 이야기할 때 내가 뜻하는 바가 무엇인지 잘 알고 있어. 하지만 처음부터 나를 방해하는 자네의 반응은 나로 하여금 말을 더듬거리게 하고 항상 내가 이야기하려던 바를 끝 맺지 못하게 만들고 말았어.

자네는 항상 분명한 말로 자신을 표현함으로써 나에게 반대하는 것이 아니라 직관적인 기소라는 방법으로 반대 의사를 표명했어. 나는 그 기소의 성격을 비평한 적은 없네. 아니 더 확실하게 말하면 만일 그것이 드러내놓고 표현된다면 그것으로부터 비롯되는 우주의 성격을 비난할 생각은 없어. 즉각적인 기소는 옳거나 틀릴 수 없으며 논리적 혹은 비논리적 차원이 아니지. 그것은 충동이 곧 조각가가 되는 것이지. 조각이 가치가 있다면, 말에 있어서도 그러하지. 충동은 가치가 있게 되는 것이야.

그러한 충동은 필요한 것이며 완전한 언어로 이루어져야 하네. 하지만 이것은 창조적인 과정이지. 왜냐하면 나의 충동은 아직 조각가의 조각이 아니며 사회학자의 말도 아니기 때문이야. 한 곳에서 다른 곳으로 가는 데 논리적인 길이 있지는 않아. 자네로 하여금 감정적인 느낌을 맛보게 하는 영상적인 이미지를 구성하기 위해 어떤 규칙이 있는 것은 아니지. 시적인 이미지는 감정을 자극하지만 충동과 이미지의 창조사이에는 분명한 관계가 없다네.

그러므로 나는 내가 자네를 읽기 힘들게 만드는 '기소'에 대해 어떤 것은 부정할 생각이 없어. 나는 나의 충동도 사실적이며 그러므로 서술될 수 있다는 것을 알고 있으며, 만일 내가 씨에서 나무를 키울 수 있다는 것을 내 자신에게 보여 준다면 그것은 확고한 종교가 될 수도 있지. (말하자면 형태가 없는 충동이 전부 완성된 조각으로 변하는 것 같은 걸세)

나는 일단 이것이 성취되면 나의 충동이나 자신을 제외한 다른 사람에게 스스로 전달될 것이라는 것을 알고 있어. 그것은 시적 영상이 독자들에게 시인의 감정도 전달하듯 전달할 것이야. 하지만 나는 그러한 서술이 단지 독서나 해석이 아니라 어려운 일이라는 사실도 알고 있어. 그리고 자네가 '민주주의'란 말을 사용하거나 현재 민주주의의 정의라고 받아들여지는 것을 인용함으로써 자네의 기소(譏笑)를 하고 있다고 생각한다면 그건 자네가 틀렸어. 자네는 단지 자신의 감정을 표현하기 위해 문장의 마지막에 마침표를 찍고, 그러고 나서 그것을 전달했으며, 만일 내가 그 부호의 전달 방법에 혼란을 일으키지 않는다면 매우 화를 내는 작가와 마찬가지로 오류를 범한 셈이야.

나는 호르텐스라는 이름의 사랑스러운 여성을 알고 있네. 호르텐스란 나에게 특별한 어떤 것을 의미하지. 나에게 그 단어는 감정에 가득 찬 것이야. 하지만 나는 자네에게 '호르텐스'라고 말함으로써 자네를 압도하려 하지는 않는다구.

그럼에도 불구하고 호르텐스를 알고 있는 사람들에게 이 두 음절은 같은 것을 의미할 거야. '민주주의'라는 단어도 명백한 기소를 하고자 하는 사람에게 같은 무게를 갖겠지. 호르텐스의 묘사가 아무리 불만족스러워도 그것은 자네와 같은 다른 사람에게 자네를 표현하도록 도와줄 거야. 왜냐하면 자네는 우선 전부 같으니까. 그 단어는 단지 집결 지점이며 그 말은 아무런 중요성도 가지고 있지 않아.

1917년 우파의 프랑스 장교들이 그들의 국가(國歌)를 불렀을 때 그들은 보통을 넘어선 연대감을 느꼈어. 왜냐하면 그 국가의 내용은 그 당시의 그들과는 전혀 걸맞지 않은 내용이었으니까.

하지만 만일 자내가 '호르텐스'라는 단어를 발음해서 한 사람의 외국인을 감동시킬 수 있다고 상상한다면 그건 잘못된 생각이야. 만일 민주주의에 대한 자네의 이야기로 한 사람의 비신봉자를 바꿀 수 있

다고 생각한다면 또다시 잘못된 생각을 한 거야. 자네는 개종한 사람
만을 개종시킬 수 있어. 그들의 신념을 강하게 하지도 못할 것이며,
그들이 할 수 있는 일이라고는 가능한 한 적게 자네의 말을 탐색하며
우파의 장교들이 마르세이어즈의 내용을 묻지 않듯이 자네의 이야기
를 더 이상 묻지 않을 걸세.

자네는 선택된 청중을 갖고 있기 때문에 스스로를 표현하는 환상을
가질 거야. 자네는 호르텐스의 구애자들에게 그녀의 이야기를 하겠
지. 하지만 자네의 내적 자아를 다른 사람에게 투영하지 말게. 다른
사람들은 전혀 관심도 없으니까. 사람들이 죽을 각오가 되어 있지
않다는 생각은 가치가 없는 거야. '민주주의에 대한 열정'과 인류에게
공통적인 '인식하고자 하는 본능'을 착각하지 말도록.

'우리는 그대로 남아 있도록 하자…' 아무도 나치화 되거나 추방당하
거나 이동하거나 밤에 일어나거나 감옥에 가거나 머리를 다르게 깎아
야 한다든지 코카콜라를 못 먹게 되기를 원하지 않아. 자네에게 '민주주
의'란 강하고 힘찬 내적 충동을 의미하지. 자네의 열정은 구식일지도
모르는 낱말을 아름답게 하지. 자네는 내적 진실을 의심할 수 없어.
자네는 그것이 무엇을 의미하는지 '설명할 수 있다'고 느끼겠지. 자네와
같이 느끼는 추종자들이 있다는 것을 자네도 알고 있어. 하지만 자네들
지지자들에게 자기 습관을 바꾸고 싶어하지 않는 사람들을 첨가해야
하는 것은 잘못된 생각이야. 그것은 사기야. 왜냐하면 사람들은 그들이
따를 만하다고 느껴지는 조건하에서 어떤 종교라도 받아들일 자세가
되어 있기 때문이지. 여기서 '따를 만하다'는 말은 모순을 해결하거나
동경을 불러일으키고 만족시킨다는 것을 뜻해. 자네의 언어는 이런 힘

이 부족해. 그것은 매개물이 아니라 사람을 모으는 고함과 같아.

진정한 의미의 공약에서 보면 자네의 말은 죽은 거야. 자네가 말하는 내용이 죽은 것이 아니지. 언어는 정확하게 기독교도 아니고 사전적 개념도 아니야. 죽은 것은 오래된 언어며, 이 오래된 언어가 만들어 낸 붕괴된 합성어지.

긴 숙고 없이 이것을 분석한다는 것은 어려운 일이지. 나는 인위적인 비평만을 할 수 있어. 나는 자네가 이 말에 대해 할지도 모르는 모든 비난을 미리 받아들이네. 나는 단지 자네가 감정적인 가치를 가지고 말하는 단어가 자네에게 느껴지는 것처럼 단순하고 명백한 낱말이 아니라는 것을 지적하고 싶었을 뿐이야. 예를 들어 '자유, 평등, 우애(Liberté, Égalité, Fraternité)'에 관한 프랑스식 관념을 보세. 나는 자네가 나에게 공격하느라 썼던 말이기 때문에 이 낱말들을 예로 들었어.

나는 자네가 자유를 어떻게 정의하는지 모르겠네. 그러나 현재 시대를 가장 '제한적인' 시기로 볼 수도 있어. 내 현재의 자유는 단지 대중 생산에만 의존하지. 그것은 모든 반대 욕망들을 무시하는 것이야. 단지 한쪽 도로로만 마구를 끄는 말의 자유야. 내 관료정치의 틀에서 무엇을 할 수 있는 자유인가? 오늘의 시대는 배버트(소설에 나오는 속물)의 발자국을 따라가는 것은 그다지 좋은 방법이 아니야. 그가 아침 신문을 사서 그 안에 담긴 금방 만들어진 사고를 소화하고, 그에게 제시된 세 가지 의견 중에 하나를 골라서 컨베이어 벨트의 나사를 50도로 조이고, 개인의 욕망이 전혀 고려되지 않은 음식점에서 식사를 하고, 그를 따라 영화관에 가서 자눅(Darryl F. Zanuck)이 바보 같은 이야기로 그를 놀려 버리는 것을 보고, 마침내 그의 아내와 침대에 들거나 노는 날에 야구 경기를 보는 그런 생판 방식 말일세.

하지만 누구도 이 끔찍한 자유에 공포를 느끼지 않아. 그렇게 하지 않는 것도 자유니까. 진정한 자유는 창조적인 과정에 있는 것이야. 어부는 그가 자신의 본능에 따라 고기를 잡을 때 자유롭지. 조각가는 흉상을 조각할 때 자유롭고, 제너럴 모터사에서 나온 4가지 자동차 종류에서 자유롭게 고르거나 자눅이 만든 세 영화 중에서 아니면 음식점의 12가지 메뉴 중에서 하나를 고르는 것은 자유를 우스꽝스럽게 고친 것이다. 그때 자유는 여러 가지 모형 중에서 하나를 고르는 것과 같다. 선고를 받은 사람에게 칼로 죽느냐 아니면 목을 매어 죽느냐는 선택권을 줄 때 나는 그가 자유롭다고 부러워 할 것이다.

체스의 규칙을 금방 가르쳐 주어서 내가 마음대로 즉석 변통을 할 수 있을 때, 지도를 받아서 어디든지 갈수 있을 때 뿌리박힌 사람을 자유롭게 할 수 있다면!

사실 만일 내가 진정한 자유의 예를 찾는다면 나는 그것이 단지 인간이 그들의 풍부한 내적 인생으로부터 선택된다는 충동 사이에서 선택을 할 수 있는 수도원에서나 발견할 수 있을 것이다.

평등? 나는 그것을 카탈란의 무정부주의자들의 조약에서 분명히 볼 수 있다. 사실 그것은 대중에 의해 한 인간을 누르는 것이다. 아인슈타인은 우체국 앞에서 노동자들이 서있는 제일 뒤에서 기다릴 것이다. 나는 그 생각을 인정할 준비가 되어 있네. 하지만 자네는 아직 그것을 인정하려 들지 않아. 마침내 만일 자네가 이 단어들을 생각한다면 자네는 자네의 만인 평등주의가 자네의 자유에 직접적인 반대라는 것을 발견할 것이다. 나의 자유가 다른 사람들의 자유와 닮든지 다른 모든 것을 절단하는 데 기초를 두고 있다. 내가 어떤 남자의 다리를 자르고 나서 그가 원하는 데로 가게 한다. 아니면 나의 자유는 다르다는 자유며 그래서 그 경우 나는 더 이상 그것을 어떻게 정의할지 모른다.

나는 두개의 삼각이 같다는 것이 무엇을 의미하는지 알지만 삼각과 사각사이의 평등이 어떤 것인지 모른다네. 평등은 그것이 비교할 수 있는 물체에 적용될 때 어떤 것을 의미한다. 평등과 자유는 단지 개미국에서만 정말 함께 동의한다네. 자네는 흰 개미를 풀어 줄 수 있어. 하지만 그 개미는 풀어줬다고 별 난리를 부리지 않을 거야. 그것은 다시 노예상태로 돌아오겠지.

하지만 가장 해결할 수 없는 문제는 우애지. 자네가 우애라고 부르는 것은 다른 사람에게 진정한 관심을 보이지 않는 무관심이야. 나는 단지 가족 제도 내에서만 진정한 우애를 알고 있어. 그곳에서 나는 '나의 남동생'이나 '오빠'라는 부드러운 말을 들었어. 자네는 누군가 미국에서 '내 오빠'라고 부르는 소리를 들은 적이 있나? 그러한 감정은 참으로 정하기 어려운 일이야. 자네는 유럽 가정에서 오래 지냈으니 이 말을 부정하지는 못할 거야. 미국에서는 형제 사이의 친밀함은 유럽에서 재종이나 삼종간의 친밀함과 거의 비슷한 정도라고 할 수 있어.

사람들 사이의 형제애에 관한 한 나는 도라 아래서 일할 때와 그리고 사람들이 자신보다 더 엄청난 무엇에 종속되는 전쟁 시절 그들은 궁극적으로 서로 의지하고 마치 한 나무의 세포처럼 뭉치는 경우를 보았어. 사람들은 단지 좀 더 큰 토대 안에서 형제가 될 수 있어. 가족,

종교, 방어선, 그들의 조국, 하지만 만일 무엇인가 초월하면 그것은 평등을 파괴하지. 평등은 상호 초월의 의미 안에서만 발견되고 정의할 수 있어. 대장과 부하는 그들의 조국의 눈에서 보면 동등하지. 사람들은 불평등이 형제애를 위한 기초 조건이라고 말할 수 있어. 도라나 전쟁은 자유의 본보기가 아냐. (아니 그들은 오히려 내가 경험한 진정한 자유인지도 몰라. 왜냐하면 자유는 정의할 필요가 있으니까)

자네의 우애란 그러므로 자네의 자유와 평등과는 반대야. 자네의 자유 자체는 자네의 평등에 반대고. 이러한 낱말들은 그것이 어떤 것을 반대하거나 어떤 변화를 가져올 때 의미를 가진다. 그들은 어떤 삶의 순간을 의미하며 완전히 정치적인 용어로는 결코 표현되지 않는다. 그들은 이제 '모든 사람이 만족해야 하는 이상적인' 것과 같다. 그 말을 하고 나서 사람들은 멀리 나아가지 못했어.

다시 한 번 자네의 내적 기소는 어떤 부분도 의문을 제기할 여지가 없어. 하지만 어떤 것도 그 단어에 포함되지 않아. 사람들은 만일 시도만 하면 수천의 가능성 중에서 어떤 의미를 찾을 수 있다고 하지. 그리고 자네도 그 중 하나를 고를 수 있어. 하지만 이 고르고, 버리는 작업은 조각가의 일이며, 그래서 자네의 존재를 필요로 하지. 나는 항상 여러 가지 묘사를 해서 호르텐스에 대한 내 견해로 자네를 바꾼다고 생각할 수 있지만 그것은 모든 것을 의미하는 것을 내가 제시해야 하며, 자네가 십만 개의 가능한 얼굴 중에서 한 얼굴을 상상 하도록 도와주어야만 하지. 이러한 낱말은 전달하고 변하고 지배하는 시를 만들지 못해. 그 시는 쓰인 채로 있지.

옛날에 그러한 말은 풍부한 씨앗이었어. 나무는 자랐지만 이제 죽어

버렸어. 그것이 어떤 종합적인 조립의 운명이야. 다른 씨앗이 필요하지.

　그러면 자네의 민주주의에 대한 정의는 더 이상 프랑스 정부의 방식을 수렴치 못하게 되네. 모든 창작 활동의 제지, 인간의 표준화, 인간의 우애를 이루기 위해 같은 유형에 모으는 대신 인간에 대한 어떤 초자연적인 제재에 거부하는 그 모든 것을 설명할 수 없어. (왜냐하면 자네의 민주주의는 노동이 단지 물물교환을 위한 사물이라고 생각하기 때문이지) 그리고 우리 일상생활의 무의미함, 우리의 내적 삶을 가난으로 이끄는 일상의 무의미함도 덮어 주지 못해. 만일 언젠가 야구에 싫증이 난 미국의 젊은이들이, 장자 상속을 발견하고 전도사의 열광을 전하는 완고한 정교주의에 빠진다면, 만일 그들이 시합의 즐거움을 위해 규칙의 억압을 원한다면 자네는 그 대가로 무엇을 그들에게 제공할 것인가?

　아마도 자네 말에 따르면 그들은 부족한 것이 없겠지. 하지만 나는 인간이 아무것도 부족한 것이 없다는 증거로 그들이 가진 것에 만족한다고 생각지 않네. 인간은 아직 갖지 못한 것을 요구하는 완벽한 본능이 있는 것은 아니지. 하지만 만일 사람들이 그들을 흥분시키는 내적 충동을 깨닫게 된다면 그들은 그것이 존재하기 위한 조건이 무엇이냐고 알고 싶어 할 거야.

　자네는 아마도 지금보다 자네의 형제를 더 사랑할 수는 없겠지. 그런 소망은 필요가 없는 거겠지. 그런 사고방식은 불가능하네. 하지만 일단 사람이 내적 삶의 강열함을 맛보고 나면 그것을 창조하기 위한 조건을 열렬히 원하게 되는 거야. 대중은 그것이 지루하다는 것을 모르며 알 수도 없어. 지루함은 단지 후회의 또 다른 형태니까. 벌써 우리와 생물학적으로 비슷했던 동구인(東歐人, Eastern European)은 바하를 그리워하거나 야구 경기를 원하지는 않네.

하지만 지루함이 어떻게 대중에게 영향을 미치는지 보아야 하네. 나치주의는 산불처럼 미국 젊은이들 사이에서 번질 수 있다네. 젊은 이들은 할 일이 없거든. 자네는 이 말에 반론을 제기할지도 몰라. 하지만 자네가 공허한 말과 나치주의보다 훨씬 매력 있고 더 흥분되는 내적 자신감을 갖고 있더라도 어떤 준비나 창의성이 없다면 자네는 다른 사람들을 설득시킬 수 없네. 자네 나라 젊은이들은 제공되는 것을 선택하겠지. 그들은 그들을 흥분시키는 제일 첫 시를 그들의 성경으로 받아들일 걸세.

나는 자네 나라 젊은이에 대한 내 말을 자네가 비평할 것이라는 점을 잘 알고 있네. 하지만 내가 옳아. 그들은 자식이나 형제나 연인이나 아니면 신비의 생활을 이끌어 나갈 기회가 없었고, 어머니 나라를 사랑하는 것이 어떤 지도 모른다네. (미국은 어머니 나라라기보다는 대륙이라 할 수 있지?) 그들에게 남은 것은 민주주의자가 되는 길뿐이야. 자네 말에 따르면 현재 그들 자체를 사랑하는 거지. 민주주의가 그들에게 의미를 가지는 것은 그것이 전부이지. 그리고 문제는 해결되지 않은 채 남아 있고.

앙투안 드 생텍쥐페리

X에게

1941년 9월 8일 로스앤젤레스

전쟁이 일어난 후 나는 변했다. 나는 내가 흥미를 가진 모든 것을 경멸하게 되었다. 나는 기묘하게 병들었고, 거의 온 시간을 완벽한 무관심으로 병들어 있다. 나는 내 책을 끝내고 싶을 뿐이야, 그것이 전부지. 나는 그것과 자신을 바꾸었어. 그것은 닻처럼 나에게 고정되어 있다. 나는 다음 생에서 질문을 받을 것이다. "너는 너의 재능으로 무엇을 했으며, 너의 인류에게 어떤 영향을 미쳤는가?"

내가 전쟁에서 죽지 않았기 때문에 나는 전쟁이 아닌 다른 것에 대해 나 자신을 바꾸었다. 이것을 도운 사람은 내 친구이며, 유일하게 가능한 도움은 반목으로부터의 자유이다. 나는 아무 것도 필요가 없다. 돈이나 쾌락이나 동료도 필요가 없다. 나는 평화만을 간절히 원한다. 나는 개인적인 목적이나 공공의 지지를 원하지 않는다. 이제 모든 것이 나 자신과의 싸움이다. 내가 그것을 결코 끝내지 못할 것이기 때문에 내 사후에나 그것은 출간되겠지. 나는 벌써 700페이지를 모았다. 만일 내가 기사를 쓰듯이 700페이지를 썼다면 그것은 마지막 초고를 준비하는 데만 10년이 걸렸을 것이다.

나는 단지 내가 할 수 있을 때 모든 것을 잊고 그것을 준비한다. 나는 무의미하며, 왜 내가 논쟁의 대상이 되는지 이해할 수 없다. 나는 위협을 받아 겁이 나며 시간에 쫓기는 듯 느낀다. 나는 나의 나무를 완전하게 하고 싶다. 기요메도 죽었고, 나는 나의 나무를 빨리 마치고 싶다. 나는 내가 아닌 다른 것이 되고 싶으며, 그것도 빨리 되고 싶다. 나는 더 이상 내 자신에게 흥미가 없다. 내 이빨, 내 간장과 그리고 나머지는 모두 부패하고 있으며 내 육체는 참된 흥미 거리가 아니다. 나는 죽을 때가 오면 완전히 다른 것이 되고 만다.

아마도 이 모든 것이 쓸모없는 일인지도 모른다. 나는 그것이 하찮은 생각이어도 상관없다. 아마 나는 내 책에 대해 잘못 생각하고 있는지 모르며, 아마도 그것은 평범한 긴 책인지도 모르겠다. 하지만 상관없다. 그것은 내가 될 수 있는 최상이다. 나는 더 나아져야 한다. 내가 전쟁에서 죽는 것보다 더 나아져야 한다.

처음으로 나는 신문에서 떠드는 엉터리 때문에 당황하지 않았다. 예전이라면 나는 한 달 동안 일도 못 했을 것이다. 하지만 현재 나는 나를 어떻게 판단하든 신경 쓰지 않는다. 나는 몹시 급하여, 더 이상 엉터리 소리에 귀를 기울일 시간이 없다.

만일 내가 죽는 편이 낫다면 나는 어디선가 죽을 준비가 되어 있다. 단지 내가 좀 더 가치가 있다고 여기는 천직을 발견했을 뿐이다. 그래서 그건 이젠 끝이다. 나는 이제 나의 천직이 내가 하는 일에 있다고 생각한다. 사람들이 내게 찬성하든 하지 않든.

나는 전쟁을 통해 배웠고 기요메의 죽음을 통해서도 배웠다. 그리고 나는 언젠가 죽을 것이다. 그것은 더 이상 시인이 떠드는 추상적인 죽음의 개념이 아니다. 그것은 감정적인 사건이며, 고뇌에 처했을 때 원하는 죽음이지만 이것은 매우 다른 죽음이다. 또한 '인생에 회의를 느껴' 죽겠다는 사춘기적 죽음의 희망도 아니다.

아니 이것은 남자의 죽음, 삶을 끝내는 돌이킬 수 없는 죽음의 개념이었다.

앙투안느

루이스 갈랑티에르에게

1941년 11월

친애하는 루이스.

여기 짧은 글이 있네. 내가 먼저 쓴 것이지. 나는 이것도 자네에게 보내서 자네가 우리들의 친구인 레이날과 히치코크와 연결되도록 하려는 것이지. 나는 자네가 이 글도 읽을 수 있기를 바라네. 나는 펜을 잡는 습관도 잊어 버렸고 일상적인 편지로 쓰기에는 너무 초조한 상태라네.

무엇보다도 여기 이 복잡한 사업과 수술에 관한 자세한 내용이 있네. 수술은 아마도 머리를 고치기 위해 발도 치료하는 것만큼 필요 없었는지도 모른다네.

나는 자네에게 이제 한 동안 설명할 수 없는 병을 자주 앓았다고 고백해야 하겠군. 나는 어디가 아프지는 않았는데 갑자기 한밤중에 마치 말라리아에 걸린 것처럼 화씨 104도나 105도 가량 열이 오르는 거야. 정말 기운 빠지는 일이었어. 또 이해할 수도 없는 질병이야. 왜냐하면 난 말라리아를 앓은 적이 없고, 그리고 어떤 기관이 나쁜 것도 아닌데 말일세.

내가 뉴욕에서 "난 아픕니다. 난 열이 41도나 오릅니다." 하고 말했을 때 아무도 날 가엾게 여기지 않더군. 왜냐하면 아무도 40도가 화씨 105도를 의미한다는 것을 이해하지 못했으니까.

그들이 걱정하는 것이라고는 유일하게 담낭 정도인데, 없애 버리라고 충고하더군. 내가 그곳의 아픔을 거의 느끼지 않는 데야 그 충고도 그다지 좋아 보이지 않았고 그래서 나는 완강하게 수술받기를 거절했다네.

하지만 나는 나의 증상에 대해 그럴듯한 설명을 붙이는 똑똑한 친구를 발견했는데, 나는 그에게 굴복하고 말았다네. 나는 장 르누아르의 집에 있던 일주일간 세 번이나 105도까지 올라 갔었다네. 정말 견디기 어려웠어.

여기 대략의 처방이 있어. (불행하게도 아직 확실한 처방은 아니야) 1923년 나는 나무 비행기를 탔는데, 위험한 비행기 충돌을 겪은 적이 있다네. (빙빙 돌면서 바닥에 부딪쳤었지) 한 30분 쯤 애쓰다가 나는 두개골과 등골, 손목이 부러졌고 구멍도 몇 군데 난 채 탈출했어. 그 구멍은 좌석의 나무 조각이 박혀서 생겨난 것이라네.

그 친구의 생각은 다음과 같았어. 이 기묘하게 열이 오르는 것은 어느 기관이 병이 나서 그렇다기보다는 예전사고에 생긴 상처 난 세포가 병균 침입을 당하기 때문이 아닐까 하는 것이다.

여러 가지 검사와 X레이를 찍었는데 그러한 상처 난 세포가 존재한다는 것이었어. 그것은 어떤 기능은 방해하지는 않지만 다소 영구적인 세균 침입을 유도하는 듯 했어. 그래서 이 세포를 제거하기로 결심했지.

나는 수술에 동의했다네. 왜냐하면 가정적인 이익 때문에 쓸모 있는 기관(여기서는 담낭과 같이)을 제거할 수는 없기 때문이지. 아무

이득이 없는 수술일 수도 있지만 혹시 혜택을 받을지도 모르니까. 하지만 재미있는 일은 아니었어. 수술은 회복 기간 중에 견딜 수 없는 고통을 주었어. 피가 흐르기도 했고, 한두 번 열이 오르기도 했지. 더욱이 세균 침입 때문인지 아니면 무엇 때문인지 모르지만 시신경 근처의 뼈를 깨뜨리고 나서 그 아래로 계속 출혈하는 나쁜 습관은 가지게 되었어. 사이공에서 일어난 발 부상에서 생기는 색전증, 한쪽 팔이 부어오르는 것, 과테말라에서 부상당한 것, 이 모든 것이 이 바보 같은 한 쪽 눈 안에서 출혈이 계속되는 거였어. 이번도 예외는 아니었지. 그래서 안 그래도 다른 병 때문에 고생하는데 그에 더불어 눈까지 나빠지게 된 거야. 105도 6부까지 끌어 올린 인위적인 열로 치료되었다네. 그래서 이제는 조금 나아진 셈이지.

하지만 이 모든 치료는 나를 지치게 했어. 나는 아직도 발작으로 (하지만 좀 없어지고 있어) 고생하고 있으며, 이제 겨우 일어나 앉을 수 있어. 나는 그래서 기분이 몹시 우울하다네. 그리고 내 몸의 일부를 자르게 한 것이 잘한 일인지 아닌지 모르겠어. 고통이나 문제가 있는 것은 아니었는데 말이야. 그리고 내가 교묘하지만 억지로 꾸며댄 처방에 넘어간 것이나 아닌지 걱정하고 있네.

나를 치료한 의사가 매우 유능해 보였으니 내가 이토록 의심하는 것이 잘못된 일이겠지. 그리고 어쨌든 무슨 일인가 시도되었어야만 했어.

회복하는데 시간이 많이 걸리는 이런 종류의 수술은 사람의 신경을 갈기갈기 찢어 놓는다네. 아마 출혈이나 감염이 자꾸 계속되어 그런가 보이. 과테말라에서 입은 부상을 치료하는데 차라리 덜 고통스러웠다네. 난 최소한 상황이 호전되고 있다고 믿네.

책이 늦어진 것을 용서해 주게. 나는 자네보다 더 초조하다네. 마침내 진짜회복기에 접어들고 있으니 내적 평화와 신경의 안정을 찾기 바라고 있어. 그래서 일을 할 수 있도록 말이네. 나무를 베거나 나무로 가구를 만드는 사람들은 얼마나 좋을까. 그들의 일에 관한 한 자신의 내적 상태에 의존하지 않아도 되니까.

이건 다른 편지가 아니네. 나는 지금 아직도 몹시 아파. 내가 자네에게 말하고 싶은 것을 말할 수 없는 입장이지. 이 글은 단지 자네에게 내 건강상태가 어떤지 알려 주기 위한 것이네. 얼마 전에는 너무 아파서 못 전했으며, 지금도 신통치는 않지만.

자넨 내 기분을 돌리려면 상당히 힘이 들 걸세.

자네의 친구, 생 텍스

루이스 갈랑티에르에게

1941년 11월

친애하는 루이스.

나는 일요일에 떠나네. 몸도 좋아졌고, 지난 3년간 나의 인생을 좀먹던 열병도 떨쳐 버렸기를 희망하고 있네. 그것은 계속 심해지기만 했고 신경기관과는 전혀 상관이 없는 질병이었지. 신경이 나빠졌다고 해서 새벽에 104도나 105도의 열과 이빨을 마주치면서 일어나지는 않겠지. 어떤 신경쇠약도 패혈증의 경우 특별히 적용되는 설포나이드 (설폰아마이드, 설파제)에 의해 갑자기 멈추지는 않으며, 나로 하여금 오후에 겨우 구역질과 체온이 정상으로 돌아오게 하지는 않을 걸세.

하지만 매번 나를 도와주었던 이 약은 위험한 것이야. 반대로 내게 그 약이 없었다면 내가 무엇을 했겠는가? 전쟁 내내 나는 잡힐 때마다 내 호주머니에 얼마간 가지고 다녔다네.

내가 간염 때문에 아팠다는 사실은 검사결과 증명되었어. 백혈구가 어쩌구저쩌구…. 그리고 오한 때문에 말이지? 그래서 특별히 나타나는 고통이 없는데도 의사들은 전부 내 담낭을 제거하자고 하더군. 왜냐하면 그곳이 내가 유일하게 고통을 느끼는 곳이라서 말이야. 하지만 나는 열병에 비하면 그 고통은 너무 사소한 것처럼 느껴져서 항상 수술도 하지 않겠다고 했지. 나는 좀 더 단정적인 증거를 원했다네.

시간이 지나가자 나는 여기서 설명해준 사실을 더 믿게 되었어. 캘리포니아에 도착하고 나서 일주일동안 세 번이나 열이 올랐어. 하지만 그 이후 수술 때문에 기분이 우울하기는 하고 걱정이 되어 영저조한 상태지만-그중에는 끝내지 못한 책 문제도 있어- 수술 한 뒤 몇 가지 복잡한 문제를 제외하고 열이 올라간 적은 없었다네.

물론 열이 안 올라간 지가 몇 달이 되어야 하고 마지막 결과를 보아야 단정 지을 수 있어. 하지만 지난 몇 달 동안 너무도 자주 아팠던지라 한 달 동안 아무 이상이 없는 것이 내게는 아주 좋은 징조처럼 느껴지는군.

내가 자네에게 이 이야기를 하는 것도 마치 신경병에 걸린 어린 소녀처럼 그런 막연한 질병을 뜻하는 것이 아니라 만일 설포나이드가 존재하지 않았다면 강하고 끔찍한 이 질병 발작 때문에 나는 아마도 끝장났을지 몰라서 자세히 이야기하는 것일세. 어떤 때는 2주일 동안 침대에서 나오지도 못했다니까. 아. 얼마나 끔찍한 생활이었던가!

만일 내 비행 부대가 이 열병을 알았더라면 그들은 나에게 비행기를 맡기는 대신 공부나 하라고 보냈을 거야. 두드러진 행동을 하지 않으면서 이 병을 털어놓기는 힘들었기 때문에 고열이 있고 귀가 곯은 상태에서도 고도의 임무를 수행했지. 나는 예기치 않게 검진을 받는 도중 열병에 대해 들켰을 때는 말라리아라고 꾸며대기까지 했다. 하지만 난 식민지에서 오래 지냈어도 말라리아에 걸린 적은 없었다네.

만일 자네가 내 병에 대해 몰랐다면 그건 설포나이드가 날 지탱했기 때문이라고 표현해도 틀린 말이 아니네. 만일 자네가 몇 시간 전에 나를 보았다면 자네도 나더러 의사를 만나도록 강권했을 것이야. 그리고 나는 아마 다른 증상이 없는 것을 신기하게 생각한 의사들에 의해 완전하게 건강한 담낭을 제거 당했을지도 모르지.

어쨌든 그들은 다른 세포로 바꾸기 위해 한 세포를 제거하지 않았어. 그들은 종양만 제거했어. (사실 그들은 수평 세포와 수직 세포를 바꾸었다더군) 나는 모든 의사돌이 그런 종양의 존재는 … 간까지 퍼질 수 있는 … 심각한 전염의 원인이 될 수 있다고 생각하리라고 여기네. 이런 종양을 발견한 누구라도 그것을 비울 수 없다면 수술하겠다고 결심했겠지.

내가 아프다는 이야기만 해서 미안하네. 나는 보통 때에는 잘 이러지 않는데. 하지만 요번에 겪은 고통에 비하면 그래도 그다지 많이 이야기한 셈은 아닐세. 지난 3년간 해결할 수 없는 걱정을 알고 지냈기 때문에 너무 고통스러웠기에 마침내 나의 긴 침묵을 깼다고 해서 너무 비난은 말아 주게. (자네 질녀(姪女)와 지클럽에서 저녁 식사를 했던 그때를 기억하는가? 난 일을 하기 위해 돌아간다고 했었지. 그건 거짓말이었어. 난 열이 오르는 것을 느끼고 겨우 일어서서 피했던 거야)

친애하는 루이스. 난 자네를 좋아해. 난 다시는 이런 어리석은 방법으로 속이지 않겠네. 난 기분이 좋지 않아. 하지만 이 모든 것이 너무 걱정이 되어서 가슴을 열고 이야기를 털어 놓고 싶었다구. 난 이제 내 책의 제목과 전쟁, 유럽, 그리고 우정으로 되돌아가겠어. 나의 친구 루이스.

생 텍스

1941년 12월 8일 일본이 진주만을 공격한 다음 날 미국은 전쟁에 참여했다. 12월 11일 독일과 이탈리아는 미국에 대해 선전포고를 했다.

신문 기자 도로시 톰슨의 요청에 따라 생텍쥐페리는 진보 교육단체에서 온 학생 자원자들 앞에서 연설을 했다.

젊은 청년들에게 보내는 메시지

도로시 톰슨씨는 여러분께 몇 마디 하도록 저에게 요청했습니다. 저는 기쁘게 수락했습니다. 여기 있는 저는 추상적인 대중에게 말하는 작가와 같은 기분이 아니고 선의의 여러분들 사이에서 여러분 중의 하나로서 우리 모두에게 큰 의미가 있는 문제들을 숙고 해보려 합니다. 하지만 무엇보다도 저는 여러분께 내 나라 사람처럼 저 멀리 있는 내 조국의 국민에게 이야기하듯 하겠습니다. 내 친구가 되어 주십시오.

여러분도 전쟁에 임해 있습니다. 여러분은 나라를 위해 일할 각오도, 싸울 각오도 되어 있습니다. 하지만 여러분의 조국 이상의 것이 지금 위기에 처해 있습니다. 그것은 세계의 운명입니다. 그리고 여러분은 세계 전체를 위해 일어나 싸울 준비가 되어 있겠지요.

만일 여러분이 군인이라면 저는 군인으로서 여러분께 이야기 하겠습니다. 나는 이렇게 말할 것입니다. '모든 다른 문제를 제쳐 두고 중요한 한 가지가 있다. 그것은 싸우는 것이다.' 하지만 여러분은 젊고 여러분의 책임은 군인들의 책임보다 더 큽니다. 여러분은 이중의 책임을 가지고 있습니다. 여러분은 자유를 위해 싸워야 하며 그것을 설명하고 세워야만 합니다.

너무나 많이 사용된 단어는 그 의미를 상실하지요. 사회적인 형태도 엷어집니다. 그것은 인류 진화의 대기입니다. 만일 여러분이 죽은 사고방식에 의해 살고 싶지 않다면 여러분은 그 사고방식을 끊임없이 새롭게 만들어야 합니다. 하지만 자유는 여러분이 다른 것과 분리시킬 수 없는 문제입니다. 인간이 자유롭기 위해서 그들은 우선 인간이 되어야만 합니다. 그러므로 여러분은 모든 문제의 기본은 인간의 문제라는 것을 발견할 것입니다.

자유는 많은 여러 가지 일을 의미할 수 있습니다. 그것은 여러분이 관습에서 벗어나는 자유, 전통을 포기하고 여러분의 지역사회에 대한 관심을 잃고 사는 것도 자유일 수 있습니다. 누구를 해하지 않으면 자유롭게 행동하고 있다고 말할 수 있겠지요. 여러분은 '개인의 자유가 그것이 다른 사방에게 해를 입히는 곳에서 끝난다.'고 말할지 모릅니다. 그리고 여러분의 사회생활이 노동과 빵을 바꾸는 것이라면 여러분의 이웃에게 해를 입히지 않습니다. 여러분은 단지 정당한 대가로 받은 것뿐입니다.

여러분이 없다고 해서 아무 것도 변하지 않습니다. 하지만 비록 여러분이 없기 때문에 이웃에 해를 입히지 않는다 하더라도 여러분이 없으면 지역사회는 빈곤하게 되기 때문에 지역사회에 해를 입힌다고 할 수 있겠지요. 그것은 사회를 풍부하게 하기 위해 필요한 것입니다.

한 사람은 나라와 직업과 문명과 종교의 일원입니다. 한 사람은 그냥 인간이 아닙니다. 성당은 돌로 만들어집니다. 그것은 돌로 된 것입니다. 하지만 성당은 그 돌을 고귀하게 합니다. 그 돌은 성당의 돌이 되었기 때문입니다. 같은 방법으로 여러분도 한 사람이 단지 형제가 아니라 무엇에 있어서 형제이기 때문에 형제애가 여러분보다 더 큰 어떤 것이라는 사실을 발견할 것입니다. 사람들은 서로간의 유대감도 찾을 필요가 있습니다. 이 유대감은 특별한 것인지도 모릅니다. 곱추들은 곱추들의 종파를 세울지도 모릅니다. 곱추가 아닌 사람은 제외됩니다. 하지만 기독교문명의 자존심은 -우리가 그로부터 비롯되고, 믿든 안 믿든 우리의 것인 기독교 문명- 특별한 것이 아니라 우주의 유대감을 찾으려는 것입니다.

나치주의는 독일인, 더 나아가서 아리아족을 정의하려고 애씁니다.

마치 자기 종족을 유일한 특이한 종족으로 만들려 합니다. 우리는 인간의 종교를 만들기 위해 인간을 정의하려 합니다. 우리의 전 문명도 무엇보다도 우선적으로 인간을 정의하려합니다. 여러분이 매우 유명하고 실력 있는 의사에게 전염병에 걸린 사람을 보살피도록 그의 목숨을 걸어야 한다고 요구할 때 여러분은 그 의사를 다른 개인이 아닌 그 환자가 대변하는 인류에게 종속시키는 것입니다.

만일 여러분이 모든 잘못된 오해로부터 '민주주의'란 말을 해방시키고 싶다면, 그리고 형제애를 민주주의에 소개하고 싶다면 인간의 사회는 개인의 광채 위에 세워져야 하는 것이 아니라 인류에 개인들이 복종하는 그 기초 위에 세워져야만 합니다.

그래서 만일 여러분보다 더 큰 존재를 만드는 유일한 방법이 있다면 그것은 또 반대로 그 존재로서 여러분을 풍부하게 한 것입니다. 가장 오래된 종교는 오래 전에 이것도 발견했습니다. 그것은 모든 종교적, 사회적 사고의 바람입니다. 그것은 본질의 진보가 이루어진 이래 잊혀졌던 고도의 조직입니다. 그 '트릭'은 바로 희생입니다. 그리고 희생으로써 나는 인생의 모든 좋은 것을 단념하라는 뜻이 아니며, 후회에 빠져 절망하라는 것도 아닙니다. 여러분을 학대하는 것은 여러분이 받는 것이 아니라 주는 것입니다. 여러분이 사회에 바친 것이 사회를 만들며, 사회의 존재가 여러분의 본질을 풍부하게 합니다.

자신의 직업을 튼튼히 함으로써 노예로부터 자신을 해방시키려는 인간의 화급(火急)한 욕구는 직업으로서의 노동과 교환 가치로서의 노동에 관심을 집중시켰습니다. 하지만 우리는 직업의 중요한 부분 중의 하나는 그것이 벌어들이는 월급이 아니라 그것이 생산해내는 영혼적 풍부함이라는 사실을 잊어서는 안되겠습니다.

의사, 물리학자, 정원사는 브리지 게임의 선수보다는 더욱 인간적입니다. 직업의 한 부분은 여러분을 먹여 살리는 것이고, 다른 부분은 여러분을 만드는 것입니다. 여러분을 형성시키는 것은 직업에 대한 헌신입니다.

이것이 바로 도로시 톰슨씨가 여러분을 초대하여 여러분 자신을 헌신하도록 한 이유입니다. 그녀는 여러분이 사회를 형성하도록 촉구하는 것입니다. 여러분이 전쟁 중에 미국을 위하여 돈을 받지 않고 어떤 결과를 거둔다면 여러분은 미국 사회를 돕는 것입니다. 그리고 같은 이론이 여러분의 형제애에 적용될 수 있습니다.

저는 제 경험을 이야기하고 싶군요.

8년 동안 전 비행기 조종사로서 보냈습니다. 전 월급도 받았지요. 매달 저는 제가 번 돈으로 원하는 물건을 살 수 있었답니다. 하지만 만일 비행기 조종사로서의 생활이 물질적인 혜택 이외에 다른 아무것도 가져다주지 않았다면 제가 왜 그 일을 그토록 사랑해야 합니까?

그 일은 저에게 더 많은 것을 주었답니다. 하지만 전 제가 얻은 것 보다 더 많이 줄 때 진정 풍부하게 느꼈다고 인정해야겠습니다. 저를 기쁘게 한 것은 제가 월급을 쓰는 날이 아니라 처음 항공 우편로가 개설된 부에노스아이레스에서 30시간이나 잠을 자지 못하고 비행을 한 뒤 곯아 떨어져 있었을 때 갑자기 전화가 울리면서 "바로 비행장에 가야 해… 바로 마젤란 해협으로 가시오…"라고 말했던 그때가 가장 보람 있는 날이었습니다.

그리고 저는 침대를 박차고 나왔지요. 저는 비행 도중 잠들까봐

커피를 마시고 나서 울퉁불퉁한 길을 한 시간이나 타고 가서 비행장에 도착하여 다른 동료들을 만나는 것입니다. 저는 반쯤 잠든 채 이틀 밤이 나자지 못하고 겨울 기후 때문에 온몸이 쑤시는 가운데 아무 말 없이 동료들과 악수를 했습니다… 저는 엔진을 가동시켰습니다. 습관적으로 일기예보를 읽었습니다. 폭풍우. 서리. 강추위… 그리고 저는 희미한 새벽을 향해 밤으로 비행했던 것입니다.

하지만 제가 저의 일생에 일어난 사건들로 내 가슴에 남겨진 감정을 재어보면 저는 그러한 일에 대한 기억이 중요하다는 것을 발견합니다. 그들의 밝은 길은 나를 놀라게 하며, 나는 한밤중에 동료들과 함께 있었던 기분도 떠올릴 수 있습니다. 나는 내가 악수했던 손이 나에게 깊은 애정을 가진 기억으로 남아 있음도 깨달았습니다.

잃어버린 동료를 찾아 헤매는 것, 수리하기 위해 반군 영토에 불시착 하는 일, 완전한 피로, 돈으로는 가치판단 할 수 없는 행동의 면. 이제 나는 그 당시에는 그 힘을 깨닫지 못했지만 이제 이것이 나를 감동시켰던 것이라는 사실을 발견합니다. 하지만 월급을 쓰느라 보냈던 밤의 기억은 잿더미에 지나지 않습니다.

저는 단지 조종사가 얼마나 비행했느냐 하는 사실이 돈으로 교환될 수 있을 때 내 직업에서 아무런 중요한 점을 결코 발견하지 못합니다. 나를 만일 먹이기는 하되 나를 어떤 것의 일부로 만들지 않는다면 그 일은 아무 의미도 없습니다.

특별한 비행선의 조종사, 뚜렷한 정원의 정원사, 특별한 성당의 건축가, 특별한 나라의 군인. 만일 새로운 비행선이 우리를 풍부하게 한다면 그것은 바로 우리에게 요구하는 희생 때문이었습니다. 우리의 자유로운 선물로 그것은 건설되었습니다. 일단 생기면 비행선은 우리에게 생명을 줍니다.

　만일 오늘날 내가 동료를 만난다면 나는 말할 수 있습니다. "자네 기억하나…?" 그것은 우리 자신의 똑같은 자유로운 선물에 서로 연결되어 우리가 사랑하던 정말 근사한 나날이었습니다.

앙투안　드　생텍쥐페리

1942

Antoine de
Saint—Exupéry

"내가 느꼈던 첫 번째 모욕감은 우리 국민들이 전쟁에 나가서 죽어가고 있는 동안에도 나는 뉴욕에서 살고 있어야만 했었다는 사실이오… 왜 그들은 내가 다시 군용기에 올라 탈 수 있도록 내버려두지 않는 걸까…"

생텍쥐페리는 그의 친구인 실비아 헤밀톤에게 이런 편지를 보냈다.
1942년 1월에 생텍쥐페리는 『아라로의 비행』에 마지막 일필(一筆)을 가하고 있었다. 그가 번역자에게 보낸 서신을 보면 작자가 출판업자의 요구에 대해, 특히 그 중에서도 그의 원고 전달의 마감 일자에 대한 요구에 대해 느끼는 불쾌감과 짜증을 나타내고 있다.

루이스 갈랑티에르에게

1942년 1월

루이스에게.
내 편지가 표현하게 될 불쾌한 감정을 양해해주기 바랍니다. 나는 당신에 대해서는 깊은 호의를 갖고 있어요. 그러나 지금 나는 격렬한 분노에 휩싸여 있어서 그 감정이 폭발할 수밖에 없습니다.
도대체 마감일이라니 어처구니없는 넌센스가 아닙니까? 결코 절대적인 것이 아닌 날짜 같은 것 때문에 내가 끊임없이 부추김을 당해야 할 이유가 어디에 있습니까. 내가 6주 반 후에 글을 쓰기 시작했더라면 그 마감 일자라는 것도 똑같은 논리에 따라 6주 반 후로 결정되었을 것 아닙니까?

무엇 때문에 내가 결과적으로는 동일한 것으로 귀착될 내 작품을 과소평가해야 한단 말입니까? 목수는 자기 배를 대패질할 때 그것이 지구의 순환에 가장 중요한 일이라도 되는 것처럼 생각하면서 일하리라고 나는 믿습니다.

이런 글을 쓰는 작업에 있어서 훨씬 더 심각하게 적용되는 태도입니다. 마감일자라는 우스꽝스러운 문제 때문에 나 혼자 "만일 내가 파스칼이라면 내가 쓴 책은 계속해서 써 나갈만한 가치가 있을 것이고, 또 나는 마음대로 자신을 표현할 수 있는 권리를 가질 텐데. 그렇지만 나는 나일뿐이니까 누구도 내가 자신을 표현하는 데에는 관심을 갖지 않고 뉴욕 타임즈지(New York Time紙)의 부수는 나보다 더 우월한 입장인 거다. 내 책은 아무것도 아니고 내가 내 책에 그렇게 몰두하는 것도 헛된 일이야."라고 중얼거리면서 나 자신을 과소평가 해야만 하는 겁니까?

내가 글을 쓰는 이상 나는 사람들이 내 책을 어떻게 생각할 것인가? 10년 후에 내 책은 어떻게 될 것인가? 2월 22일에 내가 아무 가치도 두지 않는 사팔눈에다가 어린아이 같은 사람들이 내 책을 어떻게 생각하는지는 관심 밖의 일이다.

나는 자문하지 않을 수가 없는 것입니다. 나는 내가 죽은 후 40년이 지나서 내가 쓰고 좋아하는 한 편의 시가 읽혀지고 사람들에게 들려지게 될지 아닐지 하는 것에는 조금도 신경을 쓰지 않습니다. 사람들의 부당한 평가 때문에 왜곡되어져서 가난에 시달리다가 죽어가고 백 년이 지난 후에야 겨우 명예를 회복하게 되는 시인의 이미지는 나에게는 항상 가장 어리석은 감상으로 보였습니다. 오히려 그 시인은 매우 행운아인 겁니다. 사르가소 해에 알을 낳고는 자기 자손에 대해서는 아무것도 모르는 뱀장어 따위에 대해 조의를 표하지는 않습니다.

내 책이 훌륭하여 언젠가는 사람들에게 읽혀지거나 -나는 그 시기에 대해 상관하지 않습니다.- 아니면 그 책이 아무런 가치도 없는 것이어서 일순간의 사람들의 화재 대상이 되거나, 심지어 그 책이 읽혀지든 않든 나는 조금도 신경을 쓰지 않습니다.

돈 문제가 있습니다. 내게는 돈이 필요하다는 사실과 기타 여러 문제들 … 나에게는 돈이 몹시 필요하고 돈이 생기면 나는 대단히 기쁘죠. 그러나 나는 이 두 가지 사실을 절대로 혼동할 수는 없습니다. 나는 두 가지 형태의 자기 본위를 가지고 있을 뿐인데, 그 하나는 다른 하나를 훨씬 능가하는 것이죠. 돈으로 무언가를 살 때, 나는 그것을 산다는 즐거움 이상의 의미를 두지 않습니다. 만일 내가 돈을 벌기 위한 목적으로 나 자신을 잘못 표현한다면 그것은 나에게 스스로 해악을 가하는 처사가 될 것입니다.

나는 내용이 좋지 못한 책의 복사본을 육백만권 파는 것보다는 내게 있어 아무런 부끄러움이 없는 떳떳한 책을 백 권 파는 것을 더 좋아합니다. 그 백 권의 복사본이 육백만 권의 복사본보다 더 중요한 비중을 가질 테니까요. 객관적인 숫자에 의존하는 것은 이 시대의 오류 가운데 하나인 것입니다.

'방법론 서설'은 대단히 뛰어나고 놀라운 빛을 던지는 저널입니다. 17세기에 비록 스물다섯 명밖에 안 되는 독자를 가졌었다고 해도 그럼에도 불구하고 이 책은 세상을 변화시켰을 것입니다. '파리 스와르 (Paris soir紙)'는 매년 많은 부수를 냈고 이백만의 독자가 있었지만, 그럼에도 불구하고 결코 아무것도 변화시키지 못 하였습니다.

내가 이런 일화를 늘어놓는 것이 당신에게는 우스꽝스럽게 보일지도 모르겠습니다. 그러나 그러한 이론은 나에게는 아무런 의미도 없으며, 만일 내가 원예에 관한 책을 썼더라도 마찬가지로 느꼈을 것입니다.

내가 잘못이라고 판단하지 않기를 바랍니다. 내 원고는 준비가 다 되어 있으니까요. 그리고 나는 중요한 변화를 내 글에 주고 싶지 않습니다. 기본적인 메시지는 크게 바꾸지 않을 것입니다. 사실입니다.

그러나 그 영향을 크게 바꿀 생각입니다. 이것은 자료나 표면적인 서술의 문제가 아닙니다. 그것은 왠지 이유는 알 수 없는 그런 것입니다.

나는 어떻게 변화를 주어야 할 것인가를 정확하게 알고 있습니다. 그것은 내가 규정지을 수 없는 그 무엇을 영속적인 본질을 지닌 그 무엇을 내포하고 있습니다. 『바람, 모래, 그리고 별』이 아직도 팔리고 있다면, 그것은 내가 미국에 올 때 과감하게 삭제하였기 때문입니다. 나는 그것을 잘 압니다. 나는 그것에 관해서 많은 논문을 썼기 때문에 모를 수가 없는 것입니다. 문제가 되는 것은 책이 나온 그 즉시 어떤 반응이 나타나는가가 결코 아닙니다. 몇 년이 지난 후에 신문 같은 데서 내가 쓴 작품에 대한 반향(反響)을 듣게 되면, 그것은 항상 내가 30번씩이나 다시 썼던 작품이었습니다. 어딘가에서 내가 쓴 글을 인용하는 것을 읽게 되는 경우, 그것은 반드시, 예외 없이 내가 스물다섯 번이나 다시 썼던 구절들이었습니다.

항상 처음 쓴 구절과 마지막에 쓴 구절 사이에는 눈에 띌 만큼 큰 차이가 있는 것을 보게 됩니다. 마지막에 고쳐 쓴 구절이 독창성이나 생생함은 덜 할지 모르지만 그 안에는 하나의 논리가 담겨져 있게 됩니다. 그것은 하나의 씨앗이며 그 이외의 것은 하룻밤 장난감밖에 되지 않는 것입니다. 그 점에 대해서 나는 결코, 절대로, 한 번도 그릇된 적이 없습니다.

10년이 지나면 내가 좀 더 현명한 사고를 할 수 있다는 사실이 10년을 기다릴만한 이유가 될 수 없다는 당신의 생각에는 나도 동감입니다. 사람은 그 당장에 자신을 표현해야만 하지만 정확히 말해서 그 당장에 내가 자신을 표현하는 것은 아닙니다.

현재 나는 내 책보다 더 가치가 있습니다. 그러므로 내 책의 일부가 되지 못하는 것은 용서할 수 없을 만큼 비열한 일입니다. 어떤 근거에서 나는 내 작품에 힘을 아껴 적당히 해야 한다는 겁니까? 얇은 책을 쓰는 데에는 어떤 한계가 주어져야 한다는 사실을 나는 편안하게 인정합니다. 그렇지만 어떤 면에서 내가 적당한 한계를, 그리고 도를 지나쳤다는 것입니까? 나는 이 책에 여덟 달도 투자를 하지 못했으며, 이것은 (나에게는) 하나의 기록이었습니다.

당신이 내 원고를 읽은 것이 그 전보다 오늘 더 호의적이라면, 내일은 더욱 더 마음에 들 것입니다. 그 책에는 한계가 있습니다. 그 한계는 오늘의 내가 1942년에 살고 있다는 것입니다.

당신에게는 두 편의 연속적인 번역문이 서로 부합되어야만 이 한계가 극복된다고 생각할 권리가 있습니다. 그러나 당신은 어떻게 이 번역본이 나를 완전하게 표현해 준다고 내게 말할 수 있는 건가요. 만일 누군가가 그 불일치를 찾아낸다면 그것은 나밖에 없을 것입니다.

프랑스의 문제가 남아 있습니다. 그것이 독자 수의 문제라면 그것은 중요하지 않으며 나는 상관하지 않습니다. 한 의견이 '많은 수'의 의견은 아닙니다. 하나의 의견이 한 사람에게서 다른 사람으로 삼투 현상에 의하여 흘러 들어갈 수가 있습니다. 한 사람의 독자로도 충분할 수가 있는 것입니다.

화제를 불러일으키는 것이 중심 이슈라면, 난 더 이해할 수가 없습니다. 그것은 완전한 환상입니다. 내일 우리의 화제 역시 매우 절박하고 긴급한 것이 될 것이기 때문입니다.

1957년 3월 말의 화제는 어떻겠습니까? 1957년도의 사람들에게는 대단히 큰 영향을 줄 것이기 때문입니다. 1957년도의 사람들에게는 그것이 1942년의 화제를 압도할 것입니다. 무엇 때문에 내가 후자보다 전자를 더 좋아해야 합니까? 내가 죽는 날에 명쾌하게 대차 대조표를 들여다보고 객관적으로 문제를 저울질해 볼 때 나는 그 어느 쪽에도 우월권을 두지 않을 것입니다.

나에게는 번복할 수 없는 증거가 있습니다. 나는 일주일 전, 한 달 전, 6개월 전, 또는 1년 전에 내 책이 출간되지 않은 것을 유감스럽게 생각하지 않으며 유감스럽게 생각할 이유도 없습니다. 문제가 되는 것은 오늘입니다. 1주일 후에 중요한 문제가 될 것은 오늘은 전혀 새로운 문제인 것입니다.

오, 루이스, 당신은 내게 큰 근심을 안겨 줍니다.

생 텍스

루이스 갈랑티에르에게

1942년 1월

루이스에게.

…마지막은 나를 실망하게 만듭니다. 그들은 내가 써야 할 진술은 어리석은 저널리스트의 칭찬으로 대체할 것을 강요하고 있습니다. 나는 내가 무엇을 말해야만 하는가를 알고 있으며 그것은 나에게 대단히 중요한 일입니다. 나는 외관적인 꾸밈이 없이 자연스럽게 설득력을 갖는 단순한 논리를 설정함으로써 그것을 전달할 수 있다고 알고 있습니다. 그 불합리한 마감 일자 때문에 내가 진정한 대상 대신에 케케묵은 진술을 제시하거나 아니면 모순적이고 비효과적인 논리를 용하여 그것을 전달해야만 하는 이유가 어디에 있습니까?

유일한 그 길은 사물을 그들의 적절한 자리에 두고 그 점으로부터 작자는 모습을 감추어 버리는 관점에 이르는 깃입니다. 관점은 눈에 보이지 않습니다. 사람이 거기에 도달하는 것입니다. '관점'이 아닌 하나의 사실은, 무가치하며 모순적이고 그 누구도 설득할 힘이 없습니다. 더욱이 그것은 치명적이며, 훌륭한 논리가 있는 것입니다. 그것은 어떤 목적에도 이르지 못합니다.

당신은 내가 시간이 부족하다는 이유 때문에 나 자신이 책임에 관해서 얘기하고 싶은 내용 대신에 의미도 없는 글을 대신 써넣는 작업을 달게 받아들여야만 한다고 생각하는 겁니까? 내가 적절한 말로 납득할 만한 설명을 하였다면 아무것도 당신을 놀라게 할 만한 것은 없을 것입니다. 당신은 남은 일생 동안 자신도 모르는 사이에 내 포로가 되었다는 사실을 스스로 깨닫게 될 것입니다.

그 대신 나에게 그 사실을 표현하는 것은 교양 없는 일이라는, 논리의 일관성이 없고 모순된 발언에 당신은 당연히 놀라게 될 것입니다. 그것은 죽은 태아를 드러내는 것과도 같은 일입니다. 자책으로 가득차 있으며, 4월 또는 42년 5월의 중요성을 이해하지 못하는 나는 다섯 살에 내놓았을지도 모르는 정확한 진술을 제시하기 위해 내가 해야만할 것을 폐기하는 것입니다. 조금만큼의 발전도 없이 유모가 이미 나에게 가르쳐 준 것을 반복하는 데에 그치고 만다면 질병과 사고, 시험, 여성의 분규(紛糾), 세금 문제, 모든 종류의 근심거리를 극복하는 것이 무슨 소용이 있겠습니까?

나는 그녀가 1900년에 완전하게 잘 알고 있었던 것을 1942년에 선전해야 할 절실한 필요성을 느끼지 못합니다. 그런 일이라면 2000년까지 기다려도 될 것입니다. 그때가 되면 거의 잊혀진 일이 되어 오리지널한 것으로 사람들이 생각할지도 모릅니다.

나는 피곤으로 녹초가 되었습니다. 나는 엿새 동안에 200페이지를 썼으며 더 이상은 쓸 수가 없습니다. 그 어떤 것도 시간을 대신할 수는 없습니다. 배나무를 기르고, 아이들을 양육하고, 관점을 다듬는 데에는 시간이 필요합니다. 다음번에 라이힛치를 위해 쓸 때에는 단편 소설, 금발 여성과 경기병과의 러브 스토리를 쓰겠습니다. 라모페가 손을 빌려 준다면 훌륭한 작품이 될 것입니다.

나는 정말 대단히 우울합니다. 지금 시간은 오후 7시입니다.

생 텍스

루이스 갈랑티에르에 관한 회고

『아라로의 비행』은 1942년 2월에 영역으로 출간되었다. 진주만보다 두 달 뒤에 뉴욕에서 중요한 문제는 '우리가 무엇을 해야 하는가?'가 아니라 '우리가 무엇이 되어야하는가'라는 사실을 선언하는 책을 출간한 사람이 미국인들에게는 신비스럽게 보였거나 아니면 미친 사람으로 보일 수밖에 없었다. 나에게는 생텍쥐페리가 프랑스인들을 위해 글을 썼으며, 그들의 진주만이 21개월 전인 1940년 5월에 일어났다는 생각이 들지 않았다. 반대로 생텍쥐페리는 그가 미국인들을 위한 책을 쓰기 시작하였으며, 그의 미국인 독자들은 인간의 도덕적인 본성에 관한 에세이로는 해결될 수 없는 상황에 직면해있었다는 사실을 망각하는 오류를 범하였다. 그는 굴욕적의 패배 이후에 도덕적인 뒷받침을 필요로 하고 있는 프랑스 국민들을 위한 글을 씀으로써 끝을 맺었다. 그는 그 이상으로 굴욕적인 패배를 겪지 않기 위해서 지녀야만 할 대책을 구성하고 사용하는 방법만이 유일한 사고 대상인 미국인들 가운데에서 출판을 하였다.

진주만 공격이 있은 지 두 달 후, 라발이 비시에 돌아오려 할 무렵에, 외국독자들은 생텍쥐페리가 대문자 D로 민주주의에 관한 글을 쓰기를 원했다. 그는 인간에 관하여 글을 썼다. 그들은 생텍쥐페리가 권리 장전을 기념해 주기를 원하였다. 그는 자신의 아름다움을 노래하였다. 미국인 독자들은 그에게 '두 병사'의 하이네처럼 프랑스 군대가 손에 칼을 쥐고 무덤에서 일어나려 하고 있다는 것을 선포해 줄 것을 부탁하였다. 그는 그들에게 프랑스의 실체 -그가 '씨앗'이라고 칭하는 것- 에 관한 분열성의 소식을 가져다주었다. 1942년에, 오직 프랑스인들만이 『아라로의 비행』을 이해할 수 있는 분위기에 있었다.

『아라로의 비행』에 3회로 나누어 처음 발표되었던 갈랑티에르가 번역하고, 라모트가 삽화를 넣은 『전투비행』의 영국 번역본 『아라로의 비행』은 1942년 2월 20일에 미국에서 발표되었다. 이 책은 6개월 동안 베스트셀러의 자리를 지켰다.

X 에게

1942년 2월

나는 당신을 다시 만나고 싶은 마음이 간절하오. 나는 지쳐 있소. 나는 양심에 무거운 부담을 지고 있으며, 그 짐에서 벗어남으로써 평화롭게 살 수가 있을 것이오. 그 짐을 지고서는 숨을 쉴 수가 없을 것 같소. 양심이란 얼마나 미묘한 것인지! …
이제 나의 작은 책이 나올 것이요. 그리고 언제나 그랬듯이 온갖 중상과 시기도 준비되고 있는 중이오. 당신은 이미 여러 사람의 희망에 응하여 앞으로 나선, 뉴욕에 살고 있는 가짜 프랑스의 마피아를 상상할 수 있을 거요. … 아, 난 정말 슬프고, 낙심하고 지쳐 있다오.

여기 내 책을 보내오. 믿어 주시오! 난 그 책을 좋게 평가하지 않아요. 나는 내가 하고자 원하는 얘기를 쓰는 데에 실패했어요. 난 내적으로 혼란한 상태에서 그 글을 썼다오. 당신이 내 책을 받아서 읽으면 내게 해외 전보를 보내주기를 부탁하오. 내가 그 즉시로 전화를 하겠소. 그러나 전보로 한 마디만 알게 해주오. 그 책을 형편없다고 생각한다면 그렇게 말해주오. 난 허영심 같은 것은 없다오.

포옹을 보내며.

앙투안느

11월 말에 생텍쥐페리는 "무엇보다도, 프랑스!"라는 말로 시작되는 라디오 방송에서 호소를 하였다. 이 글은 1942년 11월 30일에 몬트리올 신문 르 카나디에 프랑스 말로 소개되었으며, 그 전날 도처에 있는 '프랑스인들에게 보내는 공개적인 편지'라는 제목으로 뉴욕 타임즈지에 영역으로 소개되었다. 이 호소는 프랑스에 있는 모든 미국 라디오 방송국으로부터 전파를 타고 흘러 나왔으며 북아프리카 신문에 재인쇄되었다.

도처의 프랑스인들에게

무엇보다도 프랑스! 독일의 밤은 전국을 삼켜버렸습니다. 당분간 우리는 우리가 사랑하는 사람들의 소식은 조금은 알 수가 있었습니다. 그들과 같은 테이블에서 빵을 나누어 먹을 수는 없었지만 그들에게 애정에 찬 말을 보낼 수가 있었습니다. 멀리서나마 그들의 호흡을 느낄 수가 있었던 것입니다.

이제 이 모든 것이 끝났습니다. 프랑스는 하나의 침목(枕木)에 지나지 않습니다. 프랑스는 한 척의 배와도 같이 모든 불을 다 꺼 버린 밤, 어딘가로 소실되었습니다. 프랑스의 정신과 영혼은 그 물질적인 존재 속으로 흡수되어 버렸습니다. 우리는 독일의 권총 앞에 내일이면 죽어 가게 될 인질들의 이름조차도알 수가 없습니다.

새로운 진리가 탄생하는 것은 언제나 학정 하에서의 지하실에서였습니다. 우리 허풍선이의 역할은 하지 맙시다. 프랑스에는 그들의 노예와도 같은 상태를 인내해야만 하는 4천만 명의 프랑스 국민들이 있습니다. 우리는 촛불의 왁스처럼 그들의 삶의 피로써 이미 불꽃을 키워 나가고 있는 사람들에게 용기의 불꽃을 가져가지는 않을 것입니다. 그들은 우리보다도 더욱 현명하게 프랑스의 문제들을 다룰 것이며, 그들에게는 그러한 권리가 있는 것입니다. 사회학, 정치학, 예술에 관한 우리의 논란은 그들에게는 아무런 비중도 갖지 않습니다. 그들은 우리의 책을 읽지 않을 것이며, 우리의 연설을 듣지 않을 것입니다.

아마도 우리의 사상은 그들을 지루하게 만들 것입니다.

우리는 무한히 겸손해야 합니다. 우리의 정치적인 토론은 유령들의 토론이며 우리들의 야망은 코믹한 것입니다. 우리는 프랑스를 대표하지 않습니다. 우리가 할 수 있는 일은 프랑스에 봉사하는 것이 전부입니다. 그리고 우리가 무엇을 하든 간에 우리는 인정을 받기 위한 정당한 주장은 가질 수가 없습니다. 싸울 수 있는 자유와 어둠의 압도적인 무게를 견디어 내는 것 사이에는 공통적인 기준이 없기 때문입니다. 병사의 직업과 인질의 직업 사이에는 공통적인 기준이 없습니다. 프랑스에 있는 국민들만이 유일하게 진정한 성인들입니다. 우리가 그 전투에 참가할 수 있는 명예를 가진다고 해도 우리는 여전히 그들에게 빚을 지고 있는 것입니다. 무엇보다도 거기에 근본적인 권리가 있는 것입니다.

프랑스인들이여! 봉사하기 위하여 화합합시다!

나는 프랑스인들을 분열시킨 분쟁을 없애기 위해 도움이 될까 하는 희망에서 그 문제에, 관해 몇 마디 얘기하려고 합니다. 프랑스 국민들 사이에는 심각한 정신적인 혼란이 존재해왔기 때문입니다. 우리들 가운데 많은 사람들의 영혼이 상처를 입었으며 이러한 영혼들은 마음의 평화를 필요로 하고 있고, 또 그들은 마음의 평화를 찾아야만 합니다. 북아프리카에서의 미국의 기적에 의해서 우리의 서로 다른 길은 모두가 우리를 동일한 집결지에 이르도록 하였습니다. 무엇 때문에 우리가 이제 와서 케케묵은 논쟁의 수렁에 빠져들어야 합니까? 서로를 배타적으로 대하지 말고 두 팔을 넓게 벌리기 위해, 분열되지 말고 하나로 뭉쳐야 할 때입니다.

우리의 분쟁이 그들에게 우리가 낭비한 증오만큼의 가치가 있는 것이었습니까? 자기만이 절대적으로 옳다고 주장할 수 있는 사람이 어디에 있습니까? 인간의 시각의 범위는 정밀한 것입니다. 언어는 불완전한 도구입니다. 삶의 문제는 모든 공식을 파멸시킵니다.

우리는 모두가 우리의 믿음에 대해서 일치하였습니다. 우리 모두는 프랑스를 구원하기를 원하였습니다. 프랑스는 그 육신이나 정신이나 모두 구원되어야만 했습니다. 계승자가 없다면 정신적인 유산이 무슨 소용이 있겠습니까? 또 만일 정신이 죽었다면 계승자가 무슨 필요가 있겠습니까?

우리 모두는 협조자라는 개념을 싫어합니다. 어떤 사람은 실질적으로 협조했다는 것 때문에 프랑스를 비난했지만 반면에 다른 사람들은 하나의 책략만을 보았습니다. 비시는 기차 편으로 약간의 재원을 프랑스에 운반하기 위해 탐욕스러운 정복자들과 협상한, 파산 관리인으로 생각됩니다. (프랑스에서는 이제 식량을 시골에 운반할 가솔린도, 말 마차도 구할 수 없습니다.) 휴전 위원회의 관리들은 언젠가 이처럼 끈질기고 흉측한 독일의 착취에 대해 우리에게 이야기해 줄 것입니다. 10만 명의 프랑스 어린이들이 앞으로 6개월 후에 더 죽어 갈 것입니다.

한 사람의 인질이 증발된다면, 그의 희생은 빛날 것입니다. 그의 죽음은 프랑스인들을 결속시키는 시멘트입니다. 그러나 독일인들이 피차간의 돈에 관한 동의들 방해함으로써 5년 동안에 10만 명의 인질들을 죽인다면 이렇게 서서히, 조용하게 진행되는 출혈에 대한 보상은 어디에서 받겠습니까? 죽은 어린아이들을 위해 용인된 고정 대가는 무엇이겠습니까? 그들을 구하려는 비시의 양보를 용납할 수 있는 한계는 무엇입니까? 누가 말할 수 있겠습니까?

여러분은 휴전 조약으로 받는 프랑스의 위험이 전쟁 상태로 다시 돌아가는 것과 마찬가지란 사실을 인식하고 있습니다. 그것은 모든 성인남자들을 군사적인 포로로 붙잡아가는 정복자들의 행위를 정당화할 것입니다. 이러한 약탈은 프랑스를 무겁게 짓누르고 있습니다. 그 위협은 명백하게 발표되었습니다. 독일의 약탈은 장난이 아닙니다. 독일 수용소의 부패는 시체만을 생산해냅니다. 나의 조국은 6백만의 합법적이고 행정적인 존재 하에 명백하고도 단순하게 완전한 몇 겹의 위협을 받았습니다. 프랑스는 이러한 노예사냥에 대항할 막대기 밖에는 무기가 없었습니다. 프랑스의 저항이 어떻게 될 것인가를 확실하게 말할 수 있는 위치에 있는 사람이 누구입니까?

마침내 66시간 이내에 연합국이 북아프리카를 점령하게 되었습니다. 그리고 아마도 이것은 약탈과 이념 사이의 압박에도 불구하고 독일은 이 북아프리카 영토에서 침식에 치명적인 실패를 가져왔다는 것을 증명하는 사실일 것입니다. 어느 곳에선가는 저항 운동을 시도하는 사람들이 분명 있었을 것입니다. 아마도 북아프리카에서의 승리는 적어도 부분적으로 죽어간 우리 50만 어린이들에 의해서 이루어진 것일 것입니다. 그 숫자가 불충분하다고 누가 감히 말할 수 있겠습니까?

프랑스인들이여, 만일 우리가 우리들의 견해의 차이를 적당한 크기로 축소시킬 수 있다면 그것은 우리들 사이에 평화를 조종하기에 충분할 것입니다. 나치의 약탈에 적용되어야 할 비중에 관한 문제 이외에는 우리가 분열된 적이 없었습니다. 한편으로 어떤 사람들은 이렇게 말할 것입니다.

"만일 독일인들이 프랑스 국민들을 일소하기로 결정한다면 그들은 프랑스 국민들이 어떻게 하든지 그들을 일소할 것이다. 이러한 약탈은 무시해야만 한다. 어떠한 것도 비시로 하여금 이러저러한 결정을 내리게 하거나, 아니면 이런저런 약속을 하도록 만들 수가 없을 것이다."

한편으로 다른 사람들은 이렇게 생각할 것입니다.

"그것은 약탈의 한 경우에 불과한 것이 아니라 세계 역사상 그 잔혹성으로 유래를 찾아볼 수 없는 지독한 약탈인 것이다. 프랑스여, 모든 중요한 양도를 거부하고 하루하루 위협을 지연시킬 수 있는 모든 종류의 책략을 사용합시다."

프랑스인들이여, 나치의 약탈의 엄격성이나 이러한 한계에 둘러싸인 정부의 진정한 의도에 대한 다양한 견해가 정말 우리를 서로 미워하도록 만들어야만 한 문제라고 생각합니까? (영국인들과 소련인들이 결탁하여 싸울 때, 그들은 심각한 미래의 분쟁거리를 남겨둔 것입니다) 우리의 견해의 차이는 침략자에 대한 우리의 증오에 영향을 미치지 않습니다. 한편으로 이와 동시에 우리 모두는 프랑스의 국민들로서 외국 망명자들의 양도, 수용소의 권리의 위반에 대해서 격분하고 있습니다.

과거에 대한 이러한 분쟁은 더 이상 아무런 목적도 갖지 않는 것입니다. 비시는 죽었습니다. 비시는 풀 수 없는 모든 문제들, 모순된 인원, 그 성실성, 책략, 용기, 모든 것을 함께 무덤으로 가져갔습니다. 우리는 당분간 심판자의 역할을 역사가들과 전후의 군법 회의에 맡겨둡시다. 프랑스의 역사에 대해서 논쟁하는 것보다는 현재의 프랑스를 위해 봉사하는 것이 더 중요한 일입니다.

독일이 전 프랑스를 점령한 사실은 우리의 모든 분쟁을 가지 왔으며 우리의 양심의 드라마에 위무가 되었습니다. 프랑스인들이여, 그대들은 기꺼이 화해할 준비가 되어 있는가? 이제 우리들에게는 논쟁을 할 이유는 그림자도 찾아볼 수가 없습니다. 모든 당파심을 내던져 버립시다. 왜 우리가 서로 미워해야만 합니까? 왜 우리가 서로 시기해야 합니까? 쟁탈할 직위의 문제도 없습니다. 직책을 위한 경쟁의 문제도 없습니다. 열려있는 유일한 자리는 군인들의 자리뿐입니다. 아마도 북아프리카의 작은 공동묘지의 고요한 잠자리일 것입니다.

프랑스의 군법은 48세까지의 모든 남자들을 묶어 놓고 있습니다. 18세부터 48세까지의 모든 남성들은 동원되어야만합니다. 우리가 징병에 응하거나 안 하거나의 선택 여지도 없습니다. 전쟁의 균형을 유지하기 위해서, 우리의 자리를 찾기 위해서, 우리 모두 다 같이 단순하게 받아들여야 할 의무입니다.

우리의 지나간 분쟁들이 이제는 단순히 역사가들을 위한 분쟁이 되었으나 우리 사이에 분열을 일으킬 위험이 있습니다. 프랑스인들이여, 이 위험을 극복해낼 용기를 가집니다.

우리들 중에는 한 지도자의 이름을 다른 지도자의 이름에 대하여, 한 형태의 정부 다른 형태의 정부에 대하여 분란을 일으키는 사람들이 있습니다. 그들은 지평선 위에서 떠오르는 불의의 환영을 보고 있습니다.

왜 그들은 문제를 그렇게 복잡하게 만들고 있는 것일까요? 두려워할 불의는 없습니다. 우리의 개인적인 이해관계는 그 어느 것도 미래에 고통을 겪지 않을 것입니다. 석공이 대성당을 짓는 일에 몰두하고 있을 때, 그 대성당은 그 석공을 손상시킬 수가 없습니다. 우리에게 기대되는 역할은 전쟁 역할뿐입니다. 나 자신 어떤 형태의 불의에 대해서도 안전함을 느낍니다. 내가 오직 한 가지 사상만을 가졌다고 해서 말하자면 내가 선전기간 아홉 달과 우리 숫자 중에서 3분의 2를 차지하는 잔혹한 독일 공세와, 마지막엔 휴전 전날 밤의 북아프리카로의 탈출 동안에 같이 생활하다 튀니스에서 합류한 2/33부대의 동료들과 누가 나에게 불공평한 판단을 할 수가 있겠습니까? 우월함, 명예, 정의, 우선권 같은 것에 관하여 논쟁하지 맙시다. 우리에게 제공된 것은 아무 것도 없습니다. 그들은 다만 우리에게 약탈만을 제공할 뿐이며, 모든 사람에게 충분한 약탈이 될 것 입니다.

지금 내가 큰 평화를 느낀다면 그것은 내가 다시금 심판자의 입장에 기울어지지 않는 자신을 발견하기 때문입니다. 내가 일부가 된 그룹은 정당도 아니며 분파도 아닙니다. 그것은 나의 조국입니다. 나는 우리를 누가 지배할까 하는 것에는 관심이 없습니다. 프랑스의 임시 조직은 국가의 직무입니다. 그 문제는 그들이 최선을 다하도록 영국과 미국에 맡겨 둡시다. 우리의 야망이 권총의 방아쇠를 당기는 것이라면 우리는 부차적으로 보이는 결정사항에 대해서는 걱정하지 않을 것입니다. 우리의 진정한 우두머리는 지금 침묵할 수밖에 없는 운명에 처한 프랑스입니다. 정당과, 당파와 모든 형태의 분열을 미워합시다.

우리가 공식화 하는 유일한 바람은 (우리에게는 그것을 공식화할 권리가 있습니다. 그것은 우리 모두를 결속시켜주기 때문입니다.) 정치 지도자들보다는 군사 지도자들을 따라야 한다는 것입니다. 명예들 입게 되는 것은 경례를 받는 군인이 아니라 그가 상징하는 국가인 군대 경례와도 같은 것입니다. 우리는 드골 장군과 지로두 장군이 권위에 대해서 어떻게 생각하고 있는가를 압니다. 그들은 섬깁니다.

그들은 최초의 섬기는 자들입니다. 그것으로 우리에게는 충분할 것입니다. 어제 우리를 약하게 하였던 모든 분쟁은 이제 해결되거나 흡수되었기 때문입니다.

우리는 여기에 서 있다고 나는 생각합니다. 미국의 우리 친구들은 프랑스를 잘못 이해해서는 안 됩니다. 어떤 사람들은 프랑스인들을 바구니에 든 게들처럼 생각합니다. 이것은 부당합니다. 변론가들만이 이야기를 합니다. 침묵을 지키는 사람들의 얘기는 둘을 수가 없는 것입니다.

나는 지금이 순간까지 침묵을 지켜온 모든 프랑스인들에게 우리의 진정한 정신적인 상태를 재확인시키기 위하여 침묵으로부터 빠져 나올 것을 제안합니다. 나는 이들이 모두 그에게 다음과 같은 전보를 보낼 것을 제의합니다.

우리는 어떤 방식으로든 섬길 특권을 요청한다.

우리는 미국에서 모든 프랑스인들이 동원된 것을 바란다. 우리는 가장 바람직한 것이라고 생각되는 어떠한 조직이라도 앞서서 수용한다. 그러나 프랑스인들 사이에 어떠한 분열의 기운이라도 이는 것을 증오하기 때문에 우리는 그 조직이 정치를 떠날 것을 요구한다.

국무성은 단합을 주장하는 프랑스인들의 숫자에 놀라게 될 것입니다. 왜냐하면 우리의 명성에도 불구하고 우리들 대부분이 내심으로는 우리의 문명과 우리의 조국에 대한 유일한 사랑을 알기 때문입니다.

프랑스인들이여, 화합합시다. 어느 날인가 우리가 대 여섯 대의 메서슈미트와 싸우는 폭격기 안에 우리 모두 함께 있는 것을 발견하게 될 때, 이전에 우리가 싸우던 생각은 우리를 미소 짓게 만들 것입니다.

1940년 전쟁 중에 내가 총격을 받아 온통 구멍이 뚫린 내 비행기를 타고 임무에서 돌아왔을 때 나는 비행 중대의 바에서 훌륭한 페르노를 마시곤 하였습니다. 나는 가끔씩 주사위를 던지면서 페르노를 얻었는데 때때로 왕당파 동료에게서, 사회주의자에게서, 이스라엘 부관에게서, 우리 승무원 중 가장 용감한 선원에게서 얻었습니다. 그리고 우리 모두는 가장 큰 우정 속에 잔을 맞대었습니다.

12월에 생텍쥐페리는 뉴욕의 비크먼 플레이스 35번지로 이사하였다.

미확인된 서신 교환자에게 보낸 편지

뉴욕 1942년 12월 8일

나는 왜 내가 나치주의자를 싫어하는가를 알고 있다. 그것은 무엇보다도 나치즘이 인간관계의 질을 파괴하기 때문이다. …나는 몇 년 동안 사막의 황량함 속에서 살았지만 그곳에 있는 것이 행복하였다. 나에게는 충실하고 믿을 수 있는 동료들이 있었다…

기묘하게도 세상은 요즈음 한때 위대하게 생각하였던 것을 포기하고 있다. 유태인들의 처형과 강탈, 반역, 착취, 자기 본위의 상징으로 바꾸어 놓은 나치들은 유태인들을 옹호하려는 어느 누구의 태도에도 공공연하게 분노를 나타내었습니다. 그리고 나치들은 유태인들이 당하는 역경을 이 세상에서 강탈과 반역, 착취의 정신을 계속 존속시켜

나가려는 것으로 비난하였습니다. 이것은 우리들을 아프리카의 토테미즘 시대로 되돌아가게 합니다.

나는 그러한 민중의 정신 상태와 코란식의 단일화를 거부합니다. 나는 속죄를 위한 양을 만들어내는 것을 반대합니다. 나는 종교 재판의 개념을 거부합니다. 나는 필요 없이 억수 같은 피를 쏟게 하는 공허한 언어적인 표현을 거부합니다.

나는 육체적인 용기를 높이 평가하지 않습니다. 삶은 우리에게 이 세상에 오직 하나뿐인 용기가 존재한다는 것을 가르쳐 주었습니다. 그것은 사고의 형태를 비난하는 데에 항거하는 것입니다. 나는 2년 동안의 비방과 모욕에도 불구하고 나의 양심이 나에게 명령하는 행동의 노선에 따라 행동하는 것이 마인츠나 에센수용소의 사진을 찍는 것보다 훨씬 더 많은 용기를 필요로 한다는 것을 알고 있습니다.

생텍쥐페리

1943

Antoine de Saint−Exupéry

장 이스라엘: 나의 책

내 서재의 구석에는 지저분하고, 검은, 그리고 서글픈 책 한 권이 숨겨져 있다. 거친 장정 아래에 있는 그 검은 회색의 페이지들은 그 페이지를 넘겼던 수많은 손가락들을 증거 해주고 있다.

그 손들은 1943년에 전쟁포로수용소에 함께 갇혀 있던 8천명 프랑스 장교들의 손이었다. 이 복사본은 검열에 의하여 출판이 금지된 책들 중에서 수용소에 있던 유일한 것이었다.

'검사'라는 도장이 찍힌 채 이 책은 당국의 온갖 검열과 감시를 견디어 내었던 것이다. 몇 달 동안 돌아다닌 끝에 그 책은 헐어빠지게 되어서 나는 그 책을 제본사들에게 넘겼다. 그 책은 실용적인 순서대로, 매트리스를 덮어씌우는 헝겊으로 장정되어 많은 독자들이 읽어도 손상되지 않도록 튼튼한 모양을 갖추고 내게로 되돌아 왔다.

이 책은 『아라로의 비행』으로 1942년 11월 27일에 몬트로쥬에서 출판된 최초의 프랑스어 판이었다. 처음에는 허락이 났으나 (검열 사증 70. 14 327), 몇 주일 뒤로 연기되었다. 때에 맞추어 어머니가 구입하여 정기 식품 소포로 보내진 복사본이 우편물을 분류하는 병사로부터 현명한 도둑에 의해 구출되었던 것이다.

그 책이 프랑스에서는 인쇄되도록 허가를 받았을 때 왜 때 늦게 발매 금지를 당했을까?

어느 주간지에 게재된 피에르 앙드레의 이 책에 대한 평론은 이 문제를 제기하였다. 그의 글에서 생텍쥐페리는 유태인 전쟁도발자로 언급되고 있다. 생텍쥐페리가 '그의 친구 이스라엘을 프랑스인들의 용기의 기수(旗手)'로 찬양하였기 때문이다. 이 글에 이어 훨씬 더 격렬한 내용의 글이 나오고, 결국 그 책은 출판과 판매가 금지되었으며, 많은 책이 파손되는 결과를 낳게 되었다.

인질에게 보내는 편지

프랑스에 『아라로의 비행』의 출현이 소란을 일으키고 있는 동안 생텍쥐페리는 한 인질에게 보내는 편지를 작성하고 있었다. 이 글 첫 부분은 3월에 라메리끄 프랑세 몬트리알지에 게재되었다. 6월에는 완본의 카피가 브렌타노사에 의하여 인쇄되었다. 또한 알제에서 국가해방기구의 프랑스 위원회 정보 서비스에서 다량으로 그 본문을 재출판하였다.

프랑스에서 첫 출판본은 1944년 12월 4일 출판업자 갈리마르에 의해서 구입되었다.

'서문을 대신하며'는 치음에는 레온 베르스의 책 서문으로 쓰였었다.

I

1940년 12월에 내가 미국으로 가는 길에 포르투갈을 지나칠 때 리스본은 나에게 밝고도 쓸쓸한 파라다이스로 보였습니다. 곧 침략이 있으리라는 설이 떠돌았음에도 포르투갈은 행복에의 환상에 매달려 있었습니다. 세계에서 가장 진귀한 전시품들을 모아 놓은 리스본은 전선에 나가 있는 아들에게서 아무런 소식을 듣지 못하면서도 자신의 믿음으로 아들을 구원하려는 어머니처럼 슬픈 미소를 짓고 있었습니다….

"보세요, 난 얼마나 행복하고 평화스럽고, 아름답게 빛나고 있는 가를…"

리스본은 이렇게 말했습니다. 전 대륙은 약탈한 무리의 무게 때문에 내려앉은 황량한 산과도 같이 포르투갈에 상체를 구부리고 있었습니다. 리스본은 유럽을 얕보았습니다.

"내가 그처럼 조심스럽게 숨기를 거부하고 있는데 그들이 나를 표적으로 삼을 수 있는가? 내가 이처럼 취약한데!"

우리 조국의 타운은 밤에는 재와도 같이 활기가 없었습니다. 나는 깜빡거리는 한 줄기 빛조차도 없는 그런 방에 익숙해 있었기 때문에 이렇게 환하게 빛나는 도시는 나를 다소 불편하게 느끼도록 만들었습니다. 만일 주위의 거리가 어둡다면 상점 진열장 안에서 눈부시게 빛나는 다이아몬드들은 거리를 배회하는 자들을 유혹할 것입니다. 그들이 다이아몬드를 향해서 다가서는 걸 느낄 수 있습니다. 나는 폭격기가 헤매는 유럽의 밤이 마치 이 보물을 멀리에서 냄새 맡은 것처럼 리스본에 압력을 가하는 것을 느꼈습니다.

그러나 포르투갈은 그 사나운 짐승의 탐욕적인 식욕을 무시하였습니다. 포르투갈은 그 위협의 경고신호를 믿지 않으려 들었습니다. 포르투갈은 절망적인 자신감을 과시하며 예술에 대해서 이야기하였습니다.

그들이 감히 포르투갈과 예술에 대한 숭배를 짓밟아 버릴 수 있겠는가? 포르투갈은 모든 보물들을 세상에 내보였습니다. 그들이 감히 이 보물들이 있는 포르투갈을 파괴할 수 있겠는가? 포르투갈은 위대한 사람들을 전시하였습니다. 군대와 대포가 부족한 리스본은 침략자에 대항하여 하나의 울타리로서 시인들, 탐험가들, 모험가들을 돌로 만든 보초로 내세웠습니다. 군대와 대포의 부족 대신에 포르투갈의 전 과거사가 그 길을 가로막았습니다. 그들이 감히 찬란하고 위대한 그 유산을 파괴할 수 있겠는가?

매일 오후면 나는 마치 분수의 흩어지는 물방울과도 같이 정원에 부드럽게 퍼지는 깊은 음악을 포함하여, 모든 것이 거의 완벽에 가까운 이곳에서 완벽한 예술 감각으로 진열된 예술품들 사이를 우울한 감정에 휩싸인 채 방황하였습니다.

나는 리스본의 미소 아래에서 어두운 우리 도시들보다 더 슬픈 모습을 발견하였습니다.

나는 식탁에 이미 죽은 사람의 자리를 남겨놓는 별난 사람들을 알고 있으며 아마 여러분들도 알고 있으리라고 생각합니다. 그들은 돌이킬 수 없는 이 상황을 거부합니다. 그러나 나는 이러한 반항적인 태도를 위안으로 생각하지 않았습니다. 죽은 사람은 죽은 채로여야 합니다. 그래야만 그들은 죽음 속에서 새로운 생존의 형태를 얻게 되는 것입니다. 그러나 그 가족들은 그들의 죽은 사람들의 복귀를 오히려 늦추고 있는 것입니다. 그들은 죽은 그 사람들을 영원한 부재자, 영원히 늦는 손님으로 만들어 버리는 것입니다. 그들은 죽은 사람에 대한 비탄을 공허한 기대감으로 바꾸어 놓습니다. 그 집단은 나의 번뇌보다도 훨씬 더 숨이 막힐 듯한, 그리고 냉혹한 불안감에 젖어 있는 것으로 보였습니다.

나는 우편 서비스 임무를 맡았던 잃어버린 나의 친구, 기요메에 조의를 표하는 일에 동의하였습니다. 기요메는 영원히 변하지 않을 것입니다. 그는 결코 다시는 출석하지도 않을 것이지만 결석 또한 결코 하지 않을 것입니다. 나는 내 테이블에 그의 자리를 단념하고 -이 불필요한 덫을- 그를 실제로 죽은 친구로 만들었습니다.

그러나 포르투갈은 식탁에 자리를 만들고, 그 빛과 음악에 매달려 행복을 믿으려고 발버둥치고 있었습니다. 그들은 하나님도 믿을 수 있도록 리스본에서 행복을 연기하였습니다.

리스본의 슬픈 분위기는 망명인들의 존재 때문이기도 하였습니다. 나는 정치적인 피난처를 찾아다니는 법률의 법망에서 벗어난 사람들을 뜻하는 것이 아닙니다. 나는 경작할 땅을 찾는 이주민들을 뜻하는 것이 아닙니다. 나는 동포들의 불행을 등지고 안전한 장소에 돈을 묻어 두려고 조국을 떠나는 사람들을 뜻하는 것입니다.

나는 도시에 묵을 장소를 발견하지 못했기 때문에 카지노 근처에 있는 에스토릴에 묵었습니다. 나는 격렬한 전투 속에서도 살아남았습니다. 아홉 달 동안 쉬지 않고 독일에 침략을 강행한 나의 비행 부대는 독일공세 동안에 4분의 3을 잃었습니다. 고국에 돌아오면서 나는 노예상태의 죽음과도 같은 분위기와 기근의 공포를 알았습니다.

나는 우리 도시들의 먹을 칠한 듯 캄캄한 밤을 알았습니다. 그리고 지금 내가 있는 곳의 주변에서 에스토릴 카지노에는 매일 밤 유령들이 우글거리고 있습니다. 어디론가 가고 있는 캐딜락들은 입구 앞의 부드러운 모래밭에 조용히 멈추어 서 있습니다. 그들은 이미 지나간 시절처럼 저녁 식사를 위한 차림을 하였습니다. 그들은 **빳빳**한 셔츠 앞부분의 진주를 자랑하고 있었습니다. 그들은 서로 할 말이 아무

것도 없는 꼭두각시 식사에 서로 초대를 하였습니다.

그들은 룰렛 노름이나 트럼프 놀이를 하였습니다. 가끔씩 나는 그들을 바라보았습니다. 나는 분노나 아이러니가 아니라 일종의 고뇌를 느꼈습니다. 그것은 소멸된 종자 중에서 살아남은 동물을 동물원에서 바라볼 때 경험하는 것과 동일한 느낌이었습니다. 그들은 희망과 파멸, 시기, 흥분을 느끼기 위해서 살아 있는 존재들과 똑같이 테이블 주위로 몰려들고 있었습니다. 그들은 아마도그 순간에는 아무런 가치도 없게 될 재산을 걸었습니다. 그들은 모르긴 해도 못쓰게 된 동전을 사용하였습니다. 그들의 금고에는 아마도 이미 몰수된 공장이나 공습 때문에 파괴되어 가고 있는 공장이 사인을 한 주식이 들어있었을 것입니다. 그들은 시리우스에서 환어음(換-)을 발행하였습니다.

그들은 몇 달 이전만 해도 이 지상에 무엇인가가 날카로운 폭음을 내며 깨어지지 않았던 것처럼 과거에 매달려 그들의 수표가 유효하고, 모든 관습이 변하지 않았다고 믿으려고 애를 썼습니다. 그것은 비현실적인 것이었습니다. 그것은 마치 꼭두각시 소처럼 보였습니다. 그러나 그것은 슬펐습니다.

그들은 아무것도 느끼지 못하였던 것입니다. 나는 그들이 자기 나름의 방식에 의존하도록 내버려 두었습니다. 나는 바닷가에 산책을 나갔습니다. 그리고 에스토릴의 바다, 이 유행을 따르는 멋진 휴양지의 유순한 바다는 나에게 그 모든 것의 일부로 보였습니다. 부드러운 파도가 때에 맞지 않는 무도복처럼 달빛 속에 빛나며 안으로 굴러 들어갔습니다.

나는 배에서 다시 그들을 만났습니다. 그 배 역시 한 대륙에서 다른 대륙으로 이 뿌리 없는 식물들을 배로 실어 보내는 것처럼 고뇌의 분위기가 스며 나오고 있었습니다. 나는 혼자 이렇게 생각하였습니다. "나는 나그네가 되는 것을 꺼리지 않는다. 나는 이주민이 되기를 원하지 않는다. 나는 고국에서, 다른 곳에서는 아무 쓸모도 없게 될 많은 것들을 배웠다."

그러나 지금 이 이주민들은 그들의 신분의 잔존인 주소록을 그들의 포켓 속에 지니고 있었습니다. 그들은 아직도 자기가 누구인가 신원이 분명한 척 하였습니다. 그들은 가장된 의미에 완강히 매달리고 있었습니다. 그들은 이렇게 말했습니다.

"이게 나다 ⋯ 나는 이런저런 도시출신이다 ⋯ 나는 이런저런 사람의 친구이다 ⋯ 당신은 그를 아는가?"

그들은 자기 자신을 무엇인가에 연결시켜줄 수 있는 어떤 친구나, 실수나 그 외 다른 종류의 이야기를 계속해서 하였습니다. 그러나 그들의 과거의 그 무엇도 이제 그들에게 도움이 될 수 없었습니다. 그들은 이민 가고 있는 중이었기 때문입니다. 이러한 기억들은 지나간 사랑에 대한 회상이 새롭고 신선한 것처럼 아직도 따뜻하고 새롭고 생생하였습니다. 어떤 사람은 한 뭉치의 연애편지들을 모으고, 어떤 사람은 회상의 이야기를 덧붙입니다. 그것은 그들은 조심스럽게 연결시켜줍니다.

이러한 유물은 처음에는 감상적인 매력을 낳습니다. 그러나 푸른 눈의 금발 아가씨를 만나면 이 유물은 죽어버립니다. 우정, 고향 마을, 고향에 대한 회상 또한 사용하지 않으면 빛이 바래지고 맙니다.

그들은 이 모든 것을 느꼈습니다. 리스본이 행복을 가장하는 연기를 하였듯이, 그들은 곧 돌아올 수 있으리라고 믿고 있는 듯한 연기를 하였습니다. 탕자의 부재는 그리 나쁜 것이 아닙니다. 그것은 가공의 부재입니다. 왜냐하면 그 가정은 손상되지 않고 남아 있기 때문입니다. 옆방에 있든 지구의 다른 편에 가 있든 그것의 근본적인 차이는 없습니다. 떠난 것처럼 보이는 친구의 존재는 실제로 존재하는 것보다 더 생생한 느낌을 줄 수 있습니다. 그것이 기도의 존재입니다.

나는 사하라에서만큼 내 고향을 사랑한 적이 없었습니다. 케이프 만에 있는 16세기 브레타뉴 선원들이나 바람에 대항하는 싸움에서 늙어가는 선원들처럼 그 약혼자가 가깝게 느껴지는 경우도 없을 것입니다. 그들은 출항하자마자 돌아오기 시작하는 것입니다. 거친 손으로 닻을 올리면서 그들은 이미 돌아올 준비를 합니다. 그들의 연인들에게 도달하는 가장 빠른 길은 케이프 만을 거쳐서 오는 것입니다.

그러나 이 이주민들은 나에게 마치 약혼자를 이미 잃어버린 브레타뉴 선원들처럼 보였습니다. 브레타뉴의 애인은 이제 그들의 창에 더 이상 등불을 밝혀 두지 않는 것입니다. 그들은 탕자들이 아니었습니다. 그들은 돌아갈 집이 없는 탕자들이었습니다. 자신의 외부에서 진짜 여행이 시작되는 것입니다.

어떻게 내면의 벽난로를 다시 만들고, 무거운 추억의 실감개를 다시 감을 수 있을까요? 이 유령선은 아직 태어나지 않은 영혼들, 망각의 동물들을 운반하였습니다. 선원들과 특별한 임무를 맡은 자들만 이 트레이를 나르고 동전을 닦고, 구두를 닦고, 경멸의 빛을 띤 채 죽은 사람의 시중을 들었습니다. 이러한 경멸은 이주민들의 가난에 기인한 것이 아니었습니다. 그들에게 부족한 것은 돈이 아니라 중요성이었습니다.

그들은 이제 특정한 집, 특정한 친구, 또는 특정한 책임을 가진 사람들이 아니었습니다. 그들은 다만 그런 역할을 하고 있을 뿐이지, 그것은 이제 현실이 아니었습니다. 아무도 그들을 필요로 하지 않았으며, 아마도 그들에게 호감을 갖지 않을 것입니다.

한밤중에 당신을 깨어나게 하고 역으로 급히 달려가게 하는 전보, '빨리 오세요! 당신이 필요해요!'라는 전보는 얼마나 큰 축복 입니까? 우리는 재빨리 자기를 도와줄 친구를 발견합니다. 우리는 서서히 도움을 요구하는 사람들에게 귀중한 존재가 되어 갑니다. 누구도 이러한 유령들을 미워하지 않았으며, 누구도 그들을 시기하지 않았으며, 누구도 그들을 괴롭히지 않았습니다. 그러나 누구도 중요한 가치를 갖는 유일한 사랑으로 그들을 사랑하지 않았습니다. 나는 이렇게 생각했습니다.

"그들은 도착하자마자 환영 칵테일 파티와 위로 만찬에 초대된 것이다. 그러나 누가 그들의 문을 노크하면서 '나야, 들어가게 해 줘!'라고 소리를 칠 것인가?"

사람들은 오랫동안 아기에게 젖을 먹이면 그것이 요구가 됩니다. 오랫동안 친구를 사귀면 그것을 당연하게 받아들입니다. 오랜 세월 동안 무너져 가는 자기 가족들의 집을 지켜 가면서 멸망되어 가야만 사람들은 그 집을 사랑하는 법을 배우게 되는 것입니다.

||

그래서 나는 나 스스로에게 말했다.

"근본적인 것이지만, 우리가 소중히 여기며 살아 왔던 것은 남아야만 한다. 관습, 가족의 경사, 우리 어린 시절의 집, 중요한 것은 귀향을 위하여 사는 것이다…"

그런데 나 자신은 내가 의지했던 멀리 떨어져 있는 지주가 사라질 것 같은 위협을 느낀다. 나는 실제의 사막을 알기 위해 왔다고 해도 과언은 아니었으며 그래서 나는 오래 전부터 나의 호기심을 자아냈던 하나의 신비를 이해하기 시작했다.

나는 사하라에서 3년을 보냈다. 많은 다른 사람들과 같이 나 역시 그곳의 마력에 잠겨 들었다. 적막과 불모의 황량함이 모든 것을 덮어 버린 듯한 사하라에서 살아 본 경험이 있는 사람이면 누구라도 그 이후에는 그곳에서 보낸 세월을 가장 가치 있는 것으로 소중히 여길 것이다. 사막이나 혹은 고독, 혹은 광대하게 열려진 공간에 대한 향수를 표현하는 경구는 한낱 문학적인 문장에 지나지 않으며, 아무것도 설명해 주지 않지만 그러나 여기 승객들이 빼곡히 들어찬 이 배 위에서 나는 처음으로 사막을 이해할 것만 같다.

사실 사하라에는 모래, 아니 좀 더 정확하게, 무수한 돌덩이들이 깔린 평지가 우리의 눈이 볼 수 있는 멀리까지 펼쳐져 있다. 그곳의 모든 조건들은 분명 권태를 자아낸다. 그러나 보이지 않는 신들이 사막에 수많은 방향들과 사연들, 자취, 비밀의 살아 있는 기복을 부여하여 그것을 무궁무진하게 변화시킨다. 모든 것이 제자리를 찾고 심지어 정적조차 시시각각으로 달라진다.

부족들에게 평화가 깃들 때, 밤이 써늘한 기운을 몰고 올 때는 조용한 침묵이 흐르며, 그럴 때 우리는 닻을 내리고 잔잔한 항구에 정박한 것처럼 느낀다. 태양이 모든 생각과 움직임을 중단시킬 때에는 한낮의 침묵이 흐르고, 북풍이 내륙의 오아시스로부터 화분(花粉)을 실은 곤충들을 데려오고, 동쪽으로부터 모래 폭풍의 모래를 예고하며 엄습

할 때는 속기 쉬운 침묵이 흐른다.

멀리 떨어져 있는 한 부족이 폭동을 준비하고 있다는 것이 알려질 때는 공포의 침묵이 흐른다. 아랍인들이 그들의 비밀회의를 위하여 모여 있을 때에는 신비의 침묵이 흐르고, 전령의 귀환이 늦어졌을 때에는 용이치 않은 침묵이, 밤중에 우리가 숨을 죽이고 가만히 귀 기울일 때에는 날카로운 침묵이. 우리가 우리의 사랑하는 이를 떠올릴 때에는 울적한 침묵이 흐른다.

모든 것이 특수한 뜻을 갖게 된다. 각각의 별은 진정한 방향을 제시한다. 그들은 모두, 베들레헴의 별들이기에 각기 그 자신의 신을 섬긴다.

어느 별은 닿기 어려운 저 먼 곳의 우물을 가리키는데 당신과 그 우물가의 거리는 누벽(壘壁)만큼이나 두껍다. 또 어느 별은 물이 말라버린 우물을 가리킨다. 그러면 그 별자체도 말라 버린 듯 느껴진다. 또 어느 별은 유목민들이 노래하는 알지 못할 오아시스로 당신을 인도한다. 그곳은 폭동이 일어나 당신이 방문하지 못하는 곳이다. 당신을 그 오아시스로부터 분리시키는 모래는 요정 이야기에 나오는 잔디밭이다.

또 다른 저 별은 당신이 막 먹으려고 하는 과일처럼 달콤한 듯한 남부의 어느 백인 도시를 가리킨다.

요컨대, 거의 가공적인 전신주들이 멀리서부터 와 이 사막에 전기를 통하게 하는 것이다. 생생하게 기억에 떠오르는 어린 시절의 집, 존재한다는 것 이외에는 그에 대하여는 것이 아무 것도 없는 친구, 그런 식으로 당신을 밀거나 끌어당기는, 이끌거나 쫓아내는 자력(磁力)에 의하여 당신은 생기를 느끼게 된다. 이제 당신은 중요한 방향의 중심에 뿌리를 굳건히 내리고 서있는 것이다.

사막은 보이거나 들려오는 실제적인 부(富)를 갖고 있지 않으며, 그 안의 삶이 수축되기는커녕 번성하기 때문에 우리는, 보이지 않는 매력에 의하여 먼저 자극을 받는 쪽은 인간이라고 결론짓지 않을 수 없다. 인간은 정신적인 것에 의하여 지배받으니 사막에서의 나는 신만큼의 가치가 있는 것이다.

나에게 있어 프랑스는 추상적인 여신도 역사적인 개념도 아니었다. 그것은 내가 의지하고 살아 있는 어떤 것이며, 나를 지배하는 결속의 그물이었고 나의 심장 구조를 형성하는 축이다. 나는 나 자신이 나의 진로를 그릴 수 있게 하기 위하여 내게 필요한 사람들이 나보다 더 강하여 오래 견딘다고 느낄 필요가 있다. 내가 알고 돌아갈 수 있도록, 내가 존재한 수 있도록.

나의 조국은 그들 속에 주름 잡혀져 있었으며, 그들을 통하여 나의 내부에 계속 살아 있었다. 당신이 바다에 있을 때는 한 대륙이 어느 등대로부터의 작은 불빛으로 축소된다. 등대의 불빛으로는 거리가 측정되지 않는다. 그 불빛은 눈에 반사될 뿐이다. 대목의 보물들이 모두 그 별 속에 담겨져 있는 것이다.

전 영토가 점령된 이후, 프랑스가, 폭풍 속에서 그 운명을 알 길이 없는, 불빛 없는 배처럼, 그의 모든 화물과 함께 침묵 속으로 미끄러져 들어간 지금 내가 사랑하는 사람들의 운명은 내가 겪어왔던 그 어떤 고통보다도 더욱 나를 억압한다. 나는 마음 속 깊이 그들의 무방비 상태에 대해 위협을 느낀다.

오늘 밤 나의 기억 속에 자주 떠오르는 사람은 쉰 살이다. 그는 유태인이다. 그가 독일의 억압 속에서 어떻게 살아남을 수 있을까? 그가 아직도 살아 있다고 상상하기 위하여 나는 그가 그의 마을 농민들의 철벽같이 단단한 침묵에 의하여 보호를 받아 침략자들이 그에 대하여 아무것도 모른다는 것을 믿어야 한다. 그래야만 나는 그가 아직 살아 있다고 믿을 수 있다. 그래야만 나는 내가 그의 우정의 제국 안에서 이리저리 방황할 때 이주민이 아니라 여행자처럼 느낄 수 있는 것이다. 그 사막은 사람들이 그러리라고 믿는 것과는 다르다. 사하라는 어느 나라의 수도보다는 활기가 있다. 그러므로 생명이라는 지주에 자성(磁 性)이 없어지면 이 가장 풍요로운 도시는 공허해지고 만다.

Ⅲ

세상은 어떻게 우리의 삶의 원천인 생명의 기류를 형성할까? 나를 어느 친구의 집을 향하여 끌어당기는 자력은 어디에서 발생한 것일까? 나를 위한 생명의 자주 속에 그것을 출현시킬 근본적인 요소는 무엇일까? 특별한 애정을 주조하고, 그것을 통하여 조국에 대한 사랑을 주조하는 비밀의 사건들은 무엇일까?

진정한 기적이 야기한 소요(騷擾)란 얼마나 작은 것인가? 가장 중대한 사건들은 얼마나 단순한가! 내가 회상하고 싶은 경우에 대해 나는 할 말이 너무 없기 때문에 나는 그것을 꿈속에서 다시 체험하고 친구와 이야기해야만 한다.

전쟁 하루 전날 푸르누스 근처 사욘느 제방 위에서였다. 우리는 나무로 만들어진 테라스가 강을 굽어보는 한 레스토랑에서 점심식사를 하기로 했었다. 손님들이 칼로 상처를 낸 꾸밈없는 테이블 위로 약간 상체를 기울이며 우리는 페르노 둘을 주문했다. 당신의 의사는 당신에게 절대로 술을 한 모금도 마시지 말라고 했지만 당신은 특별한 경우에는 그를 속였지. 그때가 바로 그런 경우 중의 하나였다. 이유는 알 수 없었지만 어쨌든 그때가 그런 경우였지.

우리를 즐겁게 만든 것은, 불빛보다도 더 감지할 수 없는 그 어떤 것이었다. 그리하여 당신은 그 대단한 날을 위하여 페르노를 마시기로 결정했고, 두 명의 거룻배 인부들이 그들의 짐을 내리고 있었기에 우리는 그들을 초대했었지. 우리는 테라스에서 그들에게 손짓했고, 그들은 금방 왔지. 우리는 아주 자연스럽게 그들을 친구처럼 초대했었지. 그것은 아마 우리가 마음속으로 기쁨을 느꼈기 때문이었겠지. 그들이 우리의 초대에 응할 것은 분명했고, 그래서 우리는 함께 술을 마셨지.

태양은 따뜻했다. 그 따스한 햇살이 반대편 제방 위의 포플러나무 위로 그리고 지평선 위의 평원으로 흩어졌다. 우리는 여전히 이유를 알지 못한 채 점점 더 유쾌해졌다. 태양이 우리를 안심시키듯이 빛났고, 강물이 우리를 안심시키듯이 흘렀다. 음식은 우리를 안심시키듯이 맛있었다.

우리의 초대에 응했던 거룻배의 인부들과, 마치 영원의 향연을 주관하듯 미소 지으며 우리를 시중들던 여급도 똑같이 우리를 안심시키는 듯했다. 우리는 그곳에서 완전히 평화로웠고, 무질서로부터 영속적인 문명에 의하여 보호받고 있었다. 모든 소망이 이루어져 우리가 서로에게 털어 놓을 것이 아무것도 없는 그곳에서 우리는 일종의 천국의 기쁨을 맛보았다.

우리는 순수하고 정당하고 영민하고 관대한 느낌을 받았다. 우리는 심오한 진리가 우리에게 무엇을 드러냈는지 설명할 수는 없었다. 그러나 우리는 절대적인 확신, 거의 자신만만한 확신을 느꼈다. 우주는 우리를 통하여 그의 선의를 보여주고 있었다.

성운의 응축, 유성의 경화(硬化), 첫 번째 아메바의 형성, 그리고 아메바의 출현에서부터 인간에 이르는 자연의 웅대한 작업 -모든 것이 행복하게 성숙으로 집중되어- 우리를 통하여 그 같은 기쁨 속으로 수렴되었다. 사실 얼마나 대단한 성취인가!

우리는 그 말없는 만족감, 거의 종교적인 의식들을 즐겼다. 베스타(Vesta)여신에게 몸을 바친 여급(女給)이 왔다 감으로써 잠시 잠잠해지곤 했던 우리와 거룻배 인부들은, 비록 그때 우리가 그 종교를 이름 지을 수는 없었겠지만 같은 종교의 추종자들처럼 함께 술을 마셨다. 인부들 중 한 명은 네덜란드인이었고 다른 한 사람은 독일 사람이었다. 그 독일인은 공산주의자 아니면 트로츠키, 가톨릭교도, 아니면 유태인 (난 그가 무슨 딱지로 법의 보호를 빼앗겼는지 기억할 수는 없다) 으로 박해를 받았기에 나치주의를 피해 달아났다. 그러나 그 순간에 그 거룻배 인부는 하나의 딱지보다 훨씬 많은 의미를 주었다.

중요한 것은 내용이었다. 즉 인간의 육체, 그는 단순히 한 명의 친구였고, 우리 친구들은 모두 의견이 일치했다.

우리는 모두 같은 생각이었다. 그러나 무엇에 관해서였던가? 페르노, 혹은 인생의 의미, 아니면 그 날의 유쾌함? 우리는 어느 것이라고 꼬집어 말할 수 없었다. 그러나 우리의 동의는 너무 완벽하고 너무 심오했으며, 비록 명확하게 계통이 세워졌던 것은 아니나 너무도 굳건한 신조를 반영했으므로 우리는 그 요새를 수호하고 포위공격에 굴복하지 않을 것이며, 우리의 합의의 실제를 보존하기 위하여 대포 뒤에서 죽을 것에 기쁘게 동의했을 것이다.

무슨 실체? 그것은 설명하기가 매우 어렵다. 나는 본질이 아니라 단지 그 모양만을 파악하는 위험에 처해 있었다. 나의 모자라는 어휘는 진실이 달아나도록 했을 것이다. 내가 우리는 그 거룻배 안부들의 미소, 당신의 미소, 그리고 나의 미소, 그 여급의 미소, 태양의 어떤 기적 속에 알지 못하는 어떤 자질을 위하여 싸울 각오가 되어 있다고 말한다면 그것은 막연한 것이다.

본질적인 것은 거의 중량이 없는 경우가 자주 있다. 그곳에서 본질적인 것은 단지 미소였던 것 같다. 한 번의 미소가 때때로 가장 근본적인 것이 되는 경우가 있다. 우리는 다시 미소를 되돌려 받거나, 우리는 미소로 보상을 받는다. 우리는 미소로 활기찰 것이다.

그리고 미소의 질(質)은 당신이 그것으로 인해 죽게도 만든다. 그러나 그런 자질이 우리를 그때그때의 번민으로부터 자유롭게 해주고, 우리에게 확신과 희망, 그리고 평화를 부여한 이상 나는 나 자신을 더욱 잘 표현하기 위하여 또 다른 미소의 이야기를 해야 할 필요를 느꼈다.

Ⅳ

내가 스페인 내란에 관한 보고서를 쓸 때였다. 나는 그때 한 화물 창고에 비밀화물을 적하시키는 것을 (몰래 새벽 세 시에) 지켜볼 만큼 무모했었다. 어둠과 함께 짐을 운반하는 사람들의 소란이 나의 무분별한 행동에 유리한 듯싶었다. 그러나 나는 무정부주의 의용군집단에 의심의 대상이 되었다.

그것은 매우 단순하게 일어났다. 나는 그들이 가까이 다가와 내게 부드럽게 손가락 같은 것을 델 때까지도 그들이 몰래 다가온 것을 의식하지 못했다. 소총의 총구가 나의 위를 향한 채였다. 침묵은 불길한 전조를 내포하고 있었다. 마침내 그는 나의 팔을 위로 올렸다. 나는 그들이 내 얼굴을 보는 것이 아니라 나의 넥타이를 보고 있음을 눈치 챘다. (이웃의 무정부주의자에 있어서 그러한 호기심은 적절하지 못한 것이다) 나의 몸은 긴장으로 굳어졌다. 나는 총탄이 발사되기를 기다렸다. 그것은 압축된 판단의 시간이다.

그러나 그 같은 일은 발생되지 않았다. 인부들이 다른 세상에서 일종의 꿈같은 발레를 하고 있는 듯 했던 몇 초가 지난 뒤 그 무정부주의자들은 내게 그들 앞으로 가라는 신호로 고개를 끄덕였고, 우리는 철로를 가로질러 천천히 걸음을 옮겼다. 완전한 침묵과 최소한의 움직임 속에서 체포가 이루어졌다.

곧 우리는 위병소로 개조된 지하실로 들어갔다. 그곳에는 약간의 빛이 새어나오는 기름 램프가 하나 있었고, 의용군들은 다리 사이에 그들의 소총을 세운 채로 졸고 있었다. 그들은 순찰대와 몇 마디 교환했고, 나를 안으로 데리고 들어갔다. 그들 중의 하나가 나를 수색했다. 나는 스페인어를 할 줄 알았으나 카탈라 말은 전혀 못했다. 그럼에도 나는 그들이 나의 기사를 원한다는 것을 이해했다. 나는 잊어버리고 그것들을 호언에 두고 갔었다. 나는 대답했다. "호텔… 기자" 그들은 각기 나의 카메라를 쳐다보았다. 그리고 졸고 있던 사람들은 약간의 지루함을 나타내며 깨어나 벽에 기대었다.

전체적으로 지배적인 인상은 지루함이 있기 마련이다. 그 사람들의 집중력은 완전히 연소되었던 것이다. 나는 그때 인간의 접촉 수단으로서 거의 적대적인 징조를 더 좋아할 뻔 했다. 그러나 그들은 분노도 비난도 표시하지 않았다. 나는 여러 번 스페인어로 항의하려고 시도했으나 나의 반발은 무력했다. 그들은 생선 주발에 담은 중국생선을 먹으며 아무런 반응도 없이 나를 응시하고 있었다. 그들은 기다리고 있었다. 그들은 무엇을 기다리고 있었을까? 그들의 동지들 중 한 명의 귀환. 여명? 나는 생각했다. "아마 그들은 배고파질 때까지 기다리고 있을 것이다…"

나는 나 자신에게 말했다. "그들은 어쩌면 어리석은 짓을 하고 있는 것인지도 모르지! 이건 정말 우스꽝스럽군!"

내가 느꼈던 감정은 번민이나 고통보다도 차라리 그 모든 부조리한 것에 대한 혐오감이었다. 나는 나 스스로에게 말했다. "만약 그들이 반응을 나타낸다면, 만약 그들이 행동하기를 원한다면, 그들은 모두 총을 쏠 것이다."

나는 정말로 위험에 처했을까? 그들은 내가 사보타주(Sabotage)를 하는 사람이나 스파이가 아니라 기자라는 것을 아직도 모르고 있을까? 그리고 나의 그것들이 호텔에 있다는 것도? 그들은 결론에 도달했을까? 그렇다면 어떤 결론?

나는 그들이 아무런 양심의 가책도 없이 손으로 사람들을 쏘아 죽였다는 것 이외에는 그들에 대해 아는 것이 아무것도 없었다. 혁명의 전위대는 그들이 쫓는 것은 개인이 아니라 그 증상들이었다. 그들의 적의 진실은 그들에게 위험스럽게 번지는 질병일 것이다. 만약 그들이 의심스러운 가장 작은 증상이라도 발견하기만 하면 환자는 격리되어지는 것이다, 묘지로. 내가 이해할 수 없었던 모호한 단음절의 의문사가 나를 그렇게 불길하게 만들었던 이유이다. 분별없는 룰렛 바퀴가 나의 사활을 정하고 있었던 것이다. 그것이 바로 내가 나의 존재를 단언할 어떤 것을 크게 말하고 싶은 이상한 욕구를 느꼈던 이유였다. 예를 들면 나의 나이, 사람의 나이는 인상적인 어떤 것이며, 그것은 그의 생을 요약한다.

성숙은 서서히 많은 장애물과, 고통, 슬픔, 절망, 그리고 무의식적인 의심을 딛고 일어선 끝에 이루어진다. 성숙은 그렇게 많은 갈망, 희망, 후회, 잊혀진 것들의 사랑 들을 통하여 형성된다. 인간의 나이는 경험과 추억의 짐을 나타낸다. 함정들과 삶의 굴곡에도 불구하고 우리는 우차(牛車)와 같이 무겁게 덜커덩거리며 계속 앞으로 전진해왔다. 그리하여 지금은 각 상황의 다행스러운 접합 덕분에 우리는 여기에 이르게 된 것이다. 서른일곱의 나이에, 그리고 그 좋은 우마차는 하나님의 뜻대로 기억의 짐을 싣고 계속 길을 갈 것이다. 나는 나 자신에게 말했다. "이곳은 내가 닿아야 할 곳이다. 나는 서른일곱 살이다."

나는 그런 고백으로 나의 판단을 가볍게 하고 싶었다. 그러나 그들은 나에게 더 이상 질문하지 않았다. 그때 기적이 일어났다. 매우 조심스러운 기적이. 내게는 담배가 하나도 없었다. 나의 간수들 중의 한명이 담배를 피우고 있었으므로 나는 몸짓으로 그에게 내게도 하나 달라고 부탁하고 짧게 미소 지었다. 그 사나이는 기지개를 켜고 한 손으로 자신의 이마를 쓸더니 시선을 나의 타이(tie) 대신에 나의 얼굴에 던졌다. 그리고 놀랍게도 그는 내게 미소 지었다. 여명이 밝아 오는 것 같았다. 그것이 그 극적 사건을 해결하지는 않았으나 그것은 빛이 어둠을 헤치듯 그 사건을 이완시켰다. 어떠한 극적 사건도 연출되지는 않았다. 그 기적이 눈에 띄게 바꾸어 놓은 것은 아무것도 없었다. 모든 것이 마찬가지였다.

오래되어 낡은 기름 램프 탁자 위에 흩어진 종이들, 벽에 기대 있는 사람들, 그 모든 것이 변하지 않은 상태 그대로였으나 모든 것이 그 본질 속에서는 달라져 갔다. 그 미소는 나를 자유롭게 했다. 그것은 여명이 돌이킬 수 없는 것만큼 분명하고 결정적인 징조였다 그것은 새로운 길을 열어 주었었다. 아무것도 바뀐 것은 없으나 모든 것이 변했다. 탁상 위에 흩어진 종이들, 기름 램프, 벽들이 살아있었다. 지하실 안에 있는 물체들에 의하여 방출된 권태가 제거된 셈이었다.

그것은 마치 보이지 않는 혈류가 육신에 그 의미를 부여하여 다시 순환하기 시작하는 듯 했다. 사람들 역시 움직이지 않았으나 한 순간 전 그들은 내게 태고 이전의 인류처럼 낯선 이방인이었던 반면 이제는 그들이 내게 좀 더 가깝게 느껴졌다. 나는 '현존'의 특이한 감흥을 느꼈고, 그들과 친숙하게 느껴졌다.

내게 미소 지었던 그 젊은 의용군은 조금 전까지만 해도 하나의 기능이며, 단순한 도구나 일종의 기괴한 곤충처럼 느껴졌으나 이제는 다소 서투르고 수줍어하는 듯 했다. 그것은 그가 다른 테러분자들보다 덜 잔인해서가 아니라 그의 인간적인 면을 드러낸 것이 그의 취약점을 보여 주었기 때문이다. 우리 인간들은 대단히 젠 체 하며 뽐내지만 우리의 마음속 깊은 곳에서 망설임과 의심과 슬픔을 느낄 수 있는 것이다.

여전히 아무 말도 언급되지는 않았으나 모든 것이 달라지고 있었다. 나는 그가 내게 담배를 건네주었을 때, 그에게 감사를 표시하기 위하여 그의 어깨에 손을 얹었다. 그리하여 일단 얼었던 마음이 녹자 모든 의용군은 모두 인간적이 되어 나는 새로운 자유의 나라에 들어가는 것처럼 그들의 미소 속으로 들어갔다. 나는 내가 사하라에서 우리를 구해주었던 사람들의 미소 속으로 들어가듯 그들의 미소 속으로 들어갔다. 우리 동료들은 여러 날 동안을 수색한 끝에 우리를 발견하고 가능한 한 우리가 있는 곳에서 가장 가까운 곳에 착륙하여 그들의 물병을 들고 큰 걸음으로 우리를 향하여 걸어왔다.

내가 길을 잃어 방황할 때 구조자들의 미소, 혹은 내가 구조자였을 때 길을 잃은 사람들이 나를 발견했을 때의 미소는 나에게 내가 행복한 시간을 보냈던 고향의 따스함을 느끼게 했다. 진정한 기쁨은 동지애의 기쁨이다. 물론 그것이 인간의 선의의 선물이 아니라면 어떠한 매력도 갖지 못한다. 환자의 치료, 도망자에게 주어진 환영과 용서는 그것과 함께 표현되는 미소 때문에 가치가 있는 것이다. 우리는 언어와 정당, 정책, 계급에 관계없이 미소를 짓는다. 우리는 같은 종교의 추종자들이다. 다른 사람들은 그들의 관습을 가진 채, 나는 나의 관습을 가진 채로.

V

우리의 문명의 가장 귀중한 열매는 그런 기쁨이 아닐까? 제 아무리 전체적인 압제자(壓制者)라 할지라도 우리의 물질적인 욕구를 만족시켜 줄 수는 있다. 그러나 우리는 강제로 먹이를 먹여서 급속히 성장시킬 수 있는 소 떼는 아니다. 번영과 안락이 우리를 만족시킬 수는 없다. 인간에 대한 존경을 신조로 키워져 왔던 우리들에게 있어서 때때로 거의 기적적인 경험으로 변할 수 있는 단순한 만남은 대단히 중요한 의미를 띠는 것이다.

인간애의 존중… 그것이야말로 시금석이다! 나치가 오직 그와 닮은 것만을 존중할 때 그는 단지 그 자신만을 존중하는 것이다. 그는 창조적인 항변을 부정하고 어떤 진보의 희망도 말살시키며 이후로 수 천 년동안 인간을 로봇으로 대치시키려는 것이다. 명령을 위한 명령은 세계와 인간을 변형시킬 수 있는 인간 자신의 근본적인 힘을 제거함으로써 인간을 거세하는 것이다. 삶이 명령을 만들어 내는 것이지, 명령이 삶을 만들어 내는 것은 아니다.

반면에 우리는 우리의 진보가 불완전하며 내일의 진보는 어제의 잘못으로부터 태어난다고 믿으며, 극복되어져야 할 항변이 우리의 성장의 원류라고 믿는 우리는 우리와 다른 사람들도 우리 중의 일부임을 인정한다. 그러나 과거가 아니고 미래에 근거한 관계, 출발점이 아니라 목표에 근거한 관계란 얼마나 이상한가? 우리는 서로 다른 길을 봉하여 같은 목표에 도달하려고 투쟁하는 순례자라고 여긴다.

그러나 오늘날 우리의 진보의 제일 요건, 즉 인류에 대한 존중이 위험에 처해있다. 세계에서 일어난 최근의 분단들은 우리를 암흑으로 이끌어 가고 있다. 문제들은 얽혀있고 해결책은 모순뿐이 다. 어제의 진리는 죽었고, 내일의 진리는 아직 창조되지 않았다. 어떠한 유효한 종합논리도 고려되지 않고 있으며 우리들 각각은 오직 진리의 작은 부분만을 쥐고 있다.

정치적 종교들은 그들이 자명한 것이 아니기에 폭력으로 치닫고 있다. 그리고 우리가 방법과 수단에 관하여 서로 의견을 달리하는 지금 우리는 우리가 같은 목표를 향하고 있음을 잊을지도 모른다.

별의 방향으로 산을 넘는 여행자는 만약 그가 너무 산을 오르는 문제에만 집착하면 어느 것이 그의 길잡이 별인지 잊어버릴 위험이 있다. 만약 그가 행위를 위하여서만 행동하면 그는 어느 곳에도 이르지 못 할 것이다. 만약 내가 나 자신을 오직 정당의 정책 속에서만 볼 수 있도록 한다면 나는 그것이 정신적인 확실성에 유용하지 않는 한 그 정책은 의미가 없다는 것을 잊을지도 모른다.

우리의 특권적인 시각 속에서 우리는 어떤 종류의 인간관계를 경험해 왔다. 바로 그곳에 우리의 진실이 놓여 있다. 행동할 필요성이 제 아무리 급박하다 하더라도 우리는 우리의 행동을 이끄는 사명을 잊어서는 안 된다. 그렇지 않으면 우리의 행동들은 모두 열매를 맺지 못할 것이다. 우리는 인간애를 존중하기를 원한다. 우리는 같은 진영에 있으면서 왜 서로 미워해야 하는가? 우리들 누구도 독단적으로 선의를 갖고 있는 것이 아니다. 나는 나 자신의 이름으로 누군가 다른 사람의 진로에 견해를 달리할 수 있다. 나는 그의 논리에 의문을 제기할 수도 있다. 논리들이란 결코 확실하지 않은 법이다. 그러나 그가 같은 별을 향하여 투쟁하고 있으면 나는 정신적으로 그를 존중해야 한다.

인간 존중! 인간 존중! 만약 그와 같은 사고방식이 가슴 깊숙이 뿌리박혀 있다면 인류는 궁극적으로 그것을 반영하는 사회적, 혹은 정치적, 혹은 경제적 체제를 설립할 수 있을 것이다. 무엇보다도 문명이 그러한 논리 속에 굳건히 뿌리박고 있다. 처음에 그것은 따뜻함을 향한 맹목적인 자극이었다. 그러나 시행과 착오를 거쳐 인간은 결국 불을 얻는 길을 발견했다.

VI

그것이 아마 내가 당신을 그리도 절실하게 필요로 하는 이유일는지도 모른다. 나의 친구여! 나는 이유 여하를 막론하고, 내 속에서 불을 찾아 길을 가는 순례자의 마음을 존중해주는 동료가 필요하다. 나는 때때로 약속된 따스함을 느낄 필요가 있다.

나는 논란과 독단, 그리고 광란에 지칠 대로 지쳐 있다!

당신을 방문할 때, 나는 군복을 입지 않아도 되고, 나의 신조를 읊을 필요도 없으며, 나의 내적 자아의 어느 부분을 포기하지 않아도 된다. 당신이 없으니 나는 나 자신을 용서해야 할 필요도 없고, 어떤 입장을 주장할 필요도 없고, 어떤 논점을 증명할 필요도 없다. 나는 뚜 르누에서처럼 평화를 찾는다. 내 어휘의 졸렬함과 나의 결점투성이 논리 너머로 당신은 나를 한 명의 인간으로 바라볼 준비가 되어 있다. 당신은 내 속의 신앙과 습관과 사랑의 전형을 존중할 준비가 되어 있다.

내가 당신과 의견을 달리할 경우, 당신을 그르다고 하기는커녕 나는 당신의 지식과 경험을 풍부하게 즐긴다. 당신은 여행객처럼 내게 질문을 할 것이다.

다른 모든 사람들처럼 인정받고자 하는 욕구를 가진 나는 당신에게서 순수함을 느끼고 당신을 향하여 이끌린다. 나는 내가 순수함을 느끼는 곳으로 이끌릴 것이다. 당신에게 현재의 나를 가르쳐 주었던 것은 나의 공식도 나의 논리도 아니었다. 당신으로 하여금 나의 형식과 나의 논리에 대해 관대할 수 있도록 만든 것은 당신이 현재의 나를 그대로 수용한 것 바로 그것이었다. 나는 나의 외양 가치 그대로 나를 받아들여 준 것에 대해 당신에게 감사한다. 나를 비판하는 친구가 무슨 소용인가? 만약 내가 한 친구를 저녁식사에 초대했는데 그가 발을 절고 있다면 나는 그에게 춤을 추라고 하기 보다는 앉으라고 권유할 것이다.

친구. 난 우리가 산마루에서 순수한 공기를 필요로 하듯 당신을 필요로 한다. 나는 사욘느의 제방 위, 약간 낡은 여인숙의 테이블에서 다시 당신을 만나고, 그곳에서 두 명의 거룻배 인부를 초대하여 그날처럼 평화롭게 서로 미소 지으며 술을 마시고 싶은 욕구를 느낀다.

만약 내가 계속 싸운다면 그것은 어느 정도는 당신을 위한 것이다. 나는 그 미소의 답례를 믿기 위하여 당신이 필요하다. 나는 당신이 알도록 도와야 한다. 나는, 낡아서 실이 보이는 외투를 입고 누추한 식품점 밖에서 떨고 있는 당신을 본다. 또 하루를 살아남기 위하여 당신 뒤로 50여 년의 세월을 보낸 육신을 끌고 몇 시간 동안 버티는, 너무 약하고 너무 위태로워 보이는 당신. 너무도 순수하게 프랑스인다운 당신, 나는 당신이 프랑스인이며 유태인이기에 이중으로 위협받고 있음을 알고 있다. 나는 그러한 행위에 제재를 가하지 않는 집단의 가치를 깨닫고 있다. 우리는 모두 프랑스라는 한 나무의 가지이므로.

당신이 나의 진실을 증언하는 것처럼 나는 당신의 진실을 증언한 것이다. 우리 프랑스 망명자들의 목표는 독일 점령에 의하여 얼어붙은 저장된 씨를 재활시키는 것임에 틀림없다. 우리는 당신을 도와야 한다.

우리는 당신이 당신의 뿌리를 내릴 기본권을 가지는 땅에서 당신을 자유롭게 해 주어야 한다. 당신네들은 4천만의 인질들이다. 새로운 진리가 탄생하는 곳은 압박의 가장 깊은 역행 속에서이다. 4천 만의 인질들이 그들 자신의 새로운 진실을 추구하고 있다. 우리는 그 진실에 미리 굴복한다.

우리를 가르친 사람은 바로 당신이다. 자신들의 본질을 그 속에 불어넣을 사람들에게 정신의 횃불을 가져가는 것은 우리가 아니다. 아마 당신은 결코 우리의 책을 읽지 않을 것이다. 아마 당신은 결코 우리의 연설에 귀 기울이지 않을 것이다. 아마 당신은 우리의 사상을 경멸할 것이다. 프랑스의 설립에 관여하지 않은 우리는 오직 우리 조국에 이바지할 수 있을 뿐이다. 자유 속에서 투쟁하는 것과 야간에 몰살되는 것 사이에는 비교의 가능성이 전혀 없다. 군인의 직업과 인질의 위치와는 비교될 수 없다. 당신네들은 성인들인 것이다.

레옹 베르스의 일기

1943년 2월 22일

전쟁이 끝난 후에는 유럽과 세계의 문제들이 해결되어야 할 것이다. 우리들 각자는 모두 우리 문명에 대한 책임이 있다. 현재 나의 희망은 무엇인가? 플뢰르빌에 있는 여관의 테라스, 사온느는 어떠한 제방도 없이 수평선과 창백한 나무들의 가장자리에 섞여 끝없이 펼쳐진 듯싶다. 우리는 튀김 생선과 크림이 발라진 닭고기를 주문했다. 우리는 플뢰르빌에 있는 그 여인숙을 다시 볼 수 있을까. 토니오? 우리는 우리의 문명을 회수할 수 있겠소?

3월 생텍쥐페리가 북아메리카로 향하는 그의 출항 서류를 받을 시간에 즈음하여 뉴욕의 레이널과 히치코크가 그의 가장 유명한 작품 『어린왕자』를 영어판과 불어판으로 출판했다.

레옹 베르스에게 어린 왕자를 헌정함

레옹 베르스에게.

나는 이 책을 읽을 어린이들에게 이 책을 어른에게 헌정한 것에 대한 관대한 용서를 빈다. 내게는 심각한 이유가 있다. 그는 이 세상에서 나의 가장 좋은 친구이다. 내게는 또 다른 이유가 있다. 그 어른은 모든 것, 심지어는 어린이들에 관한 책들까지도 모두 이해한다. 내게는 세 번째 이유가 있다. 그는 프랑스에 살고 있는데, 그곳에서 그는 춥고 배고픔을 느끼고 있다. 그에게 용기를 북돋워 줄 필요가 있다. 만약 그 모든 이유들도 충분하지 않다면, 그의 어른으로 자라기 이전의 어린아이에게 이 책을 헌정한다. 모든 어른들은 한때 어린이였다.

비록 그들 중에는 그것을 기억하는 사람들이 거의 없지만 말이다.
그래서 나는 나의 헌정을 정정하는 것이다.

어렸을 때의 레옹 베르스에게

아내 콘수엘로에게

1943년 4월 중순

알고 있겠지만 콘수엘로, 나는 마흔두 살이나 되었다. 나는 많은 사고를 겪어 왔다. 나는 심지어 낙하산을 타고 뛰어 내릴 수도 없었다. 매 이틀이나 사흘마다 나의 간(肝)이 고통을 주고, 매 이틀마다 나는 배 멀미를 한다. 과테말라에서 사고를 당한 이후로는 내 귀에서 끊임없이 윙윙거리는 소리가 들린다.

더구나 물질적인 걱정은 끝도 없이 이어진다. 잠 못 이루는 밤에는 일을 하며 보내는데 나의 모든 걱정들이 나의 임무를 완수하는 것을, 산을 움직이는 것보다도 어렵게 만든다. 나는 너무 피곤함을 느끼곤 한다. 나는 너무도 지쳐 있다.

그래서 나는 떠난다. 남아 있어야 할 모든 이유를 가진 내가, 고쳐야 할 수 없이 많은 이유를 가진 내가, 이미 거센 전쟁을 경험했을 내가 떠나야 한다… 나는 참전하기로 확고한 결의를 세웠다. 나는 전쟁을 하기 위하여 떠나는 것이다. 내가 배고픈 사람이 아닌 것은 견딜 수 없는 고통이다. 나는 내 양심의 평화를 얻는 유일한 방법을 안다. 그것은 가능한 한 가장 커다란 고통을 찾아 가는 일이다. 그것은 확실히 나에게 부여될 것이다. 육체적 고통이 5파운드짜리 짐도 들 수 없고 침대 밖으로 나올 수도 없고, 바닥에서 손수건을 집을 수 없는… 사람에게… 나는 죽으러 떠나는 것이 아니다. 나는 고통을 겪으러 떠나는 것이며, 그렇게 하면 나는 조국 프랑스의 국민들과 가까워질 수 있을 것이다… 나는 죽기를 바라지는 않는다. 그렇지만, 이렇게 잠들 각오는 되어 있다. 기꺼이.

앙투안느

생텍쥐페리는 4월 20일 호송부대와 함께 오랑을 향하여 배를 타고 떠났다. 그는 5월 4일까지 계속되었던 그 여행을 그의 5월 30일 '미국인에게 보내는 편지' 서두에 묘사했다.

뉴욕의 심리분석 학자인 헨리 엘킨 박사도 그 배를 타고 있었다.

헨리 엘킨의 회고

생텍쥐페리와 나는 확실히 기억이 나지는 않지만, 1943년 4월 20일 아니면 그 다음날 뉴욕으로부터 출항하여 5월 3일 오랑에 도착한 군대 수송선의 탑승객이었다. 나는 뉴욕에 있는 전쟁 정보국의 본부로부터 알제이에 있는 사무소로 이전되어 가고 있던 중이었다. 우리는 몇 안 되는 육군 장교들과 민간인들 가운데 끼어 있었는데. 군복을 입은 생텍쥐페리를 제외한 모든 사람들이 넓은 갑판 위의 개별막사에서 숙박했다.

우리 아래로는, 어둠 속의 넓은 공간에 군인들의 왁자지껄한 소란함이 널려있었다. 나 혼자 불어를 할 수 있었고, 생텍쥐페리는 지칠 줄 모를 정도로 말이 많았기 때문에 우린 여행 도중에 늘 함께 있었다. 나는 그의 분위기에 너무나도 깊이 이끌려 있었기에 다른 승객들은 전혀 기억이 나지 않는다. 그들은 우리 주위를 둘러싸고 있는 그림자들이나 얼굴 없는 인형에 지나지 않았다. 그 배에서 생텍쥐페리를 만난 것은 사실 나의 미래의 진로에 결정적으로 영향을 미친 길로 이끈 일생일대의 중대한 만남이었음이 판명되었다.

왜냐하면 나는 알제이에서 약 1개월 정도 있다가 미(美)육군에 들어가기 위하여 사퇴했던 것이다. 그것은 내가 중상이나 비방을 하는 일에 약간의 수치를 느낀다고 말하는 것을 듣고 즉시 "나와서 육군에 입대하라."고 말한 생텍쥐페리가 아니었다면 내가 결코 취할 수 없었던 조치였다. 나의 생텍쥐페리와의 만남의 운명적 성격은 비록 내가 점성학을 믿는다고 말할 수는 없지만, 우리의 생일이 같은 날짜라는 사실에서 반영되었다.

아직 뉴욕 항구에 묶여 있을 때 생텍쥐페리는 내게, 그의 출판업자가 공식적인 인쇄에 들어가기에 앞서 출항하기 전에 그에게 주려고 인쇄소에서 급히 가져온 『어린왕자』의 한 부를 보여 주었다. 나의 운명적 끈이 연결되어졌던 것은, 내가 그의 장난스런 의도와 기대에 찬 시선 아래에서 그 책을 펼치고 몇 줄 읽다가 그려진 그림들을 보았을 때였으리라. 그 이후로 그는 종종 내게 후에 『사막의 지혜』라는 제목으로 출판되었던 원고로부터 발췌하여 읽어주곤 했었다. 장난스러운 농담에서부터 고도로 진지한 토론에까지 이르렀던 우리의 대화와 명상에 잠겨 조용한 그의 존재와 함께했던 것 이외에 내가 그 여행에서 기억하는 것이라곤 생텍쥐페리와 함께 혹은, 나 홀로 기관실과 군인들과 빽빽이 밀집되어 있는 배의 아래 부분을 방문했던 것과, 떼 지어 몰려가는 호리호리한 구축함들을 본 것, 간간히 들려오는 소음장치가 된 어뢰들의 폭발 소리, 그리고 오랑에 도착하기 전, 밤에 지브롤터의 암벽들에 의하여 칠흑같이 캄캄하던 밤 그 해협 사이를 서서히 미끄러져 들어가던 것뿐이다.

이제야 나는 내게 드러났던 생텍쥐페리의 존재를 파악한다. 사고와 감정과 본래 어린이 같은, 아니 오히려 유아적이라고 해야 할 인간 영혼의 순수성을 반영하는 행동의 경이적인 일치, 지배적인 프로이트 이론이 표현하듯, 에고의 지배에 의해서가 아니라 '원초적인 자아와 원초적인 비자아' 혹은 '타인' (프로이트의 잠재성을 참고한 개념인 '아버지(Father)') 사이의 합일을 성취하기 위하여 깊은 퇴행의 상태로 향하는 경향이 중대한 코스가 내적 현실의 경험과 외적 현실의 경험에 의해, 즉 종교와 정신 상태와 인간의 창조성이 그들의 제1의 원천을 두고 있는 공간적, 시간적 물리세계와 인간의 기원적 상상력의 영역의 해체에 이른다. 그것의 유아적 분출을 보건데, 창조적인 정령(수많은 예에 의하여 입증된 것이다)의 고결함은 현대의 사회적, 문화적 단편화에 의하여 위협을 받게 된다.

1943년 생텍쥐페리는 그의 프랑스에 대한 깊은 사랑에 뿌리박혀 동향민들을 서로 소원하게 만들었던, 잔인하고 사악한, 집단적 수단에 대한 번민으로 대단히 시달림을 당하였다. 우리가 여행하는 동안 내내 그의 생각의 주류는 일단 전쟁이 끝나고 나면 솔즈메 수도원으로 들어갈, 마음을 달래 주는 가능성에서 정점을 맺곤 했다. 주로 그가 말하고 나는 내내 듣는 쪽이었던 우리의 대화는 종종 그가 어떤 예배 의식의 노래를 읊조리는 것으로 끝나곤 했다. 그는 미리 상상을 함으로써 이미 수사의 생활을 하고 있었던 것이다.

그에 대한 나의 기억 속에는 키가 크고 사지가 풀어진 채 명상에 잠겨 있거나 장난스럽게 미소 짓는 얼굴에, 없는 것이라고는 오직 베네딕트 교단의 수도복(修道服) 뿐이었다. 생텍쥐페리의 삶과 세계, 제2차 대전이 증명하듯 그의 정신의 최종 정점이 예지적인 것으로 입증되지는 않았다. 그러나 현재의 조류를 보건데, 그 예지적인 의미는 언젠가 나타나지 않을까?

한 공군 장교에게(발송되지 않음)

1943?

나는 막 당신의 편지를 다시 읽어 보았다. 그것은 무한히 우호적이고 진지한 듯 보인다. 그런데 나는 당신의 나에 관한 오랜 대화에 대하여 이야기를 들었지. 그것은 고통스러운 공격이었다. 나는 다른 사람들의 의견에는 전혀 무관심하다. 허나, 그것은 당신으로부터 온 편지였기에 그렇지 않았다. 난 내가 편지를 거의 쓰지 않는다는 것은 인정하나 일단 생긴 애정은 나무처럼 내구력이 강하여 언제나 깊어지기 마련이다. 나는 우리들의 우정을 포기했던 기억이 없다. 내가 어떤 사람에 관해 생각하는 것은 그의 나에 대한 생각으로부터 비롯되는 것은 아니다.

만약 내가 그런 식으로 살아간다면, 나는 나 자신을 경멸할 것이다. 그러나 나는 인생의 모순으로 해서 그런 사건이 내게 생기면 어쩔 줄을 모른다. 나는 특별히 당신을 믿고자 한다기보다는 인간을 믿고자 하는 것이다.

당신은 현 드골주의에 가담했다. 당신은 완전히 옳다. 당신의 사고방식에 따르면 그것은 당신의 의무일 것이다. 우리들은 각기 자신의 마음속의 종교를 위하여 싸울 의무를 갖고 있다. 나는 군주제의 지지자는 아니다. 그러나 나는 옛날 학교의 왕당파 신사에 대한 대단한 존경심을 갖고 있다. 나는 당신에 대한 나의 어떤 평가를 포기하지 않으면 당신의 도그마의 몇몇 측면에 의하여 고통을 받을 수도 있을 것이다.

우리가 순수한 동기로부터 어떤 사상을 받아들인다면 우리는 우리의 내적 본질의 자질 중 어떤 것도 잃지 않는다. 그러나 사악한 동기로부터 어떤 사상과 결탁한다면 얻어질 것은 아무것도 없다. 그러므로 사상은 그것을 심오하게 하는 사람들의 가치만큼 가치가 있는 것이다. 그러나 그들에게 이질성은 혜택인 것이다. 그것은 미래의 합(合)을 부화시키는 근간이 되니까.

나의 친구라면 그의 사상이 나의 것에 거슬려서 나의 경험과 지식을 풍부하게 할 어떤 사람이 당연하겠지. 그는 나에게 현재의 우리를 극복하도록 강요한다. 우정은 정신적인 목표의 일치로부터, 즉 어느 별을 향한 공동의 항해로부터 태어난다. 그러면 우리는 같은 만남의 장소로 향하여 질주하는 것이다. 그러나 그 선택된 별 (예를 들면 위대한 프랑스) 은 따라가야 할 길을 제시해 주지는 않는다. 수단의 선택은 논리의 문제일 뿐이다. 그러므로 논리는 방황할 수 있다. 사실 대개의 경우는 방황을 하지. 물리적인 진실에 이르는 것은 시행과 착오에 의해서이다. 시련과 반발에 의해서.

당신은 이것을 알고 있다. 만약 당신이 나와 반대되는 논리를 편다면 나는 당신의 진실을 함께 나누기 위하여 당신의 오류도 존중한 것이다. 나는 당신이 다른 길을 찾고 있다고 해도 전혀 거리끼지 않는다. 그것은 우리에게 올바른 길을 찾을 더 나온 기회를 주니까. 나의 우정은 어떤 별을 똑같이 선택하는 것에 근거할 뿐이다.

물리학자가 그의 과제에 몰두해 있을 때 나는 그것을 좋아한다. 나는 당신이 역사학자이거나 사회학자가 되어, 당신의 일에 열중할 때 나는 그것을 좋아할 것이다. 그 같은 정열은 분파주의적인 편협한 신앙이 아니다. 편협성은 당신이 진리를 독점할 때, 당신이 전제주의자가 되었을 때, 어떤 계통도 만족스럽지 못하여 각각의 최종적인 합의 명제만이 이상적인 방향이라는 사실에도 불구하고 다른 모든 것을 비난하기 위하여 당신이 당신 자신을 당신의 계통 속에만 감금시킬 때, 파스퇴르의 시대에 의약학술협회처럼, 파스퇴르를 죽도록 비난할 때, 당신이 갈릴레오나 아인슈타인을 비난할 때 나타나는 것이다. 진실의 반대가 오류인 경우는 오직 정치적인 문제에 있어서 뿐이다.

그러므로 나는 당신이 이상으로서 정치방법론을 내세웠다고는 보지 않는다. 문명은 사고와 방법과 수단, 그리고 인용된 이론의 모든 이질성을 포용하는 정신적 합일 위에 근거하는 것이다. 나의 책속에서 나의 친구는 나처럼 보고 관찰하지만 나와는 다르게 생각한다. 여기에서 생각한다는 것은 말로 표현하고 하나의 삼단논법에서 또 다른 삼단논법으로 이행하여 하나의 이론을 세우는 것을 의미한다.

당신의 이상은 정신적인 가치들의 수호인 것이다. 당신은 반나치주의자이며, 반전제주의자이다. 당신은 라브와지에의 교수형에 반대한다. 유폐된 아에쉴루스와 그의 재판관들 중에 당신은 아에쉴루스를 선택할 것이다. 당신은 아인슈타인의 저서를 읽는 것을 금하는 히틀러와 같은 사람을 비웃는다. 당신은 파스칼에게 그의 시대의 국내 정치에 관한 의견을 말하라고 요구하지 않을 것이다. 당신은 몽테뉴를 즐겨 읽는다. 그러나 첫 번째로 당신은 인류애에 대한 당신의 견해를 배반한다. 당신은 당신의 살아 있는 진리를 죽은 코란으로 바꾼다. 그리고 당신의 죽은 도그마의 이름으로 당신은 라브와지에, 아에쉴루스, 아인슈타인, 파스칼 그리고 몽테뉴에게 죽음과 고통을 안고 그것을 포용할 것을 요구한다.

그리고 당신은 틀림없이 급박함을 호소할 것이다. '시간이 없으니…' 마치 전에는 '시간이 있었다는' 듯이, 마치 그때는 모든 긴박한 일들이 절대적이 아니었다는 듯이.

물론 당신은 당연히 당신의 정책은 정치적인 것이 아니고 국민적인 것이라고 말하겠지. 그러나 어떤 정책이 한 국가의 운명 못지않게 인간의 운명을 무조건 지우려 하지 않겠는가? 마치 당신은 인류의 역사로부터 멀리 떨어져 있는 하루를 살 것 같군! 사실 정신적인 가치들의 문제, 정신적인 가치들에 대한 존중이 갑자기 발생했을 때 역사가 흘러들어 오는 동안 종종 그렇듯이, 당신이 마침내 그것을 마주하게 되었을 때 당신은 즉시 그것을 배반할 것이다.

기본적인 원리는 정치인에게 남겨두기로 하자. 물론 당신은 좀 더 높은 수준으로 움직여야 하지. 라브와지에와 아에쉴루스, 아인슈타인, 파스칼, 그리고 몽테뉴를 정치적 선동에 이용하다니, 이 얼마나 슬픈 시대인가? 당신의 수준에서는 실은 지식에 대한 존중, 인간의 존엄성에 대한 존중, 정의와 조국에 대한 사랑을 일으켜 세우는 것이 문제인 것이다. 당신은 법정의 재판관과 함께 하는 수준이 아니라 선지자와 함께 하는 수준이다. 당신이 어떤 단체에 가입하든 당신이 나무의 열매처럼 그 단체의 가장 고귀한 요소임이 입증된다면, 또 당신의 가입이 그 단체를 고귀하게 한다면 나는 그것 때문에 당신을 비난하지는 않을 것이다. 우리들은 각기 다른 기능을 위한 다른 기관들을 갖고 있다. 두뇌가 되거나 심장이 된다면 더 나을 것이다.

나에 대해서 당신은 말한 적이 많았다. "생텍쥐페리는 미국에서 드골주의에 합세했을 상스러운 사람은 아니다. 우리는 그에게 설명을 요구할 것이다. 그는 최근 2년 동안 무엇을 했지?"

당파주의적인 편협함은 늘 우리를 당혹시킨다. 나는 당신이 휴전 이후에 장교로 퇴역하기를 거부했던 정직한 조종사였을 때 당신을 알았다. 당신은 당신이 잘못 행동했다고 생각하지 않았다. 그리고 설사 당신이 지금은 그때 당신이 잘못했다고 생각한다 할지라도 나는 당신의 자책이 자기 배반으로까지 이르러서는 안 된다고 생각한다. 당신은 말했다.

"나는 나의 논리가 틀렸음을 인정하겠소만, 나는 나의 원칙들로부터 결코 빗나간 적이 없었소. 어제도 나는 명예를 손상시키지 않았소."

당신은 어제 당신이 다른 사람들에 대한 존경을 약속했다는 것을 알았다. 당신은 당신 자신을 배신함으로써 약간은 그들을 배신한 것이다. 당신의 어제 드골주의자가 아니었다. 아니, 오히려 당신은 국내외의 모든 프랑스인들 정도만큼만 드골주의자였다. 그러나 그것은 독일에 대항하여 당신의 생명을 걸 각오를 하고 북아프리카의 점령에 반대했던 한 프랑스 장교로서의 당신의 역할과는 모순되지 않는다. 지브럴터로 떠날 때 당신은 당신이 당신의 동료들 속의 가장 훌륭한 모든 것을 배반하고 있다고 느꼈을 것이다. 그리고 나, 나는 당신들을 배반하지 않은 점에서 무엇이 옳지 않았는가? 내가 당신을 악한이라고 부르기를 거부했을 때, 내가 무엇을 잘못했는가?

생텍쥐페리는 알제이에서 실비아 해밀톤에게 편지를 썼다.

"내가 뉴욕에서 드골주의자가 아니었던 것은, 그들의 증오의 정책이 내게는 올바른 길이 아니었기 때문이다. 나는 내가 뉴욕에서 살았던 종류의 삶 때문에 비난을 받았다. 나는 모욕을 당했다. 그래서 오늘 나는 내 생명을 내걸고 나의 의도의 순수성을 시험할 수 있어서 행복하다. 우리는 오직 우리 자신의 피로써만이 흔적을 보여줄 수 있다."

같은 편지에서 그는 그가 알제를 싫어한다고 썼다.

"이 후덥지근한 도시, 순수하지 못한 기후…"

2/33 대대는 엘리옷 루즈벨트의 통솔 하에 우즈다에 기지를 두고 있는 미국 제3촬영 그룹에 배속되어 있었다. 그곳의 P-38 제트 전투기는 전략적 정찰비행기로 사용하기 위하여 개조된 전투기였다. 그것은 총 대신, 임무 수행 중 수백 장의 사진을 찍을 수 있는 여러 대의 카메라들이 장치되어 있다. 그것은 빠른 장거리 비행기였으며 대단히 높은 높이에서도 비행할 수 있었다. 규정에 의하면 조종사들의 나이는 서른 살 이하여야 했다. 아이젠하워의 본부에 샹브 장군이 관여한 덕분에 생텍쥐페리는 비행 허가를 받았다.

5월 30일 드골 장군이 알제에 도착했다. 7월 3일 프랑스 민족해방위원회가 지로드 장군과 드골 장군의 공동 주재 하에 창설된다.

커티스 히치코크에게

우즈다, 1943년 7월 8일

친애하는 커티스.

나는 내가 전에 함께 비행했었으며 지금도 존재하는 2/33 대대의 나의 동료들과 함께 일하게 해 달라는 부탁을 했고 그것이 허락되어 졌소.

그 대대의 중대들 중의 한 비행중대는 미국 육·공군에 종속되어

왔었으며 그의 명령 하에 임무를 수행하고 있소. 나는 ○○○○ 비행 중대의 일원이오. 나는 ○○○이라고 불리는 비행기의 조종사요. 내가 믿는 바로는 그것이 현재 이용 가능한 가장 **빠른** 비행기요. 그러나 우리는 그것을 정찰임무에 사용하오.

아시겠소. 난 심지어 미국사람들과도 조종사로 남아 있을 수 있으니 아주 늙은 것은 아니요. 나는 내가 알제에 왔을 때 어떤 다른 일도 거부했소. (그들은 내가 다시 선전 임무를 맡아 주기를 원했소)

친애하는 커티스. 나는 정책과 도시들, 그리고 사무실로부터 멀리 떨어져 나의 동료 조종사들과 함께 남아있기 위하여 내가 할 수 있는 모든 것을 다 했소. 나는 이재 미국인 기지의 일상적인 생활을 영위하고 있소. 그리고… 나는 영어를 배우는 중이라오! 나는 가능한 한 오랫동안 끈질기게 배울 수 있기를 바라오. 비록 나는 내가 이제는 더 이상 20대의 나이가 아님을 느낄 수 있지만 말이오. (하지만 난 아직 아무에게도 말하지 않았소!)

나는 당신네 미국인들에게 깊은 인상을 받았소. 그들은 능률적이고 건강하고 기가 막힐 정도로 잘 훈련되어져 있소. 나의 동료들과 그들과의 관계는 매우 우호적이오. 당신네 나라는 위대한 나라요. 당신들의 전쟁 노력에 관하여 말한다면, 그것은 미국에서 볼 때는 제대로 이해가 안 되었지만 여기에서 볼 때 그것은 대단하오. 그것이 압도적인 장비가 가져오는 효과를 당신은 상상도 할 수 없을 거요.

내가 가장 경탄해 마지않는 것은 단순하고 고귀한, 확실한 용기요. '기운을 돋우는 용기' 지금은 잘 표현하지 못하겠지만, 나중에 그 모든 것에 대하여 다시 편지를 쓰겠소. 친애하는 커티스, 난 당신의 나라를 많이 사랑하오.

커티스, 최초의 2년 동안 나의 조국에서 일어났던 일들에 대해 내가 옳았다고 생각되오. 나는 지금도 드골을 더 낮게 생각하지 않고 있소. 민족적 사회주의, 거기에는 독재정치의 위험이 있소. 나는 독재정권, 정치적 알력, 그리고 일당체제의 교리를 싫어하오. 다른 곳에서는 민족적 사회주의가 죽어가고 있는 이때, 프랑스를 위하여 그것을 소생시키는 것은 아무런 의미가 없는 듯하오. 나는 그 미친 사람들에게 너무나도 깊은 인상을 받았소. 그들의 학살 취미, 그들이 바라는 전후(戰後) 정책은 스페인처럼 약해져서 한낱 러시아나 독일의 위성 국가밖에 되지 못하는 프랑스로 이르게 할 것이오. 나에게 있어서는 그런 방향에 진리는 없는 듯하오.

언젠가 당신은 나의 의견에 동감할 것이오. 커티스, 당신은 내가 드골주의와 결탁하기를 거부했다고 해서 파우스트라고 불리던 것을 기억하고 슬프게 미소 지을 것이오. 드골주의가 민주주의를 대변하고 지로드 장군이 압제자를 대표한다고 생각하는 사람이 아직도 있소? 차라리 나는 양처럼 순하게 모든 면에서 그 당선된 독재자에게 굴복한 것에 대해 지로드를 비난하겠소. 미국에서 당신네들을 어떻게 생각하오, 커티스?

당신들 모두에게 가장 큰 사람을 보내오. 나는 『어린 왕자』에 대해 아무것도 모르오. (심지어 그것이 출판되었는지 조차도 모르오) 나는 아무것도 모르고 있소. 내게 편지를 써 주길 부탁하오.

나는 당신이 알제에 있는 나의 친구를 통해서 내게 편지를 쓰는 것이 좋으리라고 생각하오. 그는 내가 어디에 있든 내게 그 우편물을 전해줄 것이오. 조르쥬 펠리시에 박사, 당페르 로슈로 거리 17번지.
당신들 모두를 얼마나 보고 싶은지!

당신의 생 텍스

조르쥬 펠리시에에게

우즈다, 1943년 7월 8일

친애하는 펠리시에 박사.

나는 내가 언제 돌아갈지 모르기에 당신에게 이 짧은 편지를 보내려
고 한다. 나는 당신에게서 세계의 뉴스를 전해 주는 편지를 너무 나도
받고 싶다. 이곳에서 나는 완전한 사막(군 주둔지)에서 살고 있다. 한
방에 세 명씩 기거하고 있고 식사시간 때에 우리는 자신의 트레이(tray)
를 가지고 줄을 서서 자신의 몫을 받아선 채로 그것을 먹지요.

나는 쌩 라자르 철도역의 거대한 홀 아래에 있는 것과 같이 다소
삶에서 유리된 것 같은 느낌이 든다. 당신은 내가 그 이외의 어떤
것도 원하지 않는다는 것을 안다. 나는 X가 어떻게 생각하든 내가
옳다고 생각하는 것은 고집스럽게 해왔었지.

사실, 나의 친애하는 친구, 나는 전혀 몸이 성하지 않으며, 나의 육체
적인 상태가 모든 일을 어렵게—히말라야 산을 오르는 것만큼 어렵게
만들고 있기 때문에 점점 의기소침해지고 있는 데다 이와 같은 부가된

희생은 부당한 것이오. 사소한 것이 불필요한 고문이 되는 법이죠. 이 넓은 주둔지 안에서 뜨거운 햇별 속에 단지 왔다 갔다 하는 것은 나를 너무 피곤하게 하여 때때로 나는 나무에 기대어 화를 내며 울고 싶은 심정이 된다.

그러나 나는 논란의 끔찍한 분위기보다는 이런 고통을 훨씬 더 좋아한다. 내가 원하는 것은 평화뿐이다. 심지어 영원한 평화까지도….

나는 끊임없이 나 자신과 나의 문제들에 대해 토론하고 싶지는 않다. 나는 더 이상 해명하는 것을 견딜 수 없다. 나는 아무에게도 빚진 것이 없으며 나를 알지 못하는 사람들은 내게 이방인일 뿐이다. 나는 바뀌기에는 너무 피곤하고 지쳐 있어. 나는 나를 가르칠 충분한 적을 갖고 있다네. 나는 내가 정원에서 쉬듯이 그의 우정 속에서 쉴 수 있을 친구들이 필요하다네.

나는 오늘 밤 나의 한계에 이르렀다. 그것은 우울한 일이지. 나는 나의 삶을 사랑하고 싶지만 그렇게 할 수가 없군. 요전 날 비행도중에 나는 이제 내가 다 끝났다고 생각했다. 그리고 나는 아무것도 후회하지 않는다고…

애정을 위하여, 생 텍스

조르쥬 펠리시에에게

사랑하는 친구.
나의 주소: 생텍쥐페리 대위
　　　　제3 촬영그룹
　　　　APO 520
　　　　U. S. Army

편지들은 3일이나 걸린다네. 전보? 필요한 경우에 젤레 소령을 통하여 내게 전화하라고 부탁해주게. (보안당국에 부탁하고 그 다음 지로드 장군의 본부에 부탁하고 그 다음 젤레 소령에게 요청할 것)

나는 비행기(670)를 조종했었다. 그리고 잘 해냈다. 그러나 나는 신체적으로는 별로 좋지 않아.

내 편지들을 발송하지 말고 내가 어떤 편지들을 받았는지 알려 주게.

이런 잡다한 일을 부탁하는 것을 용서해주게. 하지만 나는 많은 편지를 받았을 것 같지는 않군.

친애하는 펠리시에 박사. 나의 오랜 친구, 난 끊임없이 슬프오.

당신의 영원한 생 텍스

X 장군에게(발송되지 않은 편지)

우즈다, 1943년 7월

경애하는 장군님.

저는 P-38기로 여러 번 비행을 했습니다. 그것은 훌륭한 비행기입니다. 저는 제게 그 선물이 저의 20대에 주어졌으면 얼마나 좋았을까 하고 생각했었습니다.

마흔 세 살에 저는 6,500시간의 비행시간을 비행일지에 적은 후 내가 더 이상 그런 게임에서 대단한 즐거움을 찾지 못한다는 것을 슬프게 깨달았습니다. 오늘날의 비행기는 단순히 운송 수단입니다. —이번 경우에는 전쟁도구— 그리고 만약 제가 속도와 고도를 준수한다면 그것은 제가 지나간 시절의 만족을 되찾을 수 있기를 바라서라기보다는 차라리 저의 세대의 부담들 중의 어느 것도 거부하지 않기 위하여 그렇게 하는 것입니다. 그것은 어쩌면 슬픈 일입니다. 그러나 어쩌면 아닐지도 모르지요. 틀림없이 제가 20대였을 때 저는 옳지 못했습니다.

1940년 10월 2/33 대대가 파병됐던 북아프리카로부터 돌아왔을 때 제 낡아빠진 자동차는 더러운 차고 속에서 분해 검사되어져야 했었습니다. 그래서 저는 마차의 가치를 발견했고, 그것과 함께 도로를 경계 짓는 풀들, 양떼, 올리브 나무들의 가치도 발견했습니다. 그 올리브 나무들은 더 이상 내가 시속 130마일로 지나갈 때 도로를 따라 서 있던 많은 나무들이 아니었습니다. 그때서야 저는 그들이 그들의 자연스런 리듬 속에서 서서히 올리브를 만드는 과정을 보았습니다. 양떼는 더 이상 단순히 우리들의 속도를 줄이는 역할을 하는 것이 아니라 살아 있는 것이었습니다. 그들은 풀을 먹고 양모를 주었습니다. 그리고 풀들도 다시 한 번 의미를 가졌습니다. 왜냐하면 양떼들이 그것을 뜯어 먹기 때문이었지요.

저는 지구상의 단 한 곳, 먼지 냄새가 나는 곳에서 다시 태어났음을 느꼈습니다. (전 부당한 말을 했군요. 그리스와 프로방스에서도 그와 같은 것이 진실입니다) 그리고 저는 제가 살아 왔던 모든 인생이 바보 같았다는 것을…

저는 장군님께, 한 미군 주둔지에서의 이와 같은 집단적인 삶, 서서 삼켜지는 음식물들, 2,600마력의 1인승 비행기들 사이를 오고가는 것, 우리가 세 명이 한 방에서 기거하는 일종의 추상적인 건축물. 간단히 요약하여 이 무시무시한 인간 사막이 제 가슴을 기쁘게 하지 않는다는 걸 알려드리기 위해 이 모든 것을 말씀드리고 있는 것입니다.

그 모든 것은 성공의 희망도 귀환의 희망도 없었던 1939년의 임무들처럼, 극복되어져야 할 병과 같은 것입니다. 저는 불확실한 시간에는 '아플 것'입니다. 그러나 저는 제가 그 병에 걸리는 것을 피할 권리가 없다고 생각합니다.

그래서 저는 매우 슬픕니다. 저는 저의 세대. 인간의 본질을 모두 결여된 저의 세대 때문에 슬픕니다. 선술집과 수학, 그리고 무가치 너머로 어떠한 정신적인 가치들도 알지 못하는 이 세대는 색깔도 없이 집단의 행동을 위하여 모여 있는 자신을 발견합니다. 그러나 그것은 주목되지 않은 채 지나쳐 버립니다.

백 년 전의 군사 현상을 고려해 보십시오. 사람들의 정신적, 시적, 혹은 단순히 인간적 열망을 만족시키는 데에 얼마나 많은 노력이 투입되었는지 고려해 보십시오. 오늘날 우리가 벽돌보다 더 건조해졌을 때 우리는 풍습, 선전, 노래, 음악의 천진성에 미소를 짓습니다. (오늘날에는 어떠한 승리도 없으며 오스테를릿츠의 시적 충격을 전해 주는 아무 것도 없습니다. 서서히든 빨리든, 단지 흡수되어져야 할 현상만이 남아 있을 뿐입니다)

모든 서정주의는 우스꽝스러운 듯합니다. 사람들은 어떤 종류의 영적 삶에도 깨우쳐지기를 거부합니다. 그들은 일종의 컨베이어 벨트식 활동을 이어 갑니다. 젊은 미국인들이 표현하듯 '우리는 양심적으로 감사할 일 없는 상태를 받아들인다.' 그리고 전 세계에 걸친 선전 활동에 무모하고 필사적인 노력을 합니다. 병(病)은 개인의 부재 속에 놓여 있는 것이 아니라 사람들에게, 조롱의 고통 하에, 대단히 상쾌한 신비로움으로 향하는 것이 금지되는 방식에 놓여있습니다. 그 쇠퇴의 과정을 볼 때, 인류는 그리스도의 비극으로부터 루이 베르네이유의 연극으로 내려갑니다. (당신은 그 아래로 더욱 가라앉는 것은 볼 수 없을 것입니다) 지금은 독재정권, 트럼펫이나 깃발도, 죽은 자들을 위하여 모여드는 집단들도 없는 군대들의 세계입니다. 저는 저의 온 힘으로 이 시대를 증오합니다. 그 속에서 인류는 갈증으로 죽어 가고 있습니다.

세상에는 하나의 문제, 오직 단 하나의 문제가 있습니다. 그것은 사람들 속에 그들이 그레고리 성가와 같은 어떤 것 속에 빠져 들어가게 되는 것에 대한 정신적 의미의 중요성을 재생시키는 것입니다. 만약 내가 신앙을 갖고 있다면, 나는 일단 그 감사할 일 없는, 필요한 일이 끝나면 내가 솔즈메 수도원으로 물러나는 것 이외에는 어떤 일을 하는 것도 견딜 수 없으리라는 것을 압니다.

우리는 더 이상 냉장고와 정책들, 카드놀이, 낱말 채우기 퍼즐들로는 생존할 수 없습니다. 우리는 더 이상 시와 색깔과 사랑 없이는 살 수 없습니다. 우리가 얼마나 많은 땅을 잃어 왔는지 깨닫기 위하여서는 15세기의 마을 노래들을 귀 기울여 들어야 합니다. 선전기계의 로봇 목소리 이외에는 아무것도 남지 않았습니다. (용서해 주세요) 20억의 인류가 오직 로봇의 말을 듣고 오직 로봇만을 이해하고, 로봇이 됩니다.

지난 30년간의 모든 격동에는 오직 두 가지의 원인이 있을 뿐입니다. 19세기의 경제 체제의 참담한 종말과 영적절망, 메르도가 정신적인 갈증으로부터가 아니라면 왜 그의 어리석은 대위를 따랐을까요? 왜 러시아가, 왜 스페인이? 인간들은 데카르트의 가치들을 철저히 실험했으나 자연과학의 경우를 제외하고는 성공을 보지 못했습니다. 오직 하나의 문제가 있습니다. 즉 이성보다 우위에 있으며 오직 그것만이 인간을 만족시키는 정신적인 세계가 있음을 다시 발견하는 것입니다. 그것은 단지 하나의 정신적인 삶의 형태에 불과한 종교의 문제를 넘어서는 것입니다. (그러나 아마 하나의 형태는 또 다른 삶의 형태로 이르겠지요)

정신적인 삶은 한 인간이 그의 구성 요소의 총체 이상으로 보일 때 시작됩니다. 우리 자신의 집에 대한 사랑 (미국에서는 느끼기가 불가능한 사랑이지요) 은 축제나 죽은 사람들에 대한 의식들과 마찬가지로 정신적인 삶의 일부입니다. (제가 이것을 언급하는 이유는, 제가 이곳에 도착한 이후로 두 세 명의 낙하병이 죽었습니다. 그러나 그들은 깨끗하게 치워졌습니다. 그들은 더 이상 쓸모가 없었던 것입니다. 그것은 미국 때문이 아니라 이 시대의 태도에 기인한 것입니다. 인간은 더 이상의 의미를 갖지 않습니다)

만약 우리가 백 년의 혁명적인 소요를 마주하게 된다면 전쟁을 이긴들 무슨 소용이 있습니까? 일단 독일 문제가 처리되자 진짜 문제들이 명확해졌습니다. 전쟁이 끝났을 때에는 1919년에 그랬던 것처럼 미국 주식거래소에 관한 추측이 그것의 진정한문제로부터 세계의 관심을 돌리게 하는 것에 충분한 것 같지는 않습니다. 강한 정신적 지주가 없을 때 분파들이 버섯처럼 솟구쳐서 서로서로 삼켜버립니다. 마르크스주의(Marxism)가 노화의 징조를 보여주고 있습니다. 그것은 여러 반발적인 신마르크스주의 경향으로 쪼개어지고 있습니다. 물론 시저 같은 프랑스인이 우리를 영원히 신사회주의자 집단수용소에 감금시키지 않는다면……

아. 장군님. 무슨 기이한 저녁입니까? 무슨 이상한 기후입니까? 제 창문 밖을 쳐다보니 그 얼굴 없는 건물들의 창들에 불이 환하게 켜져 있는 것이 보입니다. 서로 다른 라디오들이, 심지어 향수조차 느낄 수 없는 해외로부터 온 무심한 군중에게 그들의 맥 빠진 음악을 전하고 있는 소리가 들립니다. 사람들은 이 체념적 수용을 희생정신이나 혹은 도덕적 위대성이라고 착각할지도 모릅니다. 그렇다면 대단한 잘못이지요.

사람들이 인간이나 혹은 사물에 대해 느끼는 결속감에 너무도 애정과 단단함이 결여되어 있어, 그것은 이제 더 이상 예전처럼 느껴지지 않습니다. 끔찍한 유태인의 이야기처럼 될 거예요?

"멀리 갈 거요.""어디서부터 멀리 간다는 거예요?" 뒤에 있는 그 '어디'란 기껏 한 뭉텅이의 낡은 습관일 뿐입니다. 이 이혼의 시대에 사람들은 물건과 헤어지듯 쉽게 헤어집니다. 냉장고를 바꾸듯 그리고 집들도, 그들이 한낱 한 뭉텅이의 오래된 습관만을 나타낼 경우 아내와, 종교와, 혹은 정당과 결별합니다. 사람들은 심지어 불신할 수도 없습니다. 불신할 것이 없으니까요.

어디로부터 멀리? 무엇을 불신합니까? 인간 사막이죠. 저의 대대에 소속된 사람들은 얼마나 조용하고 민감한지요. 저는 푼타스 아레 나스 해안으로 가는 브르타뉴의 선원들이나 아니면 한 도시에 풀어진 외인 부대를 생각하지 않을 수 없습니다. 그들을 진정시키려면 늘 강한 경찰력과 강한 원칙, 혹은 강한 믿음 등이 필요하지요. 그러나 그들 중의 단 한 사람도 그들이 쫓아다니는 여자에게 불복종하는 것은 꿈도 꾸지 못할 것입니다. 오늘날 사람들은 그들의 사회적 지위에 따라 럼주 같은 진이나 혹은 브리지 게임으로 잠잠히 있으려 합니다.

우리는 놀라울 만큼 나약해졌습니다. 그리하여 우리는 마침내 자유로워졌습니다. 우리의 팔과 다리들은 잘려진 채 자유롭게 걷도록 풀어졌습니다. 저는 이 시대를 싫어합니다. 이 시대에서 범세계적인 전제주의 아래에서 사람들은 소 떼처럼 순종적이 되었습니다. 예의바르고 조용해졌죠. 그리고 그것이 도덕적 진보를 나타내는 것으로 여겨집니다. 제가 막스주의에 관하여 싫어하는 연은 그것이 결국 이르게 되는 전제주의입니다. 그것은 사람들을 다만 생산자와 소비자로 정의합니다. 중요한 문제는 분배의 문제이지요. 제가 나치주의에 관하여 싫어하는 면은 그것이 단언하는 전제주의입니다. 그들은 루르의 노동자들이 반 고흐나 세잔느의 작품, 혹은 원색판화 곁을 지나치게 만듭니다. 노동자들은 자연히 원색판화를 고릅니다. 그것이 사람들의 진실입니다. 사람들은 세잔느와 반 고흐의 작품들은 집단 수용소에 잠가 두고, 순종적인 소 떼에게는 원색판화를 선사합니다.

그러나 미국이 향하고 있는 곳은 어디입니까? 그 문제에 있어 범세계적인 관료주의의 시대에 우리가 향하고 있는 곳은 어디입니까? 컨베이어 벨트에서의 작업과 럼주 같은 진 사이를 교대로 왔다 갔다 하는 로봇 인간, 모든 창조능력을 **빼**앗겨, 마을의 깊숙한 곳에서 새로운 춤이나 새로운 노래를 창조할 수 없는 인간, 사람들이 소떼에게 풀을 먹이듯 이미 만들어진 표준화된 문화로 채워지는 인간, 그것이 오늘날의 우리 인간입니다.

저는 약 300여 년 전에는 잃어버린 사랑이 어떤 사람으로 하여금 『클레브 공작부인(La Princesse de Clèves)』을 쓰도록 이끌었거나, 혹은 평생 동안 수도원으로 은거하게 했다고 기억합니다. 그때는 그 정도로 사랑이 느껴졌어요. 오늘날 사람들은 자살을 합니다. 그러나 그들의 고통은 격렬한 치통 정도에 불과한 것이지요. 그것은 사랑과 아무런 관계가 없습니다.

저는 제가 전쟁에서 죽임을 당하는 것은 상관치 않습니다. 그러나 제가 사랑해 왔던 것에서 무엇이 남게 될까요? 저에게 사람들뿐만 아니라 관습, 어떤 필수불가결한 억양들, 정신적인 광채, 프로방스나 한델의 올리브 나무 아래에서의 점심식사는 계속 남아 있게 될까요? 가치 있는 것은 사물들의 질서입니다. 문명은 보이지 않는 끈입니다. 왜냐하면 그것은 사물과 관계가 있는 것이 아니라 특별한 방법으로 한 가지 사물과 다른 것을 연결시키는 보이지 않는 끈과 관계가 있기 때문입니다. 우리는 (대량생산된) 완전한 악기를 갖게 될 것입니다. 그러나 우리는 어디에서 그 악기를 다룰 음악가를 찾을까요?

저는 제가 전쟁 중에 죽음을 당하든 날아오는 폭탄에 맞아 죽든 상관하지 않습니다. 그러나 만약 제가 이 '필요하며 감사할 일 없는 것'으로부터 살아서 돌아간다면 제게는 오직 하나의 문제만이 있을 것입니다. 우리는 사람들에게 무엇을 말할 수 있을 것이며, 무엇을 말해야 할 것인가?

저는 제가 장군님께 이 모든 것을 말하고 있는 이유를 점점 더 이해 하지 못하겠습니다. 틀림없이 이것은 제가 말할 권리를 가진 어떤 일이 아니므로 누군가에게 말하기 위해서이겠지요. 우린 다른 사람들 속에서 평화를 조장하여야 합니다. 지금은 우리가 단지 우리의 전투기 속에 앉아 있는, 책임이 없는 사람인 것이 좋군요.

제가 쓰기를 시작했기 때문에 제 방의 두 명의 동료들은 이미 제 옆에서 잠들었습니다. 제 불빛이 그들의 잠을 방해할 거라고 생각되어져도 잠자리에 들어야겠습니다. (저는 제 자신 혼자 쓸 수 있는 구석이 없어 얼마나 아쉬운지 모릅니다) 두 사람 모두 훌륭합니다. 꿋꿋하고, 명예를 지킬 줄 알며 깨끗하고 충실합니다. 그들이 잠자는 모습을 보니 이유를 알지 못하겠지만, 알 수 없는 동정심이 일어나는 것을 느낍니다. 비록 그들은 그들의 고통을 느끼지 못하고 있을지라도 저는 그것을 느끼는 탓이겠지요. 그렇습니다. 그들은 꿋꿋하고, 명예를 지킬 줄 알며 깨끗하고, 충실합니다. 그러나 또한 끔찍이 가련하기도 합니다. 그들에게는 너무도 신이 필요합니다.

경애하는 장군님. 제가 지금 끄는 이 전구가 이제는 장군님을 주무시지 못하게 한다 해도 저를 용서해 주십시오. 그리고 장군님은 저의 우정을 확인하실 겁니다.

생텍쥐페리

르네 샹브는 세계를 위협하는 듯한 위험들에 관한 생텍쥐페리의 비관적인편지
들을 기록했다.

"아마 세계는 백 년 동안 회복되지 못할 것이다. 우리 지구는 그
폐허 속에서 완전한 부패로 고통을 겪을 것이다. 우리는 왜 싸우는가?
왜냐하면 우리는 사라지는 것을 볼 수 없는 원칙들에 필사적으로
집착하기 때문이다. 그것은 꽤 유치한 일이다. 무엇을 위한 원칙들이
며, 누구를 위한 원칙들인가? 그러나 우리에게는 선택의 여지가 없다.
사람들은 장군님과 나처럼 책을 쓰지만 그것들을 실행하지는 못한다.
우리는 우리 자신에게 무슨 말을 해야 하는가? 우리는 시련의 궁지
속에서 투쟁하고 있다. 그것은 바로 우리의 시련이다."
"아시겠지만 장군님. 저는 이 시대를 싫어합니다. 이 전쟁이 끝나면
공허 이외에는 아무것도 남지 않을 것입니다. 수세기 동안 인간은
꼭대기가 구름 속에 감추어져 있고, 그 맨 아래 계단은 깜깜한 끝없이
깊은 나락에 빠져 있는 거대한 층계를 내려왔습니다. 우리는 이 층계
를 오를 수도 있었을 것입니다. 그러나 우리는 내려오기를 택했습니
다. 정신적 부패는 무서운 것입니다."
"나는 전쟁 중에 죽어도 상관치 않는다. 만약 내가 생존한다면 어떤
종류의 '일'을 찾아 그 안으로 도피할 수 있을까? 잿더미 속에는 일이
없는 법이다."

7월 14일 생텍쥐페리는 알제 공항으로 향하고 있던 2/33 부대보다 먼저 알제에 도착했다. 7월 16일 그는 루즈벨트 대통령의 북아프리카 특사인 로버트 머피를 만났다. 7월 14일 생텍쥐페리는 머피에게 그가 그의 동료들의 이름으로 청원을 개괄(槪括)하는 편지를 보냈다.

로버트 머피에게

1943년 7월 17일

존경하는 친구.

나는 어제 내 자신을 분명히 표현하지 못했다고 느끼며 나는 내 생각을 당신에게 전달하는 데 있어서는 형편없는 변호사였다. 나는 마음속에 개인적 이익이 아닌 상호 이익을 갖고 있기에 전혀 주저 없이 부탁을 다시 하는 것이다.

내가 자신에 대한 말로 서두를 시작하는 것은 내 자신을 앞세우려는 것이 아니라 상황을 명확하게 진술하기 위해서이다. 그리고 나는 그런 상황에서 내가 나의 조국에 약간이나마 도움이 될 수 있으리라고 생각한다.

당신은 아마 나의 책『야간비행』과『바람, 모래, 그리고 별들』이 프랑스에서 지난 십여 년 동안 최고 판매부수를 기록했던 책들이라는 것을 알 것이다. 당신은 당신네 나라에서도 같은 상황이라는 것을 알 고 있겠지.『바람, 모래, 그리고 별들』은 먼쓰 클럽이 선정한 책이며, 1939년의 국제 저작상 수상작이다. 또한『아라로의 비행』은 몇 달 동안 베스트셀러 목록의 수위에 올라 있다. 그런 행운은 (내가 받을 가치가 있든 없든) 나에게 특별히 많은 청중을 가져다준다. 내가 당신에게 이것을 애기하는 것은 내게 대단히 많은 것을 의미하는 한 가지 이유 때문이다.

당신이 알다시피 나는 가장 열심히 일하고, 가장 고통을 겪었던 (2/33 정찰부대) 한 중대의 비행사로서, 1939년부터 2년 동안 전쟁에 참여했다. 나는 마지막 1분까지 그들과 함께 남아 있었다. 그러나 나는 미국에서 드골주의에 합세하기를 거부했다. 나에게는 외국에 있는 프랑스 사람이라면 그의 조국을 기소하는 증인이 아니라 그의 나라를 변호하는 입장이 되어야 하는 것으로 생각했다.

나는 내가 '파시스트'라고 불렸을 때 침착하게 그것을 받아들였다. 그리고 오직 『아라로의 비행』과 북아프리카에서 사건이 일어나고 있을 때, 프랑스 사람들 사이의 화해의 필요성에 관한 긴 기사를 뉴욕 타임즈지에 쓰기 위해 침묵을 깼다.

그때 나는 즉시 나의 전투부대에 다시 들어가겠다고 요청했다. 나는 내가 북아프리카에서 높은 지위로 입대한 첫 번째 프랑스인 민간인이었으리라고 믿고 있다. 아직도 나는 어떤 다른 일보다도 침묵의 전투 위치를 더 좋아하기 때문에, 현재 나는 루즈벨트 대령의 촬영부대에 P-38기를 조종하는 공군 대위로 남아 있는 것이다.

옳든 그르든, 나는 나의 조국을 구원하는 길이 한 정당의 광신자들에 의하여 수행된 가차 없는 숙청이나, 혹은 프랑스가 8천만 독일인들과 1천 6백만의 슬라브 족과 연결되어 기껏 하나의 잠재적인 위성국가에 지나지 않게 될 이상한 유럽권의 이념 속에 있지는 않다고 믿는다. 내가 북아프리카의 구원이라는 이름으로 프랑스에 대표부를 파견하려는 미국 국방성의 정책을 비난하기를 거부하듯 그렇게 나는 내 조국의 이름으로 미래의 프랑스-영국-미국의 동맹에 반대하는 어떠한 움직임에도 가담하기를 거부하는 것이다. 옳든 그르든 나는 그것이 구원에 이르는 유일한 기회라고 믿는다.

그러나 당신은 나를 도와주어야 한다.

다행히 내 중대의 조종사들 중 여덟 명이 루즈벨트 대령의 연대의 조종사들과 함께 일하고 있다. 나는 새로운 『아라로의 비행』을 쓰고 그 속에서 내게 중요한 견해들을 변호하려고 생각한다. 그러나 내 책이 그 목적을 달성하기 위하여 우리는 가능한 한 빨리 당신의 임무에 참여해야 한다. 만약 내 동료들과 내가 이태리나 프랑스 상공 비행으로부터 귀환한다면 내가 말해도 좋은 일들이 남아있다. 만약 내 동료들과 내가 우리들의 사상을 위하여 우리의 목숨을 걸었다면 내 말은 주의 깊게 경청될 것이다. 만약 내가 전쟁에 참여하지 않으면 나는 오직 침묵으로 되돌아갈 수밖에 없는 것이다.

나는 당신이 프랑스의 공군을 재무장시키는 문제를 얼마나 복잡하게 생각하는지 알고 있다. (어쨌든 나에게는 당신이 옳지 못한 듯하다) 그러나 어떤 경우에도 당신의 양심은 우리에게 관계되는 한 거리낄 것이 없다. 우리는 함께 일하는데 익숙한, 경험이 있는 부대이니까. 루즈벨트 대령에게 당신의 영향력을 행사해 주기 바란다. 이것은 급박한 일이다. 내가 당신께 루즈벨트 대령에게 당신과, 샬레 스 소령과 (나의 중대를 알고 있는) 피에숑 소령, 그리고 나, 그렇게 모여 저녁식사를 같이 하자고 요청해주도록 부탁해도 될까? 난 내가 무례하다고는 생각하지 않는다. 왜냐하면 우리의 더 큰 목적은 일치하니까. 당신이 내가 제의한 것을 제 아무리 하찮게 생각한다 해도, 적어도 그것이 긍정적인 것임은 인정해주기 바란다. 다른 결정은 어떤 결정적인 이익도 가져오지 않으므로 내게 중요한 두 가지 점을 간청하게 해주었으면 한다.

나의 부대의 전체 이동, 그렇게 탁월한 중대가 분열된다면 그것은 너무 슬픈 일인 것이다. 그러므로 우리는 전체 중대가 루즈벨트 대령의 연대에 배속되고 P-38기를 탈 수 있게 해줄 것을 요청한다. 우리는 핵심적인 훈련된 조종사들이며 정비사들이다. 당신이 프랑스에 주려고 준비했던 몇 대 안되는 P-38기를 분할하는 것이 무슨 이익이 되겠는가?

b) 이미 훈련을 받은 조종사들에게는 군사임무를 맡길 것.

우리들 중에 나이가 많은 조종사들에 대해 고도비행시의 긴장에 관한 소문이 있었다. 그것은 전혀 사실 무근한 것이다. 그러므로 나는 당신에게 혹시 조금이라도 의심이 남아있다면 그것을 버리길 바란다. 우리는 모두 고도비행의 베테랑들이다.

이 편지를 보내는 것을 용서해 주시오. 나는 우리 20명의 조종사가 다시 참전한다고 해서 힘의 균형에 큰 차이가 있으리라 상상할 만큼 어리석지는 않다. 그러나 나는 우리의 단합된 전쟁 노력으로부터 유용한 것이 얻어지리라고 믿는다. (내 추측을 용서해 주시오.)

충심으로 감사하며 당신의 친구
앙투안 드 생텍쥐페리
펠리시에 박사 전교
당페르 로슈로 거리 17번지
Tel. 39442. 알제.

6월 19일 생텍쥐페리는 고도에서 비행해도 좋다는 허락을 받는다. 그렇지만, "35,000피트 고도에 상당하는 압력이 지속될 때에는 오래 전에 다친 좌상으로부터 약간의 고통이 뚜렷하다."고 기록되었다. 6월 25일 그는 소령으로 진급되었다.

6월 24일, 그의 동료 비행사 쥘 호쉐데가 훈련비행 중 바다에서 길을 잃었다. 그의 장례식이 7월 1일 거행되었다.

7원 2일, 그의 중대는 튀니스 근처의 라 마르사 비행장으로 이동했다. 생텍쥐페리는 르네 가발르와 행복한 몇 주일을 보내며 『사막의 지혜』를 쓰는 일을 계속했다. 7월 21일 그는 남부 프랑스 상공에서의 그의 첫 번째 임무를 완수했다.

까트루 중위에게(부치지 않은 편지)

튀니스, 여름 1943년

친애하는 까트루에게.

…나는 시간 밖에 존재하는 이 밤들을 지새우며 살아가는 것이 막연히 두렵게 느껴진다.…… 이 기생식물 사이에서 말이다. 이 사람들은 자신들도 알지 못하는 큰 나무에 달라 붙어 무작정 그들의 잔인하도록 질기고 조그만 존재를 유지해 가며 사는 기생 버섯들 같은 느낌을 준다. 나는 특히 가짜시민에 대해 생각하는 중이다. (어제 일이지) 그런 사람은 매력 대신에 진부한 기성의 포즈를 취하지. 그것도 내가 싫어하는 과시적 태도 말이네.

흔히 꾀병을 부린다거나 놀음을 하는 데 재주꾼인 그런 사람은 마치 수족관속의 못난 송사리 마냥 생소해 보이지. 그에 관한 '숙청'론을 내가 옹호할 생각이 없는 것은 그가 이미 내겐 죽은 사람처럼 보이기 때문이다. 만약 해방 후에도 이런 종족들이 다시 나타난다면, 그것은 프랑스가 속속들이 썩었다는 증거일 것이다. 그러나 그렇지는 않다. 나는 그런 인간에 대해 관심조차 가질 수가 없다. 심지어 그를 죽일 마음조차 들지 않는다.

당신은 내가 이 나라에서 만난 소수의 정상인들 중 하나이다. 적어도 생각하는 사람들 사이에선 말이다. 그러나 소위 지식이란 것 때문에 본성이 비틀리지 않은 사람들 중에는, 그래도 고상한 사람들이 꽤 있다. 어려운 것은 생각하는 동안에 본성을 지키는 일이다.

프랑스의 부르주아들 중 어떤 부류의 사람들은 소름이 끼치게 만든다. 그러나 정통 막스주의 교조론자들도 마찬가지로 소름끼치게 무서운 작가들이다. (내 러시아 친구인 세르게이는 '한 시대의 암흑기이다' 라고 읽는다.)

잔 다르크를 재판하던 때 파리 대학에 몸담고 있던 지식인들은 그보다 더 한층 심했다. 그들이 전개했던 생각들을 한 번 읽어보기 바란다! 나는 전혀 개의치 않는다. 그것은 일종의 몸값이다. 대장장이가 만약 기하학자가 된다면 당장에 근육을 잃어버릴 것이다. 잔 다르크 재판 기록 (이것은 내가 아는 바로는 최고의 서류들 중 하나이다) 에서 볼 수 있는 치욕스런 일이 소르본느 정화 사업의 결과로 야기되었다면 실제로는 데카르트, 파스칼, 베르누이 또한 정화대상이 될 것이다. 왜냐하면 소르본느는 그들을 배출한 고리의 빼지 못할 연결부를 이루니까.

평생을 대수 공식을 더 간단히 만드는 연구에 몰두해 온 사람은 아주 복잡한 부추의 성장 과정을 더 이상 이해하지 못한다. 또 부추를 키우는 데 전력을 바치는 사람은 성운을 연구하지는 못하는 법이다. 잘못의 반대는 진실이 아니다. 그러나 무엇보다도 진실의 반대말은 잘못이 아니다. 인간이 신이 되지 못하는 한, 진실은 어쩔 수 없이 모순을 통해 표현될 것이다. 그리고 그런 모순에서 또 다른 모순들로 넘어가면서 점차 진실에 도달케 되는 것이다.

나는 근본적인 이유가 있어서 숙청의 신화를 싫어한다. 내가 별 상관도 없는 톰, 디크 혹은 해리 등을 구원하고 싶어서가 아니다. 그런다 해도 그들은 어차피 죽게 된다. 그러나 계층이나 계급, 또는 집단이 하나 사라지게 되면 그에 속한 악만 사라지는 것이 아니라 그 일부였던 보이지 않는 선도 함께 소멸되어 버리는 것이다.

어제 우리는 루이 필립이 애틋하게 생각하는 프랑스인 식료품상에 관해 얘기했다. 어쩌면 배후를 더 자세히 캐봐야 하는지도 모른다. 18세기의 귀족주의가 만약 영국식 혁명을 본받으려는 대중들의 요구에 부응했다면, 그 귀족주의가 지닌 장대함이나 우아한 예식 절차 등이 그들에게 많은 감동을 불러일으켰을지도 모른다. 그것의 사치스러움이 소박한 점 등 부에게는 관대함으로 비쳤을 테지. 그러나 그것은 자체 내의 악덕을 청산한다는 명분하에 뿌리째 철저하게 잘려나가고 말았다. 결국 그 일부를 이루던 프랑스의 고유 유산마저 말살되어 버렸다.

프랑스는 이 나라의 서로 다른 속성들, 즉 초월적 이미지를 둘러싸고 있는 서로 다른 이것들을 한데 모을 공통의 수단이 필요하다. 지성과 정신을 분명히 구별하지 않고서는 이 문제를 명확히 거론할 수가 없다. 정신은 방향 즉 정신적인 관점을 가리킨다. 어떤 병을 골라잡느냐 하는 것과 같다. 예를 들어 나는 인간 존엄성을 위해 투쟁할 것이다. 이 나침반에 의해 인도되기는 하지만 가르침을 받지는 않는 지성은 이성이 지시하는 바에 따라 움직이며 어떤 수단을 취할 것인가 망설이게 된다. 이성은 오류를 범하기 마련이다. 실은 늘 잘못을 저지를 뿐이다. 왜냐하면 어떤 논리적인 진실도 공간이나 시간 안에서 완벽하게 유효한 것은 없기 때문이다.

두 명의 물리학자가 어떤 동일한 지식의 영역에 대해 같은 이름을 붙이는데 동의한다. 까트루 중위와 나는 역시 같은 프랑스의 위대함에 대해 서로 다른 이름을 붙이기를 주장하여 싸운다. 그리고 비록 중위가 나와는 다른 방법을 택했다 하더라도 그것은 내가 그에 대해 친근감을 느끼도록 하기에 충분하다. 나는 어떤 의미에서는 뒤로 한 발 짝 물러서는 것을 의미하긴 하지만 프랑스의 구원을 두 살 박이 어린애의 생존에 의존하는 사람이 프랑스의 구원이 정통적 원리원칙의 고 수에 달려 있다고 생각하며, 절대자의 이름 안에서 모든 어린이를 희생시킬 각오가 되어 있는 다른 프랑스인의 적이 될 수는 없다고 생각 한다. 또한 진실은 모순을 내포한다. 그러므로 진실의 양면은 모두 지켜져야 한다. 인간이 볼 수 있는 범위는 극히 제한되어 있으며, 사람들은 저마다 제 나름대로의 진실만을 본다. 행동을 하려면 그런 단순화가 요구되는 것이다. 이런 것은 지극히 인간적이라고 할 수 있겠다.

그러나 그 무대에 막이 내리고, 프랑스가 명실 공히 국토와 정신을 모두 되찾는 날이 오면 나는 사람들을 그들이 택한 수단이나, 혹은 그들이 필요해서 취한 기능들, 아니면 그들의 사고방식 따위로 분류하지 않을 것이다. 대신 어느 별을 택했나, 즉 그들의 사고를 지배하는 정신적 이상에 따라 사람들을 나누려고 한다. 내 형들은 나처럼 사랑하지 않았고, 나처럼 생각하지도 않은 사람들이다. 여기서 내가 말하는 사랑이란 그 말의 대표적 의미인 '정신적 명상'이란 뜻으로 사용했다.

나는 내가 무슨 말을 하려고 하는지는 정확히 알지만, 명확하게 표현하고 있지는 못하다. 나는 내가 참을 수 있는 자와 참을 수 없는 자를 분명히 알고 있다. 그리고 이 지저분한 북아프리카에서 간혹 가다가 당신 같은 분을 만난다는 것은 신선한 공기를 들이마시는 기분이겠죠.

콩트와 정식 식사를 하고자 하니 전화를 주십시오. 감사합니다.

생 텍스

19423년 7월 프랑스 기병대대는 P-38항공기로 감행한 임무 성공에 대해 축하를 받았다.

사령관으로부터의 축하전문

군대 수송기 부대,
북서 아프리카 항공대(NAAF)

1. 1943년 7월 18일, 이 기지의 군대 수송기에게 시달(示達)된 모든 촬영 임무가 완수되었음.
2. 사진부 4조의 모든 부원들은 군대 수송기 부대의 모든 요구사항을 만족시키는 어려운 임무를 훌륭히 해내는 큰 공을 세웠음. 모든 경우에, 이 조가 이루어낸 작업은 기대 이상의 성과를 올려왔음.
3. NAAF 군대 수송기 부대의 총사령부는 훌륭하게 임무를 수행해낸 사진부 제 4조의 사령관에게 축하를 보내고자 한다. 그리고 이 조가 조속한 시일 내에 군대 수송 부대와 함께 일을 재개하기를 바라는 바이다.

윌리엄 준장의 명령에 의함.
서명: S.J.W. 팀벌레이크
공군 연합부대의 일등 중위
Actg. Asst. Adjt. Gen

첫 번째 전문 Ref. R.G.I.

S. F. 520 U. S. Army
1943년 7월 15일

프랑스 공군 사령관 귀하.
C/O NAAF 사령관, APO U.S. Army.

1. 우리는 NAAF 군대 수송기 부대의 사령관이 전달한 축하 전문을
   기쁘게 읽었음. 특히 4조가 성공을 거두는 데 있어서 일익을 담당한
   프랑스 공군의 정찰부대 2/33의 대원들에게 치하를 보내는 바임.
2. 이 축하편지를 복사하여 그 사본을 생텍쥐페리 앙투안느 편대장
   에게 전달해주기 바람.

서명: 엘리옷 루즈벨트

8월 1일 생텍쥐페리는 두 번째 임무 수행 길에 올랐다. 그의 비행기가 엔진고장
으로 인해 착륙시 땅에 스쳐서 날개가 살짝 벗겨졌다.

8월 12일 이 사고를 핑계 삼아 미국인들은 생텍쥐페리에게 P—38비행기를
운전할 수 있는 최대 나이 제한이 35세라고 상기시켰다. 칼 스파쯔 장군은 그를
예비역으로 돌려버렸다.

8월 17일 시칠리아 섬 정복이 완수되었다.

8월 19일 생텍쥐페리는 알제를 향해 튀니스를 떠났다.

X에게

알제, 1943년 8~9월

…나는 거의 궁지에 몰려 있다. 나는 언제나 내가 크게 고통당하리라는 예감을 갖고 있다. 지금 시각에는 항공우편기가 거대한 형상으로 떠오른다…. 전쟁 시 임무는 내게 평화를 제공했다. 나는 그토록 깨끗한 죽음의 평화를 내 안에서 만끽하면서 다른 사람들의 음모 따위에는 아랑곳하지 않았다. 그러나 일을 빼앗기자 비참하고 위태로운 기분을 느낀다. 시민으로서의 아이덴티티를 상실한 느낌말이다. 그리고 인생에 대해서 아무것도 이해하지 못하겠다.

무엇보다도 나는 논쟁이 딱 질색이다. 도저히 그것들을 견딜 수가 없다. 내게 그것은 지상에서 행할 수 있는 최대의 고문이다. 이상해 보일지 모르지만 그게 사실이다. 그리고 감옥을 참을 수가 없다. 그 외에는 어떤 것도 견뎌낼 수가 있다. 심지어 오늘처럼 지쳐 빠진 상태에서 35,000피트 상공 위를 난다거나, 혹은 상처를 입거나, 산 채로 기름에 튀겨진다 해도 참을 수 있을 것 같다.

무(無)를 상대로 싸운다는 것은 힘든 노릇이다. 내가 드골 세력파를 싫어하는 이유도 그런 면이 두드러지기 때문이다. 그러나 그들의 세력은 실로 막강하다. 그들에게 대적할만한 것이 없다. 단지 우스꽝스럽고 먼지가 뒤덮인 낡아빠진 꼭두각시에 불과한 것인데 말이다. 어딜 가야 신선한 공기를 들이마실 수 있을까?

남은 것은 단지 전쟁 임무들뿐이었다. 프랑스 상공 위를 나는 데

두어 시간이 걸렸다. 얼음처럼 차가운 교수대의 위엄 같은 것이랄까. 그것은 내 구미에 썩 잘 맞았다. 그러나 실직되고 나자 나는 내게 의미 있을 어떤 것을 기대할 수 없게 되어버렸다. 지긋지긋한 토론, 논쟁, 중상모략 등, 나는 점차 내가 빠져 들고 있는 늪에 질렸다. 오, 신이시여. 인간들이 얼마나 나를 역겹게 만드는지 그들 사이에서 산다는 것은 내게 있어서 강제수용소에 갇힌 것과 다를 바가 없을 정도입니다.

모든 것이 덜 떨어진 것투성이고, 나는 참을 수가 없다. 상공 35,000피트 위에서는 그런 천치 같은 짓거리로부터 벗어날 수 있었다. 그러나 이제는 그런 출구가 사라져 버리고 말았다.

알제로 돌아와서 생텍쥐페리는 여느 때와 마찬가지로 펠리시에 의사와 함께 지냈다. 그는 아무것도 할 수 없게끔 강요받는 상황으로 인해 지쳐 있었다. 시간을 때우기 위해서 그는 다음과 같은 수학문제들을 고안해 내었다.

파라오의 문제

한 파라오가 평행 육면체의 직사각형 모양으로 거대한 돌 구조물을 세우겠다고 마음먹고, 한 면이 10센티미터인 정육면체로 깎은 돌로만, 지면으로부터 대각선의 높이가 같게끔 지었다.

그는 문관들 개개인에게 명해서 필요한 수의 돌을 똑같이 나누어 모아오게 했다. 그러고 나서 그는 세상을 떠났다.

현대의 고고학자들이 쌓여진 돌무더기를 단 한개 찾아냈다. 모두 348, 960, 150개의 정육면체 돌이었다.

그들은 다른 돌무더기가 또 있다는 것을 알지 못했으나, 쌓여 있던 돌의 총 개수가 '신비로운 이유로' 소수(素數)라는 것만은 알았다.

이러한 발견으로 그들은, 계획된 구조물의 정확한 크기를 산출해 낼 수 있었고, 오직 하나의 해법이 있다는 것을 알았다.

자 이제 우리도 해보자.

N.B.-(a) 이 문제는 복잡한 숫자 조작이 필요 없기 때문에 348, 960, 150을 소수(素數)로 나눈 것을 주겠다.

$2 \cdot 3^5 \cdot 5^2 \cdot 7 \cdot 11 \cdot 373$

(b) 세심한 관찰에 의한 방법으로 푸는 것은 포함되지 않는다.

문제풀이

I) 모든 정수가 $a^2+b^2=c^2$이라는 식을 만족시킬 수 있는 필요·충분조건은 a, b, c라는 숫자가 다음과 같은 형태로 되는 것이다.

$a=2pmn$

$b=p(m^2-n^2)$

$c=p(m^2+n^2)$

(p, m, n은 정수로 한다)

이 공리(公理)는 생텍쥐페리에 의해 확립되었다

II) 우리는 다음과 같은 것을 알고 있다:

a, b, c=348, 960, 150*x (1)=kx

$a^2+b^2=c^2$ (2)

a,b,c는 정수이다. (3)

x는 소수이다   (4)

Ⅲ) 그렇다면,

a, b, $c=2p^3mn(m^2+n^2)(m^2-n^2)=kx$

이것으로 우리는 즉시 x=2라는 것을 끌어낼 수가 있다 왜냐하면 Z는 소수이므로.

Ⅳ) 그렇다면:

$k=348, 960, 150=2\cdot3^5\cdot5^2\cdot7\cdot11\cdot373$

$2, 3^5, 5^2, 7, 11, 373$을

$p^3mn(m+n)(m-n)(m^2+n^2)$으로 동일하게 놓아야 한다.

P^3는 3^3이 될 수밖에 없으므로. 다음과 같은 표를 만들어낼 수 있다.

$2\cdot3^2\cdot5^2\cdot7\cdot11\cdot373$ 18 25 7 11 373

9 50 7 11 373

9 25 14 11 373

9 25 7 22 373

9 25 7 11 746

우리는 m, n, m+n, m-n을 알아내야 하는데 다음과 같이 했을 때만 풀린다.

$11+7=18 \quad 25-19=7$ (line 1)

최종적으로 우리가 얻어낸 것은,

$P=3$

$m=18$

$n=7$

그러므로,

$m+n=25$

$m-n=11$

$m^2+n^2=373$

V) 최종적으로

$a=6.18.7=75^m6$

$b=3(18^2-7^2)=82^m5$

$c=3(18^2+7^2)=111^m9$

사실상 9월 3일에 있었던 이탈리아의 항복이 8일 발표되었다. 몽고메리는 3일에 칼라브리아에 도착했고, 클라크는 9일 살레노에 도착했다. 10월 1일 나폴리가 수중에 들어왔다. 지로드가 프랑스 군대를 보내서 코르시카를 해방시켰다. (9월 13일부터 10월 5일까지) 이 기간 동안 독일의 한 구출부대가 무솔리니를 구금에서 풀어주었고, 전선은 가리글리아노 강을 따라 안정되어 있었다.

1943년 11월 5일, 생텍쥐페리는 그가 묵고 있던 닥터 조르쥬 펠리시에의 집 계단에서 굴러 떨어졌다.

X에게(부치지 않은 편지)

사람은 관념을 위해 죽지는 않으나 물질을 위해서는 죽는다. 사람은 근본적인 생존을 위해서 죽는다.

친애하는 X.

너는 내게 한 편의 옛 연극을 일깨워 주었고 나를 정말 비참하게 만들었다. 너는 나를 아주 잘 알기 때문에 (사실 나에 대해 투덜거리는 그 숱한 사람들 중에서 나를 아는 사람은 오직 너뿐이다) 토론 중에 네가 나의 속성이라고 말했던 그 잔잔한 마음의 평정을 느끼기는커녕, 내가 지난 2년 동안을 정신적인 고통으로 괴로워하며 보내 왔다는 것을 알고 있을 것이다. 나는 네가 그러한 고뇌를 경험하기를 바라지 않는다. 나는 노출증 환자가 아니기 때문에 누구에게도 그러한 마음을 내보인 적은 거의 없었다. 이 침묵이 하나의 환상을 빚어놓았을지도 모른다.

우리 모두는 제 나름의 존재 양식을 지니고 있다. 어떤 이들은 일단 행동이라는 데 연루되고 나면 완전한 마음의 평정을 이룬다. 그 다음에는 더 이상 아무런 문제가 없다. 나는 네 친구인 세르가 (그의 불운한 선의에 의해서) 에로포스테일에 크게 번져 있던 희생의 기풍을 파괴해버릴 때까지는 에로포스테일을 향해 비행을 하면서 행복에 가득 찼었다. 마치 1939년에서 1940년까지는 단순한 전투업무에 행복을 느꼈던 것이나, 혹은 최근까지 P-38 라이트닝을 타면서 행복을 맛보았던 것과 똑같이.

나는 껍데기에는 신경을 쓰지 않으며, 내가 놓여 있는 상황이라는 것도 다른 어느 면보다 정신적인 측면에서 몇 갑절 더 내 마음을 사로잡고 있다. 아니면 아마도 정신적이라기보다는 차라리 '감정적으로'라고 말해야 한다. 그러나 그 정신적인 것과 감정적인 것은 내 안에서 서로 부딪힐 때가 있다. 만약에 그렇지 않다면 나는 무정부주의자가 되었으리라.

스페인의 시민혁명 당시 바르셀로나의 무정부주의자들 사이에서 나는 에로포스테일에서와 같은 상황을 맞이했었다. 똑같은 선사품, 똑같은 위험성, 똑같은 동포애, 그리고 인간존중이라는 숭고한 이상도 같았다. 그들은 이렇게 말했을 수도 있다. "당신의 생각은 우리 생각과 같습니다." 하지만 그들이 만약, "그런데 당신은 왜 우리와 함께 하지 않는 겁니까?"하고 물어 왔다면 난 그들에게 납득할만한 대답을 해주지 못했을 것이다. 그들은 감정에 따라 살며, 나는 감정이 관련된 부분에 가서는 아무런 이의를 제기할 것이 없다. 마찬가지로 나는 사회주의자들이든, 아니면 생명의 위험을 무릅쓰는 사람들, 그리고 무엇보다도, 동지들과 일용양식을 함께 나누기를 좋아하는 사람이라면 그 누구에게든, 그 무엇에든 나는 아무런 이의도 갖고 있지 않다.

나는 사회주의를 지지하는 사람들에게는 신뢰를 느끼지만 인간의 출현에 있어 길잡이가 되는 원리로서의 무정부주의자들은 거의 신뢰하지 않는다. 무정부주의자의 위대성이란 그가 승리를 하지 않았다는 사실에 의한 것이다. 만약 무정부주의자가 성공을 거두었더라면 내게 아무 이득도 되지 않는, 단지 헛되고 혼돈스러운 무리들이 남았을 것이었다. (왜 그런지, 그 이유를 기꺼이 실명해 주겠다) 단지 감정의 황홀함을 다소 맛보기 위해서 왜 내가 정신적인 목표를 허물어 버려야만 한단 말인가? 그건 비겁한 일일 것이다. 정신적인 것이 감정적인 것을 이겨야 한다. 간단히 말해서 네가 자녀를 꾸짖을 때도 그런 생각을 가지고 하는 것이다. 그렇기 때문에 나는 불의와 부당이득, 그리고 인류가 빚어 놓은 그 모든 과오들에 대항해서, 무정부주의를 위해 싸우면서 마음의 평화를 누릴 수가 없다. 스탈린의 사람들 (그들은 무정부주의자들에게 있어 최대의 적이다) 그들 역시 인류의 죄악에 맞서 싸웠다. 프랑코의 사람들도 그랬고, 로마교황의 사람들도 마찬가지였다.

네 문제는 순수한 감정 문제였기 때문에 간단한 것이었다. 나는 내가 사랑하기 때문에 사랑을 하고, 증오하기 때문에 증오한다. 그 동기들이 충분하다. 내가 이렇기 때문에 내 문제는 해결하기가 더 어려운 것이다.

나는 네가 프랑스에서의 레지스탕스 운동에 목숨을 걸었다는 것을 충분히 상상할 수가 있다. 그것이 너의 임무였고, 나도 그렇게 했을 것이리라. 하지만 외국에서 나는 내 의지와 무관하게, 도저히 저항할 수 없는 책임을 뒤집어 쓴 기분이었다. 그 세력이 압도적이라는 것이 아니라, 그 목적이 도저히 저항할 수 없는 것이라는 뜻이다.

나는 대양에 있어서의 물 한 방울밖에는 안되었을 것이었다. 그리고 나 스스로에게는 아무런 위험도 없었다. (아니면. 그 위험이라는 게 아무런 의미가 없는 것이거나) 나는 위험에 대해서는 신경을 쓰지 않으며 스스로의 책임을 벗기 위해 힘으로 위험을 무릅쓰지는 않는다. 어떤 종류의 용기는 죽음에 직면하는 용기보다 훨씬 더 위대하다는 것을 나는 너무나도 잘 알고 있다. 그렇게 하는 것은 쉬운 일이며,

인간이 격정에 휩싸였을 때는 더욱 그렇다.

개인적으로, 나는 휴전을 하는 데 대해 반대를 하는 입장이었다. 보르도에서 비행기 한 대를 몰래 몰고 나온다는 실직 중인 조종사 40명을 모집해서 북아프리카에서 전쟁을 계속하라고 그들은 4엔진 파르망에 억지로 채워 넣어 그곳으로 보냈다. 하지만 휴전은 북부아프리카에도 마찬가지로 적용되었기 때문에 그것은 실패로 돌아갔고 나는 실직하고 말았다.

그러나 그때 이후로 나는 내 말의 가치에 필적하는 가치를 지니게 되었다. 내가 책임을 지고 있는 목표는 -미미한 정도나마- 프랑스 국민의 생존을 위한 것이었다. 너는 역사를 다시 꾸밀 수는 없다. 너는 과거에 있었던 불행한 일들을 낱낱이 열거할 수는 있지만, 상상속의 일련의 사건들이 어떠한 재난이나 이익을 가져다주었겠느냐 하는 가설에 대해서는 내게 입증을 할 수도 없고 반증을 할 수도 없다. 하지만 휴전 협정을 고수하거나 중단할 힘을 가진 사람들은 -비록 그 힘이 미미할지라도- 이 점에 대해 매우 심각하게 저울질을 해볼 수밖에 없었을 것이다. (이것이 사실, 문제의 핵심이었다)

1. 1940년에 프랑스 땅에 살고 있는 군대 갈 나이의 모든 성인 남자들은 독일의 포로수용소에서 썩기 위해 합법적으로 도망을 가려 했다. 2백만 대신에 6백만 명의 포로가 생겨났다.
2. 북아프리카는 독일에 의해 점령될 것이다. 좁은 사고를 가진 사람들은 이 말을 믿으려 하지 않는다는 것을 나는 알고 있다. (심지어는 독일이 프랑스의 군사 행동으로 너무 지쳐 있기 때문에 더 이상 온 힘을 쓸 수가 없다는 소문도 나돌았다) 나는 독일이 힘을

그대로 지니고 있다면 (어마어마한 미국의 전쟁무기나, 압도적인 러시아의 군대, 혹은 1천만 독일인의 죽음으로 그 세력이 약화되기 전이라면) 스페인이나 시칠리아, 어느 쪽을 경유해서든 2주일 안에 북아프리카를 짓밟아 놓을 수 있었으리라, (프랑코가 방해를 했었을까?) 여기에는 20만의 무장하지 않은 사람이 있었을 것이다. 우리의 구식 소총과는 대조되는 막강한 탱크와 전투기, 그리고 현대적인 기관총들이 엄청난 양으로 있다고 가정해 보아도, 피해율이 대폭으로 변화하지는 않았을 것이며, 여전히 독일은 한 명의 군인이 외로이 남는 것을 볼 때까지 199,999명을 부상 입히거나 포로를 희생시켜야만 했을 것이었다. 그 한 명의 병사는 어떤 경우에라도 무장을 하지 않은, 아마 지휘사령관 쯤 되리라. (아랍 문제는 옆으로 치워 두겠다)

3. 독일의 갈취는 완벽할 것이다. 프랑스마을의 잔존은 전적으로 '철도를 움직이게 하는 일'에 달려 있고, 철도가 움직이려면 굴대의 윤활유가 꼭 있어야 하며, 이는 또 햄버거나 루마니아에서의 석유공급 여부에 달려 있는 것이었다. 뷔스바덴의 관리들은 매일 이러한 갈취에 맞서야 했다.

4. 나는 바르샤바에서만 3백만 명의 폴란드인이 가스실에 보내졌다는 것을 잊어버릴 수가 없다. 마인 캄프(Mein Kampf, 나의 투쟁, 히틀러 자서전)를 포함해서 프랑스에 대한 위협이 폴란드에 가해진 위협보다 조금이라도 덜 위험한 것이라고는 생각하지 않는다.

5. 벨기에서 독일에 이미 2백만의 일꾼들을 대주었을 당시, 프랑스는 그때까지 겨우 120만 명을 수출했다. 이런 식으로 기존의

200만 포로에 다시 200만 명이 더 보태어졌을 것이었다.

6. 그리고 인구이동에 대한 위협은 어떤가?

7. 또, 유태인들은? 너는 페이르톤의 행위를 인정하면서 그를 미워할 수도 있다. 그럼에도 불구하고 그는 너를 위한 방파제 역할을 했다. 200만 명의 프랑스계 유태인들은 그 긍지가 저하되지 않은 독일의 지배에서 결코 살아남지 못했었을 것이다. 실제로 레온 베르스는 살아있고 왕래도 하며 심지어 집필 활동까지 하고 있다.

8. 그리고 미국의 개입 문제는? (이 얘기는 나중에 다시 하겠다) 비시는 의심할 여지없이 끔찍스러운 인물이었다. 하지만 생물은 배설물을 내보내기 위해 저마다 항문이라는 통로를 만들어 낸다. 하수구에서 일을 하는 사람들은 달콤한 냄새는 좋아하지 않는다. 감옥의 간수들은 대개가 동정하는 마음을 가지고 있지 않다. 정복자에게 굴대의 윤활유를 청하는 사람은. 인분 냄새가 그리 싫지는 않을 것이다. 이런 모든 것은 기능과 관계가 있다. (경찰에 대해 말하자면 오늘날의 경찰들이 모두 그러하듯이 그들은 정말 구역질이 난다) 휴전이 성립된 바로 직후에 내가 프랑스를 떠났다는 것은 슬픈 일이었다. 비가 오던 밤에 내가 차를 몰고 가던 도로를 기억한다. 어두운 밤이었으므로 나는 헤드라이트를 켜놓고 있었다. 차등이 막혀서 잠시 서 있는 동안 나는 일종의 군중 폭동에 졸지에 휩쓸리게 되었다. 군인들이 내 차를 에워싸고 날 죽이겠다고 위협했다. 왜? 내 헤드라이트 때문이었다. 나는 그들에게 히틀러의 광포한 폭격을 받게 하고 있었다. 그들 중 하나가 내 얼굴에 전등을 비추자 그들은 나의 계급, 훈장을 모욕하기

시작했다. 나는 무기 상인들이나 자본가들의 하나로 전쟁의 화신인 것이었다. 나는 이루 말할 수 없는 혐오감을 느꼈으며 이 폭도들에 의해 죽었으면 하는 생각까지 들 지경이었다. 너는 견딜수 없이 모욕적인 목소리들과 진땀 흐르는 공포의 냄새를 상상할수 있을 것이다. 나는 내 주위의 모든 것에서 비열한 두려움을 느꼈다. 표정들, 목소리들, 태도, 모든 것이 야비했다. 나는 깊은수치심을 맛보았다.

민간인들이라니! 퇴각을 하는 동안 우리는 열 한 개의 마을을 숙소로정했었다. 죽어 가는 우리들을 마을 사람들은 어떻게 맞이했는가! 단 한사람도 레지스탕스를 찬양하지 않았다. 애국심이라고는 한 톨도 없었고 모든 유대가 단절된 채 전적인 개인주의에 빠진 벌레 같은 인간들이었다.
언젠가는 깨어 일어나리고 생각했던 프랑스는 어디에 있다는 말인가? 자신들에게 수치를 느끼게 하는 정권을 미워하는 프랑스의 국민상(像). 오, 그런 허언이라니 ! 이들 벌레 떼들은 작은 안도의 한숨을내쉬면서 독일군을 맞이했다.
물론 예외도 많다. 우선 우리들이 예외 아닌가? 이러한 오물 속을뒹굴면서 우리는 전쟁이라는 사명을 위해 한마디 말없이 목숨을 바쳤다. 맨델이 있었고 여기저기서 농부며 병사가 죽었다. 그러나 근본적으로 휴전을 제기한 것은 정부가 아니었다. 그것은 프랑스였다. 그것은 명백한 사실이었다. 프랑스의 자본가들만이 한 것도 아니고, 군당국이나 장 프라보, 또는 페텡 혼자서 그런 것도 아니며, 전체 프랑스가 그들과 함께 한 일이었다. 그리고 스스로를 달래기 위해서 (나는 휴전에 반대하는 입장이었다) 이렇듯 저항할 수 없는 물결과 두려움에 대한 체념이 아마 어떤 종류의 중대성을 띠는 것이라고 스스로 생각하였다.

이런 일을 너무 가까이에서 들여다 본 것이 내 잘못이다. 가까이에서 보면 무엇이든 추한 법이다. 내 애인의 피부도 현미경으로 보면 광활한 자갈밭에 지나지 않으리라. 마찬가지로 짧은 기간 동안에는 모든 것이 다 추하게 보인다. 코를 풀거나, 어떤 제스처를 취하는… 파스퇴르의 스냅사진은… 아무 소용이 없다. 우리는 시간적으로나 공간적으로도 거리를 갖고 인간을 연구해야 하는 것이다. 가까운 거리에서 관찰한 인간은 부스러기들로 되어 있다. 본질적인 것은 볼 수 가 없다. 그러나 경주 결과는 실패였고 우리는 무기도 없는 전쟁을 했으며 지고 있었다. 겨우 스무 시간 동안 독일군의 진격을 늦추기 위해서는 우리는 2백만 명을 잃었을 것이었다. 우리들에게 내재한 어떤 직관적 본능이 그러한 쓸데없는 출현을 하지 않겠다고 거부하기도 한다. 2백만 명이 목숨을 잃었고, 포로로 잡혀간 사람이 6백만, 국외로 추방된 사람들이 3백만에서 4백만, 여기저기서 불쑥 나타나는 인구 이동의 유령들… 그리고 그 나머지들, 여자, 아이들, 노인들은 살아남아보겠다고 침입자에게 굴대 윤활유를 달라고 구걸하고 있다.

너는 절박한 필요가 어떤 것인지 알 것이다. 당당한 국가라도 암시장으로 방향을 돌린다. 러시아도 마찬가지라고 네가 내게 말했었다. 프랑스 국민들은 독일 군대가 그것을 막는 성벽을 쌓는 데 도움을 주기위해 힘을 모으는 것을 보고 나서부터 소리 높여 항의를 했다. 그럼에도 불구하고 그들은 세계의 질서를 교란시키는 무리라고 불렸으며, 그래서 그들은 돌멩이를 가지고 스투커 폭격기나 탱크에 맞서 싸우러 나갔다. 누구에게 감사를 표해야 하는가? 그들이 자신들의 본질을 다시 일어날 수 없는 깊은 구덩이에 던져 버렸었다는 사실을 어떤 신격(神格)의 탓으로 돌려야 하는가?

전투를 계속하기를 바라는 것이 내 행동노선의 일부였다. 마찬가지로, 1918년의 휴전으로 독일이 구제되고 적의 점령을 면하게 되었을 때, 국민들은 잠시 고통 받기도 했지만, 휴전의 성립은 독일의 자존심과 독일의 부경(浮競) 그리고 재건을 위해 필요한 조건들을 남겨 놓았음에 분명했다. 독일이 휴전협정에 조인(調印)을 했을 때, 그 휴전의 불법성을 비난하는 것이 누가 되었든 독일의 임무였음이 분명했다. 독일은 모든 것이 파괴되기 전에 항복을 했다. 하지만 독일 측에서 회복 할길 없는 물질의 손실과 불모를 의미하는 전쟁을 더 계속하기를 거부했을 때 독일의 가려진 양심은 죽은 것인가?

독일을 구제한 이 시기 상조의 휴전에 대해 프랑스에서 얼마나 많은 글이 써졌는가? 물론 그것은 전투에 대한 명백한 거부와, 더러운 것이든 어쨌든 간에 물질적인탐욕, 무정부론, 개인주의, 승리자에 대한 비굴한 굽실거림 (프랑스에서보다 더 형편없는!) 을 나타내는 것이었다. (휴전은 이곳 프랑스에서보다 그곳 독일에서 훨씬 더 축전(祝電)처럼 받아 들여졌다.) 우리의 휴전에도 역시 추악한 부분이 있었으며 그 추악함을 고양시키는 것도 있었다.

죽는 사람이 항복하는 사람보다 더 용감하다, 정복하지 못하면 죽음을 택하라, 터무니없는 주문이다…. 하지만 그것은 의인화된 이론이다. 개인에게 있어서는 의미를 갖는 어떤 것이 전체를 위해서는 정당하지 못할 수도 있다. 마찬가지로 한 세포의 조직체에게는 정당한 것이 한 복잡한 개인에게는 적용되지 않을 수도 있다. 성벽을 수비하다가 죽음을 당하는 개인에게는 어떤 장엄함이 있다. 그것은 희생을 만들어 내는 것이니까. 하지만 전 국민이 자살을 한다면 거기에 어떤 장엄함이 있을까? 너 자신도 그것을 원하지는 않을 것이다. 너는 죽음에 대한 두려움 때문에 어떤 식으로든 적에게 협조한 사람을 비난할 것이다. 하지만 너는 빌랑코트에서 일하는 노동자들더러 독일의 기계를 돌리느니 차라리 수십만 명이 하루에 집단자살을 하지 않느냐고 비난하지는 않을 것이다. 그렇게 되면 기계는 그대로 돌아가면서 공군에 의해 우리의 공장만 폭격을 당할 뿐이므로 그러한 제스처는 쓸데없는 것이라고까지 여길지도 모른다. 이건 역설이 아니다.

누군가는 공동의 이익을 위해 죽을 수도 있다. 그것은 의무이다. 하지만 모두 죽는 것은 터무니없는 것이다. 네가 프랑스를 위해 헌신을 한다면 너는 프랑스를 위해 죽을 것이다. 너는 너 자신보다 더 중요한 그 무엇을 위해 죽기는 하지만, 너의 종교가 되어 버린 것을 구하기 위해 그것을 죽이지는 않을 것이다. 집단 할복을 생각하는 발랑코트의 노동자들은 그들이 누구를 위해서 그 같은 희생을 해야 하는지 모르기 때문에 그런 생각을 중지하는 것이다.

노동자들은 심지어 기계들이 부서지기를 바라고 그들 자신이 열 명에 한 명꼴로 죽게 되기를 바라면서도 공장의 기계를 계속해서 돌릴 것이다. 왜냐하면 그때 생을 마치는 사람들은 다른 사람들을 위해죽는 것이기 때문에.

그러므로 뉴욕에서 있었던 그 논쟁에서, 프랑스가 누구를 위해 희생을 해야만 하는지가 결정되었어야 했다는 것은 지당한 말이다. 나는 '프랑스가 받아들인 희생의 분담'을 뜻하는 것이 아니라 '프랑스의 완전한 절멸'을 의미하는 것이다. 그것은 더 위대한 실재(實在)인 연합국 측을 위한 것이다.

"영국이 패배하지 않기 위해서는 프랑스의 모든 어린이들이 생명을 잃어도 할 수 없다."

보젤이 말했다.

아이가 없는 한 뻔뻔스러운 여성이 내게 이렇게 말했다.

"만약 내가 프랑스에 아이가 있다면, 그들이 굶어죽고 있다는 얘기에, 자랑스러운 마음이 들 것임에 분명합니다."

하지만 아이들이 누구의 이름으로 죽어야하며 프랑스는 누구의 이익을 위해 희생되는가? 그건 다른 사람들을 위해서이다. 하지만 이주자의 소일거리 정도밖에 안 된다. 마치 '저기 겨자 좀 집어 주세요.' 혹은 '겨자가 맵네요.'라는 문장들만큼이나 힘 안 들이고 쉽게 나오는 문장이다. '연합국 측'이라는 개념도 잠정적인 것이다. 네가 따르는 드골주의는 미국과, 아니 심지어 영국과의 전쟁을 준비하고 있다. … 국민들은 보다 완만하게, 그리고 보다 '확실하게' 생각을 한다. 새로운 신격은 국민들의 희생을 고무시켜 줄 만한 신성이 결여되어 있다. 구원되어야만 하는 실재는, 이미 망가지고, 분할로 인해 붕괴 위협을 받고 있는 프랑스인 것이다. 실재라는 것은 더 이상 지각되어지지 않는다. 보다 거대한 '연합국'의 실재는 인식할 수 있는 것이 아니다.

이렇게 장황한 수사학에 담긴 내 주장이라는 것은, 사람들이 프랑스의 하원이나 미국의 의회, 혹은 파시스트 의회 그 어느 것을 구현하는 것이 아니라 그것의 본질적인 가치를 체험한다는 것이다. 하지만 트레퓨엘, 파스칼, 앓고 있는 자식을 묵묵히 돌보는 어머니, 농성 중에 있는 노동자 집단에서 희생을 감수하고 기꺼이 제공하는 조력(助力), 이념과는 무관하게 베풀어지는 친절함, 이러한 것들은 마치 떡갈나무가 계절의 변화를 견뎌내는 것처럼, 이념에 우선하는 것이며, 정치적 변화를 넘어서는 것이다.

정책을 위해서는 어떠한 희생도 있을 수 없다. 단지 실재를 위한 희생, 그리고 그 본질이나 부분적인 본질을 위한 희생은 있을 수가 있다. 나는 내 동족의 자유를 위해 혹은 그 개개인의 자유를 위해 그리고 그리스나 이탈리아의 해방을 위해 헌신을 할 수도 있다. 우리는 보다 거대한 실재를 정복한 사람들이다. 나는 인간에의 숭배를 위해 내 나라를 회생했을지도 모른다. 하지만 그럴 때, 나는 인간의 미덕을 정치적인 상투어(常套語)에서 찾는 것이 아니라 본질적인 요소에서 찾으려 할 것이다. 인간의 생혈을 쥐어짜는 십자군은 오직 하나님에게만 바쳐질 수 있는 것이다.

지금은 똑바로 생각해야 할 때이며, 모든 시장 가치를 상실한 의미 있는 단어들을 수여해야 할 시간이다. 왜냐하면 우리가 직면한 문제들은 전혀 새롭고 복잡하고, 명예와 불명예처럼 서로 모순되는 것을 안고 있기 때문이다.

카사블랑카의 앙리 콩트박사에게

알제이, 1943년 11월 14일 C/O 펠리시에 박사

(항공우편을 이용해 주십시오. 그렇지 않으면 여섯 달은 걸릴 것입니다)

친애하는 나의 벗.

굉장히 우스꽝스러운 일이 내게 일어났다. 완전히 불이 꺼진 집의 현관을 걷고 있었는데, 전에 불이 켜져 있을 때 굉장히 우아하던 여섯 개의 대리석 계단을 그만 보지 못하고 말았다. 나는 졸지에 나 자신이 공중에 붕 뜨는 것을 느꼈다. 하지만 오랜 기간은 아니었다. 꽝하고 떨어지는 굉장한 소리가 들렸는데, 그것은 바로 나였다.

나는 인조대리석 계단의 두 모서리에 완전히 걸린 채 엎드려 있었다. 이 걸린 부분은 꽁무니뼈와 허리 부분의 5번째 요추였다. 그렇게 조그만 계단이 이 같은 큰 충격을 입혔는데, 계단들은 손상되지 않은 채 그대로였다.

나로 말하면 나는 조금씩 걸을 수가 있다. X레이는 아직 결과가 확정적으로 나오지 않았다. 치료를 위해서라기보다 호기심 때문에 (상태는 저절로 나아지는 것 같았다) 나는 이 척추뼈에 입은 작은 충격이 낙상 때문인지 너를 통해 알아보고 싶다. 내 미래의 해골인 X레이 사진을 일부 동봉한다.

그건 그렇다 치더라도, 나는 슬프다. 나는 카사블랑카와 말라케시 그리고 달리몬의 오아시스뿐 아니라 부드럽고 작은 룰리오트를 아쉬

위한다. 그 착한 양치기 아가씨는 레크러크 군대의 황소 같은 사내들 사이를 아주 우아하게 오가곤 했다.

여기서 점차로 아주 조금씩 조금씩 우리는 황금기로 돌아간다. 코트, 르 트로께, 페이유, 그리고 망데스 –프랑스는 좀약을 빼앗겨 버렸다– 하지만 그래도 곧 구할 수 있을 것이다. 감동스럽게도 세기가 변하는 것이다.

내년에는 많은 총격전이 있을 것이며 다소 우울할 것이다. 이 피어린 수확이 도대체 무슨 소용이 있을 것인지? 진짜 문제는 직면되지 않고 있다. 주의를 강요하기 위해 무력이 사용된다. 그 주의는 어디에 있는가? 드골장군의 천재성이야 어떻든 간에 (나는 차라리 그의 정치적 천재성을 믿는다) 그는 언젠가는 자신이 일으킨 격정의 방향을 잡아야 할 것이다. 그는 무엇이든 형태를 제공해야 할 것이다. 그의 기분이 어떠리라는 것을 나는 잘 알지만, 진실이란 감정에 있는 것이 아니라 정신에 있는 것이다. 그는 무엇을 낳아놓을 것인가?

그의 연설은 다소 내 감정을 만족시킨다. 하지만 감정이 관계된 것이라면 누구라고 동의하지 않을 것인가? 국가의 위대함. 우리들 중 가장 훌륭한 사람의 영향, 사회 정의… 누가 이런 것들에 반대를 할 것인가? 아니면 법과 질서, 문화, 만족, 그런 것을 누가 싫어할 것인가? 나는 그러한 목표에 동의한다. 하지만 중요한 요소는 그 목적을 달성하기 위해 사용되는 수단이다. '법과 질서', '정의', '문화' 그리고 '민족'과 같은 단어들은 어떠한 주의에서 추론된 것인가? 그런 단어들의 참 의미는 무엇인가? 이런 것들을 생각하지 않는다면 이러한 단어들은 무의미하게 남아 있을 것이다.

그리고 만약 그러한 문제들이 고려된다면, 이 단어들은 정확히 그

의미가 규정될 것이다. 모든 개념은 그 의미가 특수한 실제의 구조로부터 나온 것이 아니라면 공허한 것이다. 법과 질서, 정의, 문화, 민족, 모두 아주 좋은 것들이긴 하지만 어떤 주의에 따를 것이냐가 중요하다. 마르크스인지, 마인 캄프인지 아니면 성경인지? 누구를 쏠 것인지 결정하기도 전에 너무 많이 발사를 해버려서는 안 된다.

이슬람은 코란에 의거해 사람들의 목을 베었고, 프랑스혁명은 디드로에 의거해, 러시아에서는 마르크스에 따라 사람들을 처형했으며, 기독교는 바울의 사도서에 의해 자기자식의 목을 베었다. (결국 마찬가지다) 이러한 대학살을 정당화시키는 격앙된 감정은 정신을 마음대로 하기 위해 자연이 마련해 놓은 수단에 불과하다. 태초에 인간의 역사에 있어 감정이 어디로 향하고 있는지 그 방향도 알지 못한 채 감정을 위해 죽였을까? 내 사고방식으로는 열정이란 비록 그것이 고상하고 순수한 것이라 할지라도 눈이 먼 괴물이다.

조세프 케셀이 런던을 거쳐 프랑스로 돌아왔는데, 내게 3일 전에 이렇게 말했다. 우리에게 필요한 것은 피의 숙청이다. 그건 불가피한 일이고 언제나 그래왔다. 그런 후에야 앙리4세 같은 조정자가 등장하는 것이다.

바로 그 점이 틀렸다. 종교 전쟁동안 자극된 격정은 단지 지적인 논쟁의 결과였다. 칼빈 대(對)오합지졸이었지, 술에 취한 기마병 한 명이 다른 한 명과 상대하는 것이 아니었다. 성령이 일어날 때 (그럴 때면 언제나) 피를 흘리게 하는데 그런 사실을 의식하거나 그로인해 괴로워하지도 않는다. 유혈은 언제나 낮은 단계에서 일어난다. 디드로나, 바울, 칼빈, 마르크스, 혹은 오합지졸이나 공자 같은 사람들은 그 누구도 유혈을 생각하지 않았다. 그런데 마지막단계에서 그 성령이 인간의 발로 걸어 들어가는 것이다. 그러고 나면 맹목적이 되고 황폐시킨다. 낮은 단계에 감정을 불어 넣으면 그때 충격이 벌어진다. 선택의 여지가 없다. 일이 그렇게 되는 것이다.

　하지만 더 높은 단계도 있다. 다른 사람들보다 한 수 위거나 마음을 다스리는 정신이 있다. 그러므로 나는 내가 무슨 씨앗을 뿌리고 있는지를 알아야만 한다. 하지만 실제로 나는 아무것도 아는 것이 없다.

　가장 최근의 경전은 100년 전에 나온 것인데 그것은 마르크스의 '자본론'이다. 이 경전은 많은 유혈사태를 부르기에는 너무 낡아빠진 것이다. 어떤 경우에도 막시즘은 논쟁점이 아니다. 만약 드골 장군이 뭔가를 구축하려 한다면 그는 며칠 밤을 지새워야 할 것이다. 태초에는 경전이라는 것이 없었다. 그의 제자들이 마치 학생들처럼 아무렇게나 지어 놓는 것을 그가 막을 수 있을까?

　나는 장래에 대해 매우 근심이 된다. 하지만 우정은 남아 있을 것이며, 너는 내가 널 얼마나 좋아하는지 알 것이다.

생텍쥐페리

X 에게

알제이, 1943년 말(11월 중순쯤?)

…나는 꼼짝도 못하고 누워 있다…캄캄한 계단의 여섯 계단…나는 슈나이더랑 몇몇 친구들과 식사를 함께 할 예정이었는데, 계단이 있는 것을 잊어버리고 발을 헛디뎌 공중으로 붕 뜨고 말았다. 오래도록은 아니었지만. 나는 한 개의 대리석 계단 모퉁이에 꼬리뼈를 받히고 다른 계단에 다섯 번째 척추뼈를 받힌 채 쭉 뻗었다. 두 개의 받침점은 다소 딱딱한 것이었으나 이완을 흡수하기에는 너무 작았다. 꼬리뼈는 괜찮았지만 요추는 그렇지 못했다.

당연히 등뼈에 받은 충격은 머리에까지 미쳐 나는 5분 동안 계단 위에 멍하니 누워 있었다. 나는 등뼈가 아마도 그런 충격을 견뎌내지 못 할 거라고 중얼거렸다. 금이 갔음에 틀림없을 것이다. 그래서 나는 다리를 움직거려 보았다. 움직였다. 그러니까 골절된 요추는 골수가 없는 요추임에 분명했다. 그건 사실 먹을 수 없는 부분이다! 그 생각은 맞았다. 나는 그렇게 바보는 아닌가 보다. 다섯 번째 요추에는 골수가 없다.

그리고는 일어섰다. 금방 일어설 수가 있었다. 나는 전차를 향해 야금 야금 조금씩 걸음을 떼어 놓으며 저녁식사를 하러 갔다. 고통으로 보아 내 진단은 확실했다. 내가 말했다. "늦어서 미안합니다. 척추뼈에 금이 갔거든요." 모든 이들이 웃었고, 나도 웃었으며, 아무도 더 이상 내 척추에 관심을 갖지 않았다. 집으로 돌아오자 마자나는 펠리시에의 방문 밑으로 쪽지를 들이밀었다. "저녁식사를 하러 가기 바로 전에, 계단에서 굴러 떨어져서 척추뼈에 금이 갔습니다. 내일 아침에 좀 봐주셨으면 합니다."

괴로운 밤이었으며 아침 8시가 될 때까지 잠을 이루지 못했다. 그는 내가 쓴 쪽지를 읽어 보고는 병원으로 나가 버렸다. 그는 시간이 없다고 세베린이 말했다.

나는 당황했다. 다소 공식적인 점심 약속이 있었는데, 내 자신이 내린 진단만이 핑계였다. 그래서 나는 아주 아주 천천히 점심을 먹으러 갔다. 4시쯤 돌아오면서 나는 비참한 기분이 들었다. 그는 지금 진료시간이었기 때문에 나는 세베린한테 부탁해서 펠리시에에게 나를 좀 검사해 달라고 말하게 했다. 그는 요추를 만져보더니 말했다. "이것 보시오. 움직이지 않아요!"

내가 대답했다. "그래도 부러졌단 말입니다." 그가 웃었다.

내 말은 아주 잘난 체하는 것으로 들렸다. 그래서 겸손한 억양으로 말했다. "여기 이 고통은 어떻게 해야 합니까?"

그는 아주 지극히 간단하게 설명을 해주고 이러저러한 운동을 하라고 일러주었다.

내가 좀 머뭇거리는 것 같이 보이자 그는 낙상을 한 환자들을 수없이 보아왔고 심지어 어떤 사람은 기차에 부딪힌 사람도 있었는데, 요추 골절로 고통을 받지 않았다고 주장했다. 기차가 얼마나 무거운 것인가! 그것과 비교해 볼 때 여섯 계단은 어린애 장난 같았다.

그래서 나는 또 저녁을 먹으러 갔는데 더 천천히 걸었다. 나는 스스로에게 자꾸 이렇게 말했다. "이건 적절한 운동이 될 거야" 하지만 나는 정말로 그렇게 믿지는 않았다.

다음날, 소련 사람들이 어느 궁전의 아름다운 정원에서 성대한 연회를 개최했는데 마실 거라곤 오렌지에이드 밖에 없었지만 매우 품위 있는 파티였다.

장관들과 장군들, 그리고 알제이의 기독교인들이 모두 정원을 이리저리 거닐고 있었다. 그들은 명사들을 기다리고 있었다. "그들은 어디 있소?" 하고 그들이 말했다. 그들은 사실 바로 거기서 있었으나 존경할만한 은행가들처럼 보였다. 그들은 오렌지에이드를 돌렸고 이것이 기독교인들의 기분을 북돋웠다.

하지만 나는 의자도 없고 한 발짝도 떼어놓을 수가 없이 선 채로 곤경에 처해 있었다. 아는 사람 한 명이 지나가기에 내가 이렇게 물었다. "자동차를 가지고 오셨나요? 아니라구요. 그럼 저하고 몇 분만 같이 있어 주십시오! 여기 이렇게 혼자 서 있으니까, 영락없는 바보처럼 보일 것 같아요." 그건 사실이었다.

하지만 나는 당당하게 행동하려고 애쓰면서 출구를 향해 조금씩 움직여 갔다. 아주 조심스럽게 움직였으며 오보이누 장군이 결국 집까지 데려다 주었다.

부상에 대해서 내가 다시 한 번 펠리시에를 붙들고 늘어지자. 그가 말했다.

"하지만 심각한 타박상은 많이 아픈 법이오. 만약 정 믿지 못하겠다면. 방사선기사에게 가보시오. 아주 잘 보니까요."

나는 정말 믿지 않았으므로 그 방사선과 의사에게 갔는데. 그는 X레이 사진을 잠깐 보더니 이렇게 말했다.

"이렇게 걸어 다니다니 정신이 나갔소? 다섯 번째 요추에 가로로 금이 갔고 **뼈**에서 물이 나오고 있어요, 게다가 척추**뼈**들이 전부 왼쪽으로 몇 밀리미터 움직였소!"

"알겠습니다."

"척추골절은 웃을 일이 아닙니다. 3개월간 누워 있지 않으면 평생 꼽추로 지내야 할지도 모를 테니까요."

"알겠습니다."

"확실히 당신도 척추에 금이 갔다는 것을 느낄 수가 있겠죠?"

"네... 그렇습니다!"

그리고서 나는 펠리시에 박사의 집으로 돌아왔다. 나는 마치 금이 간 항아리가 된 기분이었다. 극도로 조심을 하면서 걸음을 떼어 놓았다. 내가 펠리시에에게 말했다.

"금이 갔습니다. 내일 X레이 사진을 보실 수 있을 겁니다."

"어떻게 금이 간 걸 알죠?"

"그 방사선 기사가 그렇게 말했으니까요."

"바보 같으니라구. 제멋대로 진단을 내리려는 못된 방사선 기사들이 있다니까. 사진이나 찍을 일이지!"

"저녁식사가 준비됐는데요."

세베린이 말했다.

"어디서 먹을까요?"

나는 피곤하고 아팠으며 힘이 없어서 눕고 싶었다. 하지만 나는 곧 세베린은 노인이며, 그 방사선 기사는 바보임을 깨닫고, 의자에 앉았다.

다음날 X레이 사진이 왔다. 펠리시에는 5분간 사진을 들여다보더니 방사선 기사가 내린 결론에 동의를 하고 말았다. 그리고 나서 냉정을 되찾으며 말했다.

"이건 유전입니다!"

"오, 왜 그렇죠?"

"그러니까 그렇죠."

"알겠습니다."

나는 내가 강구한 예방책이 우스꽝스럽게 여겨졌다. 하지만 고통은 점점 더 심해졌다.

"그래도… 그렇게 심한 충격에…"

펠리시에는 짜증을 냈다. 나는 아무것도 이해할 것이 없었다.

"5층에서 떨어지고도 긁힌 상처 하나 없는 사람도 보았습니다."

이것이 현재 상태이다. 나는 한 친구를 그 방사선 의사에게 보냈는데, 그는 다시금 척추 골절이라는 자기 진단이 맞는다고 주장했다. 그리고 내겐 고통이 있다. 그 점은 확실하다. 그 요추에는 골수가 없으니까. 어쨌든 결국 다시 붙게 될 것이다. 아마 견디기가 어렵겠지만.

 ° ° °

편지를 계속하겠다. 이건 2막이다. 움직일 수가 없었기 때문에 나는 군 당국에 보고를 해야 했다.

그들은 와서 X레이 사진을 가지고 갔다. 골절이라고 말했다. 공손하게, 나는 펠리시에에게 가 그들을 만나 보라고 했다. 그가 말했다.

"이 방사선 기사는 잘난 체하는 멍청이요. 병원에 가서 다시 X레이를 찍어보시오."

그는 친절하게도 나를 병원으로 데리고 가더니 군대의 방사선 기사에게 말했다.

"B박사는 바보요. 골절을 입었으면 이렇게 됩니다."

군대의 방사선 기사가 X레이 사진을 몇 장 더 찍었는데, 잘 나오지 않아서 다시 찍었다. 사진은 일본의 풍경화 속에 그려진 아침 안개 같았고 아주 아름다웠다. 그 아침 안개 사이로 하나의 동산, 즉 척추뼈일지도 모르는 어떤 것이 보였다. 군 방사선 기사가 말했다.

"저는 B박사와 생각이 같지 않습니다."

그러더니 그는 그 이유를 자세히 설명하는 것이었다. 이틀 전에, 선천적인 것이라고 그랬던 부분을 가리키며 그가 말했었다.

"이건 단지 천골(薦骨)이 돌출한 것으로 봐야합니다."

"사실이에요!" 펠리시에가 말했다.

골절이 아니었다면, 뭔가 다른 것이어야만 했고, 내 경우에는 그것이 천골 돌출이었다.

집으로 돌아오는 길에 펠리시에가 말했다. "보셨죠? 그는 -자기 생각대로 그렇게 말한 것이오."

"네, 그래요."

이것으로 군대에서도 골절이 아니라고 한 셈이 되었으며, 나는 회복을 위해 다시금 다각적인 검토를 했다. 나는 아직도 낫지 않았다.

◦◦◦

오늘은 내가 낙상한 지 이레째 되는 날이다. 나는 더 악화되지도 않고, 호전되지도 않았다. 하지만 펠리시에는 내게 심한 타박상은 완치되는데 세 달 걸리며 적어도 그 동안은 고통이 있다고 말했다. 어쨌든 나는 몹시 지쳐 있다.

펠리시에는 아직도 내가 확신을 갖지 못하고 있다는 게 느껴졌던지 진짜 골절상을 입은 X레이 사진을 한 장 가지고 왔다.

"진짜 골절은 이렇게 된 걸 말합니다."

그리고 사실은 내가 보기에도 그런 것 같았다. 척추 부분이 지그재그로 되어 있었고, 그 주위엔 온통 이빨크기만한 작은 조각들이 무수히 많았다. 내가 말했다. "이건 정말로 골절처럼 보이는군요."

나는 이렇게 생각했다. 만약 기차에 받히거나 5층 건물에서 떨어진 것이 아니라면 어뢰일 것임에 틀림이 없다. 손상 부분을 보건대 적어도 어뢰는 될 것이다.

희미하게 나는 이렇게 말했다. "그 사람에게서 남은 거라곤 그것뿐입니까?"

"뭐라구요?"

"이 척추뼈만 남아 있었느냐고요?"

그러자 그가 X레이 사진을 가지고 가버렸다.

그리고 현재 나는 두 가지 생각을 하고 있다. 아마도 뿔이 난 내 척추는 유해하지는 않을 것이다. 그러나 기분 나쁜 통증이 있는 게 불안하다. 나는 그 원인을 알고 싶다. 차라리 단순한 골절이었다고 판명되었으면 좋겠다. 그리고 요모조모 검토하고 있는 것에 대해서 이상한 죄의식이 느껴지며, 심지어 아무 잘못된 데도 없는데 침대에 누워 있다는 것에도 죄의식이 더욱 짙게 느껴진다. 그러니 어쩌겠는가?

나는 운명에 마음을 붙여야 할 필요가 좀 있다. 마치 신호등 앞에 영원히 굳어 버려 움직이지도 않는 기차 안에 내가 앉아있는 느낌이 든다. 나는 전투에 참여하고 있지도 않고 내 일을 하고 있는 것도 아니며, 아픈 것은 아닌데 그렇다고 건강이 좋은 것도 아니며 행복하지도 않고 불행하지도 않다. 그러나 자포자기한 상태이다.

절망이란 참 이상한 것이다.

나는 다시 태어나야만 한다. 만약에 세상이 오랜 세월 나를 내팽개쳐 두었더라면 나는 그걸 마음으로 환영했었을 것이었다. 그것이 정신의 운명이다. 마찬가지로 나는 P-38 라이트닝을 타고 계속 전쟁 임무를 수행하도록 허락되었더라면 하고 바란다. 그것은 군인의 운명이다. 나는 또한 절망적으로 사랑에 빠지기를 원한다. 그것은 마음의 운명이다.

희망 없이 사랑을 한다는 것이 절망이라고 할 수는 없다. 그것은 단지 인간은 영원 속에서만 재결합할 수 있다는 것을 의미하며, 그 길을 따라 조종사의 운명은 다함이 없는 것이다. 인간은 주고 또 주고 거듭 줄 수가 있다. 내가 무엇을 믿지 못하고, 신념을 갖고 있지 못하다는 것이 이상하다. 인간은 희망이 없이도 신을 사랑한다. 바로 그것이 지금의 내게 적절한 일일 것이다. 솔즈메와 그레고리안 수도원의 영창이.

그레고리안 성가, 그것은 큰 파도이다. 나는 종종 그것을 곰곰이 생각해본다. 1940년에 리옹을 떠나기 전에 나는 어느 일요일 오후 포비에르에 갔었다. 내 생각에는 그때가 저녁 종을 칠 시간이었다. 공기는 서늘했고 교회에는 성가대만 있을 뿐, 비어 있었다. 그리고 나는 내가 마치 배를 타고 있는 것 같다는 생각을 했다. 성가대들은 선원이고 나는 승객인 것 같았다. 몰래 탄 승객이었다. 내가 마치 무엇을 훔치러 거기에 숨어든 것 같은 생각에 얼떨떨해 있었다. 나는 결코 지탱해낼 수 없었다는 그 명백함 때문에 멍해진 것이었다.

나는 사람들에 대해 몹시 연민을 느끼는데, 왜냐하면 그들이 무엇인지 멍해 있기 때문이다. 하지만 그것이 무엇인지 나도 모르겠다.

왜 내가 이러한 고통을 맛보아야 하는가? 너는 내가 얼마나 두려워하고 있는지 모를 것이다. 내 척추를 말하는 것이 아니다. 그건 그럴만한 가치가 있었다. 충격이 굉장했는데 (머리에 받은 충격이) 그것이 내 생각을 명료하게 정리해주었다. 참 이상한 일이었다. 그건 내 신경까지도 정돈을 해주었으니까. 내 신경은 아주 팽팽히 긴장해 있었고, 너무 심하게 그랬기 때문에 두 페이지 이상을 계속해서 쓰면 손이 빳빳하게 굳어져오는 것이었다…. 그런데 낙상으로 인한 충격이 그 모든 것을 변화시켰다. 그것은 뭔가 얽혀 있던 것들을 쫙 풀어 놓은 것 같았다. 참 신기한 일이다.

어머니를 위한 또 하나의 기록이다. 이 모든 것이 얼마나 슬픈지 하나님께서는 알고 계시리라. 인간이 어떻게 하면 다시금 자신의 현재 위치를 알 수 있는가? 물론 그것은 불가능하다. 어디서 인간이 자신을 발견할 수 있는가. 가정에서? 관습에서? 오늘날에 와서 그건 어려운 일이며, 그렇기 때문에 모든 것이 더욱 견디기 어렵도록 괴로운 것이다.

나는 일을 해보려 하지만 잘 안 된다. 이 불쾌한 북아프리카가 마음을 못 쓰게 만들었다. 나는 한계점에 와 있다. -그것은 마치 무덤과도 같다. P-38 라이트닝을 타고 전쟁임무를 수행하는 일은 얼마나 단순한 것이었던가? 내가 비행을 하기에 너무 나이가 들었다고 결정을 내린 그 바보 같은 미국인들이 내 주위에 벽을 쌓아놓았다. D는 아무

것도 할 수가 없다. 어떻게 그가 할 수가 있었겠는가? 실제적으로 말해서 나는 내일을 두려워하고 있다.

나는 무엇이든 할 준비가 되어 있다. 나에 대해 말하자면 나는 완전히 희망을 잃은 상태이다. 나는 스스로가 좀 가엾다는 생각이 든다. 모든 사람이 안됐다는 생각도 든다. 내가 내 자신에게 내려지는 어떤 판정을 들을 때면, 다른 이들에게 내려지는 모든 판정들도 증오스럽다. 사람들이 절망에 빠져 있는 것은 당연하다. 그들은 햇빛을 잃어버렸다. 내가 누군가를 평가하는 점은, 그를 고양시킬 수 있는 기회라고 해 두자. 나는 누구에게라도 내가 받은 것보다 더 많은 것을 줄 수 있다. 나는 지극히 외롭다. 내가 누군가를 평가하는 점은 물에 빠진 사람을 수면 위로 끌어올리고, 그의 목소리에서 어떤 것을 듣거나, 그의 얼굴에 떠오르는 어떤 미소를 보는 기회에 있다고 해두자. 나는 감금된 영혼 속으로 빠져들고 있을 뿐이라고 해야겠다.

만약 네가 길을 잃고 방황하는 누군가의 신뢰를 잠깐 만에 얻어낼 수가 있다면 너는 그의 표정이 변하는데 놀랄 것이다. 아마 나는 지팡이로 수맥을 찾는 천직을 가졌나보다. 나는 이 세상을 깊이 들여다 볼 것이다. 완전한 사람들은 나를 별로 필요로 하지 않는다.

이런 말을 들었다. "물에 빠지고 있는 사람은 네가 생각하는 것보다 훨씬 깊게 가라앉는다." 그래서 나는 급하다. 이것은 광기가 아니다. 내가 수면위로 무엇을 가져올 것인지는 나만이 안다. 이 사실을 이해하기 위해 그렇게 오랜 시일이 걸려야 했다는 것이 이상하게 느껴진다. 하지만 나는 결코 행복이라는 선물을 받은 적도 없고 행복을 받아 줄 능력도 없다는 것은 사실이다. 만약 내가 행복하다면 그것은 마치 내가 잘못된 길로 들어서고 있는 것처럼 나를 두렵게 한다. 받음에 대해 말하자면 나는 별로 받을 것이 없다. 만약 내가 슬픔을 위로하거나 욕망을 채우지 못한다면 나는 잔인하게 보일지도 모른다. 마음과 육체에 대해 잔인한 것이 아니라 영혼에게 잔인한 것이다.

나는 나를 안내자로 사용하는 사람들에게 조금은 속해 있으며, 그들이 어디에서 왔든지 그렇다. 내가 스스로를 표현하기 위해 사용하는 어휘는 순수하게 종교적인 것이다. 케이드를 다시 읽으면서 그것을 깨닫게 되었다. 뭐라고 설명할 수는 없지만 우연한 일은 아니다 '지도자들이 지도자를 위한 자동차, 마차, 통행로?' 나는 이 이상의 것을 이해하지는 못한다. 다른 사람들이 나를 어떻게 대우하는지를 이해할 수 없다. 나는 보상을 받지 않는다. 그리고 어떤 것을 받을 만한 자격도 없다. 나는 아무런 자격이 없다.

사실 나는 나 자신에게 진절머리가 나는데 그것은 어떤 문제에 대해 내 생각을 제대로 표현해내지 못한다는 것에 대해 신물이 났다는 말이다. 나는 내 자신의 안에 갇혀 있다. 심지어 상징적으로도 그렇다. 내가 산사태에 대항해서 무엇을 할 수 있을 것인가? 나는 완전히 의기소침해 있다. 나는 필사적으로 쓰기를 원하지만 이곳의 기후는 내 건강에 극히 좋지 않다. 내 삶은 서서히 쇠진해 가고 있다. 이토록 지치고 이다지도 아무런 목적이 없었던 적은 없었다. 그것은 끔찍한 일이다. 오, 불과 두 달 전의 P-38작전 임무는! 그 멍청한 미국인들은 내게서 비행 임무를 박탈해 버릴 때 자기들이 무슨 일을 하고 있는지 모르고 있었다…

아내 콘수엘로에게

알제이, 날짜미상

뉴욕. 그 분열과 논쟁, 비난, 그리고 앙드레 브레똥과의 그 사건이 -이 모든 것이 최종적으로 내게서 기력을 빼앗아 갔다. 지겨운 일이다. 분명히 그건 사내다운 일은 아니다- 그건 잘못된 대수학이다. 그리고 그들도 모두 조금은 그랬다. 그것은 내 나라가 아니다. 나는 아게이의 평화로운 삶을 위해, 라자레프의 만찬을 위해, 혹은 네 오리를 위해 (그런데 너는 오리 요리를 잘못 했었다. 껍질이 벗겨지지 않았으니까), 또 어떤 본질들을 위해 기꺼이 죽을 수가 있다.

내가 사랑하는 것들의 본질, 충성, 단순함, 루주몽 (그는 좋은 친구이다) 과의 체스 게임, 성실성, 헌신적 임무 같은 것들이며, 모든 사람들이 거짓말을 하는, 인간적인 것과 거리가 먼 거짓된 게임은 아니다.

X 에게

9월, 1944년 2월 18일 수신

새벽 3시다… 나는 더 이상 참을 수가 없다. 내가 왜 이토록 지독히 절망적으로 비참해져야 하는가? 내 척추에는 정말로 금이 갔다. 펠리시에는 그 후 약 한 달쯤 지나서, 반박의 여지가 없이 명백한 X레이 사진 앞에서 억지로 그 사실을 시인했다. 그동안 나는 병상에 누워 있을 도덕적 권리가 없었으므로 (그랬다면 펠리시에가 모욕으로 여겼을 것이다) 마구 걸어 다녔었다. 중국식 고문을 받는 것 같았다.

그러나 다행히 운이 좋았던지, 이런 종류의 골절인 경우에는 걸어 다닌 것이 그리 큰 차이를 가져오지 않았다. (다른 사람들에게 물어보니까 그랬다) 하지만 나에게는 아직도 통증이 있다. 저녁 때는 아주 좋지 않았으나, 겨우 참았다. 내 사기는 전혀 좋지 못하다.

나는 이 시대를 참을 수가 없다… 모든 것이 점점 더 악화되고 있다. 정신은 어둠 속에서 무언가를 더듬어 찾고 있고, 심장은 얼어붙었다. 모든 것이 평범하며, 모든 것이 추악하다. 하지만 무엇보다도 한 가지가 더욱 나쁘다고 생각한다. 그들은 기쁨을 불어 넣지 못하며 재능을 끌어 내지 못하며 사람들로부터 아무 것도 끌어내지 못한다. 그들이 가지고 들어온 것이란 2류 학교의 재수 없는 학생 감독관과 같은 것이다.

그것은 마치 내 내부의 아픔과도 같다… 그건 참 이상하다. 내 전 생애를 통해 이토록 쓸쓸한 적이 없었다. 꼭 위로할 수 없는 비룡과 같다. 내가 치유될 수 있을지 어떨지 잘 모르겠다. 나를 치료해 줄 사람이 없다.

인간의 비열함이 이곳에 있다. 대륙의 쓰레기 더미다. 모든 것이 썩어가는 역사의 능선이다. 이 곰팡내 나고 편협하며 뒤떨어진 환경. 키를 잡고 있는 우스꽝스러운 허수아비. 만약 네가 그들의 집회를 볼 수만 있었다면 너는 울고 말 것이다. 그리고 그들이 짊어지고 있는 고통은 그러한 우스꽝스러움이 세상의 웃음을 자극하지 않도록 하는 것이다. 그것은 가공할 만큼 회화적이다. 사격을 개시하라는 허락을 기다리면서 그들이 취하고 있는 잘난 체하는 태도라니. 그들에게는 유머 감각이라고는 눈곱만큼도 없는 게 확실하다. 그래서 기괴한 불의가 이미 그렇게도 많이 저질러진 것이다.

이 모든 것은 어리석은 힘에서 나온다.

완전히 어리석고,

지독히 추악하고,

나는 신물이 났다.

요즘 들어 의사를 소통할 수 없다는 점과 시대가 나를 완전히 강타하고 있는 것이다. 이 모든 멍텅구리들로부터 떠나고 싶어 못 견디겠다.

이 지구상에서 내가 할 일이 무엇이 남았는가? 그들이 나를 원하지 않는다고? 오히려 더 잘 됐다. 나도 그들을 원하지 않는다. 내가 얼마나 동시대인으로서 패배를 자인(自認)하고 싶어 했는가? 나는 내 관심을 끄는 이야기를 할 수 있는 사람을 한 명도 만나 본 적이 없다. 그래서 그들이 날 미워하는 건지? 그저 지겨우며, 쉬고 싶을 따름이다. 나는 그의 채소밭을 가꾸는 정원사 노릇이나 했으면 좋겠다. 아니면 죽어 버리든지.

나는 지금까지 사는 동안 가끔 행복했던 적이 있었다. 그러나 오래 가진 못했다. 나는 왜 아침 한 나절조차도 계속 행복을 느끼지 못하는 것일까? 가장 마음을 짓누르는 것은 내가 바라는 것이 아무것도 없다는 사실이다.

내 슬픔은 손에 잡히는 것이 아니다. 나는 사회적인 고뇌를 참을 수가 없다. 마치 조가비에서 들려오는 듯한 소리로 가득 찬 나는 터지기 직전의 상태이다. 난 혼자 힘으로는 어떻게 해야 행복할 수 있는지를 모르겠다. 항공우편기와 함께였을 때는 삶이 즐거움으로 충만했었다. 얼마나 멋졌는가? 그러나 이제는 이런 불행을 더 이상 견딜 수가 없다.

아무런 믿음도 없이, 방 안에 갇힌 삶, 이토록 우스꽝스런 방 안에, 그리고 결코 내일이란 있을 수 없는 이 삶. 나는 이런 심연 속에서 더 이상 참아내질 못하겠다.

°°°

몇 가지 소식이다. 대단치는 않지만.

나는 R 장군을 만났다. (전에 비밀 첩보부원이었던 사람이다)

"안녕하시오. 생텍쥐페리! 그런데 조심하시오."

"왜요?"

"좌우를 잘 살펴야 돼요."

"무슨 소린지 모르겠는데요?"

"우린 서로서로에게 주의를 줘야 해요. 친구 사이에선 말이죠."

"고맙소."

그것이 그 남자에게서 얻은 전부였다.

그리고 우연히 로지에를 만났다. 아카데미 학장인 그 불쌍한 기생충 같은 인간 말이다. 그는 현 정권의 거물급 인사들 중 한 명이다. 그가 나를 보더니 아는 체를 했다.

"안녕하시오!"

"안녕하십니까?"

그러더니 다른 박사들 앞에서 큰소리로 떠들어댔다.

"어이구, 친애하는 페탱의 국민회의 회원 이시로구먼."

"제가요?"

"아무렴. 그렇지. 페탱은 아주 칭찬할만해요."

그러나 그와 함께 식사를 하던 박학박사들 중 한 명이 말했다.

"당신도 국민회의 회원이신가요?"

"물론이지, 당연하지 않소!"

어떤 돼지 같은 놈이 정한 그 기분 나쁜 약속을 기억할 것이다! 그리고 내가 얼마나 분노하여 즉석에서 거절해버렸는가도 아직 기억하고 있을 것이다. 그런데 이 모든 것을 설명해 보았자 무슨 의미가 있겠는가? 이 같은 선거의 열풍 속에서 설명한다는 것은 너무 힘든 일이다. 나는 다만 이렇게 말했다.

"바로 지금 당신이 악당처럼 굴고 있다는 것을 잘 알고 계시겠죠."

그것이 내가 말한 전부이다. 더 할 말이 무엇이 있겠는가?

나는 장벽이 더욱 견고해지고, 내 주위를 둘러싼 증오심이 한층 더 가중됨을 느낀다. 그러나 내가 햇빛을 포기하지 않으리라는 사실 또한 나 스스로 잘 알고 있다. 여기에 옴으로써 나는 내 발로 함정

안에 걸어 들어 온 것이다.

　나는 중상모략과 모욕, 그리고 이 견딜 수없는 무위도식을 더 이상 참을 수가 없다. 나는 사랑 없이는 살수가 없다. 그들은 단지 자기 자신들만 사랑한다. 이런 운명이 마치 산사태처럼 아래로 미끄러져 내려오는데 나는 그것을 막기 위해 손 하나 달싹 할 수가 없으니 얼마나 이상한 노릇인가. 나 자신을 책망할 것도 없고, 미워한다거나 악의를 품은 척 할 수도 없으며, 그렇다고 이기적인 수단도 취할 만한 것이 없다. 이득을 보기 위해서는 단 열 줄의 글도 쓰지 못한다.

　그럼에도 불구하고 나는 서서히, 그러나 아주 분명히 숨 막히는 듯한 기분을 느낀다. 정말 이상한 일이 아닐 수 없다.

　여행을 떠나면 괜찮을까? 하지만 나는 벌써 무릎까지 모래 속에 폭 빠져버렸다. 만약 어떻게 해서든지 여기서 발을 뺄 수 있다면 기적이라고밖에 할 수 없을 것이다. 내일이면 아마 배 위까지 빠지게 될 것이다. 그리고는 곧장 감옥행이다.

　그러나 바로 그 지점이 그들의 취약점이다. 왜냐하면 만약 내가 잠들기를 원한다면 누가 나를 말릴 수 있단 말인가?

　나는 내 책을 불살라 버리려고 한다. 만약 내 원고를 도둑맞는 것까지는 참는다고 해도, 그것들이 그들의 더러운 사무실 구석 어딘가에 처박히기를 원치 않기 때문이다.

　나의 슬픔은 도저히 말로 형용할 수 없을 정도이다….

　어쩌냐 하면, 나는 단지 삶을 이해하지 못하겠다. 밤이면 나는 모든 것에 관해 걱정을 한다. 내가 사랑하는 사람들, 나의 조국, 그리고 내가 아끼는 모든 것들에 대해서 말이다.

　나는 바로 지난 번 리비아에서 보낸 밤 동안 내게 찾아온 그 기적처럼 신비로운 평화를 잊을 수가 없다. 나에게 말을 하고, 내가 삶을 사랑할 수 있게 해주기를. 나는 카드로 속임수를 쓸 때면 행복해 보인다. 그러나 정작 내가 그런 속임수로 즐거워하는 것이 아니라 남을 웃길 뿐이다. 내 가슴 속은 얼음처럼 차갑기만 하다.

　나는 척추가 아프다. 펠리시에는 골절에 대해서는 약간 겁을 집어먹는다. 내가 생각하기에는 완전한 휴식을 필요로 할 만큼 심한 골절은 아닌 듯싶다. 다섯 번째 요추를 가로질러 난 골절이다. 그러나 나는 다른 것도 있다고 믿는다. 그리고 '초정밀 투과' 방사선요법을 신봉하는 펠리시에의 말에 대해서도 나는 시큰둥하다. 그는 "그 방법이 고통을 덜어 줄 거요."라고 말한다. 그러나 나는 신체적 고통 따위는 개의치 않는다. 나는 증후에 관심이 있다. 신체적 고통에는 어딘지 친근한 구석이 있다. 마치 친한 동료처럼 그것은 지극히 충실하다.

　내가 두려워하는 것은 정신적 괴로움이다. 이제 나는 더 이상 그것들을 견뎌내지 못하겠다. 그것들이 근심거리이다. 늘 되풀이 되는 똑같은 생각인 '구원'에의 희구, 그 생각에 사로잡히지 않을 수만 있다면. 나는 그로 인한 모든 불행을 내 가슴 속에 묻어 두겠다. 내가 두려워하는 것은 잠 안 오는 숱한 밤들이다.

　나는 내 책이 걱정스럽다. 이것을 어떻게 온통 더럽힐 수 있겠는가? 만약 칭찬할 만한 건덕지를 찾아내려고 마음만 먹는다면야 누구라도 얼마든지 찾을 수 있다. 로지에 장군이 그 점을 증명해 주는 가장 좋은 본보기이다. 그 때문에 나는 뼈에 사무치는 아픔을 느낀다.

그러나 적어도 가끔씩 나는 척추에 분명한 통증을 느낄 때가 있다. 물론 내 마음을 위로할 만큼 심하게 아프지는 않다.

오늘밤 나는 가슴이 터지도록 실컷 울어보고 싶다. 다만 그런 모습이 떠올리는 코믹한 면 때문에 그렇게 하지 못할 뿐이다. 이 싸구려 소극의 꼭대기에 로지에가 떡 버티고 올라 앉아 있다.

나는 확실한 사회적 감각을 지녔다. 나는 한 번도 이 점에 있어서 틀린 적이 없다. 2년 동안 나는 모든 것을 '알아' 왔다. 나는 나 자신에 대해서는 신경 쓰지 않는다. 나는 50만 명의 프랑스인들의 총화(總和)이다. 그리고 나는 내 생각이 틀림없다는 사실을 안다.

∘∘∘

3일 후, 날씨가 춥다. 척추가 욱신거린다. 펠리시에네 집에는 온기라곤 전혀 없다. (이 집에는 굴뚝이 없다) 이가 덜덜 떨리도록 춥다. 나는 잠옷 두 벌에 속바지 한 벌을 껴입고 실내복까지 걸쳤다. 이런 식으로 나는 밤을 편하게 보낼 수 있다. 온기가 없어서 골치를 썩는 건 낮 동안이다.

어쩌면 나는 감옥에 가게 될지 모른다. 자살하지 않고, 나는 알지 못하는 막대한 금액의 빚을 갚아야 한다.

로지에가 내 마음 괴롭히는 이유는 명예 때문이다. 나는 불명예를 좋아하지 않는다. 고문을 자행하는 자의 협력자로 감옥에 갇힌다는 사실 바로 그 점이 나를 괴롭히는 원인이다. 그것은 나의 신념과는 어긋나는 일이다. 아마도 자신이 믿는 종교 때문에 감옥에 갇히는 일은 가치 있는 일일 것이다. 그러나 다른 사람의 종교 때문에 내가 갇힌다는 것은 아무래도 이상하다.

감옥, 왜 안 되지? 나는 자살하고 싶어서 몸부림을 치는 것임에 틀림 없다. (아마도 이것이 나의 고민인 것 같은데, 나는 암만 해도 이 고민을 떨쳐 버릴 수가 없다) 문제는 이것이다. 즉, 내가 얼마나 더 견디어 낼 수 있는가? 어쩌면 내가 생각하는 것보다 훨씬 더 오래 갈지도 모르겠다. (그러나 나는 지금까지 이미 오래 참아 오지 않았던가!) 아마도 이런 게 신성화란 건가 보다.

누구 말대로, 신이여 만수무강하시기를.

내가 글 쓰는 법을 건성으로 배웠다면, 그 이유는 내가 언제나 고통스럽게 나의 잘못들을 인식하기 때문이다. 어느 구절 하나 확실한 것이 없다. 나의 옛 격언은 허튼 소리가 아니다. 나는 어떻게 글을 쓸지는 모른다. 다만 어떻게 고치는지만 알뿐이다.

한마디로 말해서 '드골주의'랄까?

'개인들'의 집단이 패전한 프랑스 밖에서 싸운다. 프랑스는 자신의 본질을 지켜야만 한다. 그것 모두 훌륭하고 좋은 일이다. 프랑스는 싸움에 참가해야만 한다.

그리고 이 외국 군대의 장군이 우리를 병사로 거느린다. 그러나 '개인들'의 집단은 그것이 바로 프랑스를 대변하는 줄로 생각한다.

그들은 그들 자신의 희생보다는 덜한 희생을 치러서 뭔가 이득을 보려고 한다. 하지만 정작 참된 희생이란 말은 아무런 이익을 보지 못했을 때만이 가능하다.

이 집단은 프랑스 밖에서의 전부에 참가하여, 정상적인 '외국 군대'를 형성하는데 이바지하였다 하여 미래의 프랑스를 지배함으로써 보상을 받고자 한다. 그건 말도 안 되는 짓이다. 희생의 본질적인 특성이란 아무 권리도 요구하지 않는 데 있다. 그것이 주된 요지인 것이다.

그러나 미래의 프랑스가 만약 다시 일어난다면, 죄수들, 인질들. 그리고 굶어 죽은 어린아이들을 만들어낸 바로 그 본체로부터 일어날 수밖에 없다는 사실은 진정 부조리한 일이다. 그것 또한 본질적인 문제인 것이다.

그들의 의회라? 그들은 썩 훌륭하게 연기해내고 있다. 단지 그들이 상연해내는 극이 우스꽝스러운 것이다. 그들은 자기네가 곧 프랑스라고 믿고 있다. 그러나 그들은 프랑스인일 뿐이다. 그건 서로 전혀 다른 문제가 아닌가!

o o o

미국에서 돌아온 콧이 거물급 인사에게 한 말.

"잘못 생각하고 계십니다. 미국은 중요합니다. 루즈벨트는 모든 공화주의자들을 한데 묶은 것보다도 더 프랑스적이죠. 프랑스의 국익을 위해서라도 루즈벨트를 비난할게 아니라 적극 지지해야 합니다. 우리는 미국에 대해 우호정책을 개시해야만 해요."

"어쨌든 미국이 우리에게 도움을 주긴 했지!"

말할 수 없이 지겹다. 다리를 겨드랑이에 껴 넣고 돌아다니는 사람들이란 그들은 바라 봐야만 하는 사람들의 눈에는 너무나 지겹게 보인다.

○○○

당신이 내게 편지했었다고? 그렇다면 뭐라고 했지? 나는 내 편지에 대한 답장을 받은 일이 없다. 편지를 누군가에게, 심지어 배달원에게도 맡기는 일은 피해야 한다. 사람들은 게을러서 일단 이곳에 닿아야 편지를 부친다. 차가 없기 때문이지. 그건 마치 포스터를 발행하는 거나 마찬가지다.

○○○

"그 자식 큰일 날 놈이야. 안됐지만 총살감이라고."

"왜?"

"드골장군이 미국에서 인정받지 못하는 게 다 그놈 탓이라고."

정말인가? 얼마나 추켜세우는 말인가? 나는 내 자신에 대해 상당한 흡족감을 느낀다!

오, 주여, 인간들은…

뚱뚱한 천치 S녀석.

"그들은 브라질에서 당신을 총살시키려고 했어."

"정말이오?"

그는 언제나 바보천치이다. 그러나 살이 찌기 시작한 것은 최근의 일이다. "살찌는 것은 창피한 일이다." (이건 무슨 표어처럼 들린다.)

그는 그것이 자기 때문이란 말을 잊지 않고 있다. 뚱뚱한 천치 녀석 같으니라고. 미국에서 그가 날 화나게 만든 일 중 하나는 그가 자기 연설 속에서 『아라로의 비행』을 잘못 인용한 일이었다! 그는 자신의 어리석고 약점투성이 정책을 옹호하기 위해서 논쟁의 원인을 그 작품 탓으로 돌렸다. 이 벌레만도 못한 S녀석은 헨리 하이에 보다 한 치도 나을게 없는 놈이다. 뭐라고 한 마디만하면 온갖 잡종 녀석들이 우르르 몰려들어 당신을 재집결의 신호로 높이 치켜세운다고 생각해보라. 남미에서 일어난 반동들과 파산자들은 온통 드골주의자들이었다. 그 점이 그들의 능력을 한층 더해 주었다. 협력파 기생충 자식들은 『아라로의 비행』을 도용하려고 했다. (원전을 형편없이 왜곡해서 말이다) 인간들이란 그런 것이다!

°°°

집단의 지휘자가 히틀러의 초상화 앞의 어중이떠중이들 사이에서 말했다.

"없어진 못들을 새로 박으시오! 그리고 유리와 액자틀을 해 넣어요. 최소한 장식적 효과는 있을 테니."

"최소한…" 그 말 때문에 그는 유치장에서 두 주일을 보냈다!

한 육군대령은, 다카에 운집한 사람들 속에서 이렇게 말했다. "뛰니

지의 군대에는 드골 부대의 병사들보다 더 많은 수효의 부상병들이 있어요."(그 말은 사실이다)

그 육군대령은 강등되었다. 그들은 불경죄와 신성모독죄를 다시 창안해내었다. 아주 순수하고 단순한 나치즘이라 하겠다.

그 같은 상황 하에서 어떻게 견뎌 나가기를 원하는가?

"슬픔이 나를 정신없이 놀래킨다."

나는 이 말이 무슨 시구라도 되는 듯이 혼자 조용히 중얼거렸다 나는 조금 불평이 하고 싶다. 내가 리비아에 대해서 쓴 글은 모두 사실이다. 마지막 날 아침 낙하산이 바싹 말라 버린 것을 보고 나는 곧 죽을 거라고 생각했다. 나는 꼼짝 않고 내게 빛을 주는 것처럼 여겨지는 문장 하나만 되풀이 말하면서 10분 동안 나 스스로를 위로했다.

"여기 메말라 버린 심장이 있소 눈물 한 방울 조차 흘리지 못할 정도로 바싹 말라 버린 심장이 있소."

그리고 지금 나는 침대에 웅크리고 누워 잠들기를 청하면서 한 동안 다음과 같이 조용히 중얼거리면서 나를 달래 보려고 하였다. "슬픔이 나를 깜짝 놀래킨다."라고.

그러나 그런 구절들은 중국의 물고기 같다. 일단 한 번 물 밖으로 나오면 더 이상 아무것과도 닮지 않게 된다. 그래서 그것은 꿈 바깥에 있다…

그럼에도 불구하고 사실임에는 틀림없다. 슬픔은 나를 깜짝 놀래킨다….

크리스마스 이브

1943년 12월 24일

라 몰의 엠마누엘 삼촌 댁에서는 크리스마스 날이 되면 아주 놀랍게 꾸민 외양간을 볼 수 있었다. 그 안에는 양들, 말들, 소 한 마리와 목동들, 그리고 나귀 한 마리, 또 말보다 몸집이 열 배나 더 큰 세 명의 동방박사들이 있었다. 그리고 내게는 무엇보다도 뜨겁게 달아오른 밀초향(Wax Candle)이 모든 축제일의 정수로 느껴졌다.

내 나이 다섯 살이었다. 조그만 어린애 한 명이 태어난 것에 대해 세상 사람들이 보이는 감사의 마음은 정말 이상스러울 만치 각별하다. 그것도 2천 년이나 지난 지금에 와서 말이다! 인간들은 그 탄생이 마치 나무가 열매를 맺듯이 무슨 기적을 가져 오리라고 믿으면서 한데 모여 들었다. 그것은 시 같은 얘기다.

동방박사들의 이야기는 전설일까. 아니면 진짜 역사상의 인물일까? 어쨌든 아름다운 이야기이다.

이상하게도 나는 감옥 생각을 하였다. 나는 온 몸을 쭉 펴고 누워서 내가 도망치게 해줄 수 있는 카드놀이를 생각해 내려고 애쓰면서 이런저런 생각에 잠겼다. 이것저것 하다보면 한 판 얻기도 하는 법이다.

하지만 이런 불길한 패가 나왔으니 나는 도망치지 못할 것이 틀림없다. 그렇다고 내가 도망가려는 충동을 느끼게 될 거라고 생각지도 않는다. 그냥 비참한 종말까지 참아내는 거다. 도망친 죄인은 그의 운명을 벗어나, 더 이상 어디에도 실존하지 않는다. 그는 의미 있는 존재이기를 그만둔 것이다.

코르니글리온 몰리니에는 내게 1월이나 2월쯤에 자기와 함께 러시아에 가면 어떠냐고 제의했다. 나는 그러자고 했다. 아, 물론 나는 어딘가에 있긴 있어야 하고, 적어도 그곳에서는 전쟁에 관한 한 내 나이가 문제되지 않을 것이다. 그때쯤이면 이 알제이의 시궁창에는 무슨 일이 벌어질까?

***

등의 통증이 점점 더 심해지고 있다. 나는 여전히 펠리시에가 권하는 '초정밀 투과 방사선 요법'을 거부하고 있다. 골절 치료에 방사선을 쓴다는 생각만으로도 나는 화가 치민다.

내가 더 이상은 보병에 쓸모가 없는 인간이란 사실이 분명하다. 그러나 나는 한 번도 걷는 것을 그렇게 즐겨한 적은 없다. 두 발로 걷는다는 것이 항상 힘들고 거북했다. 겨우 스물다섯 살 때 류머티즘에 걸려 4년이나 고생을 했다.

어쩌면 비행기란 내게 묘한 보상이었는지도 모른다.

물론 나는 일해야 한다. 그러나 어디서? 그리고 어떻게? 그리고 내가 나의 온갖 노력을 불태워야 한다면 그건 또 왜인가?

아마 아무런 일도 일어나지 않을지도 모르지만, 그렇다고 해서 내가 잘못한 것은 아니다. 당신네들은 그곳에서 그렇게 오래도록 살아왔으니. 내가 처음 얘기했을 때 말없이 웃어넘기기만 하던 이 증오심을 어느 정도 알아 차렸음이 분명하다. 그들은 단지 미국에서 그들이 반대에 부딪칠 것인가 아닌가를 요리조리 재보고 있을 따름이다. 그게 전부이다. 그러나 그것에 관해서라면…

그런 증오심이 로지에 같은 위인에게서 터져 나왔다면 그건 참으로 당연한 일이다. 그는 내가 자기를 경멸하는 만치 나를 증오하는 것에 지나지 않는다. 그의 모든 사고방식, 사람들을 대할 때의 그 위선적인 태도 아무것도 이해하지 못하는 주제에 모든 것을 해결하라고 명령이나 내리는 터무니없는 엉터리 전문지식, 그리고 천박하고 우둔하기 짝이 없는 행동만을 뭐 큰일이나 하는 것처럼 묵묵히 수행하는 우스꽝스런 꼬락서니 등 그의 일거수일투족이 모두 나를 구역질이 나게 만든다. 도대체 그 작자가 한때 어린이였던 적이 있었다고 생각할 수 있겠는가? 도저히 불가능한 생각이다. 그는 외알 안경을 끼고 태어난 게 틀림없다.

하지만 고매하고 정직한 인간이 내게 이런 증오심을 나타낼 때면 나는 형편없이 기가 꺾이고 만다. 연인들 사이에 오해라도 생겼을 때와 같이, 나는 말의 무력함을 견딜 수가 없다. 나는 내가 표현한 글에 대해서 무조건 믿음을 상실해버린다.

나는 늘 말이란 거북이들 간의 사랑과 같다고 생각해 왔다. 아직은 잘 조율이 되지 않은 어떤 것이랄까. 한 3천만 년이나 지나면 화음이 맞을는지. 만약 그렇다면 매우 우아함을 지니게 될 것이다. 그저 약간의 암시 정도만으로도 상대방을 잘 이해할 수 있을 만큼 말이다.

그들은 사물을 이해하기 위해서 서로 다른 두 진영을 가지고 있는 것이 분명하다.

S는 내 편이다. 내가 드골파가 아니기 때문이다. 하지만 나는 그의

편이 아니니 좀 유감이다. 전에는 나는 이 줏대 없이 흐느적거리는 주교 양반을 잘 알지 못하였다. 이 양반은 그야말로 미적지근한 달팽이와 다름없다. 나는 미적지근한 것을 극도로 싫어하는 성미다. 브라질에서 보여 주었던 그의 태도는 참으로 형편없는 것이었다. 온갖 잡것을 다 삼켜 버린 병균투성이의 쓰레기통이다. 그는 '나를 자기 결로 만들었다' 얼마나 통탄할 노릇인가! 그러나 막을 수는 없다. 누구에게나 해충은 꾀기 마련이니까.

타인들에 대한 걱정이 생길 때마다 매번 나는 날카로운 비수로 찔리는 듯한 아픔을 맛본다. 문득 내가 사랑하는 어떤 이가 '자신을 보호할 무기라곤 네 개의 작은 가시밖에 없는 상태에서' 그녀만이 처할 수 있는 특수한 위험에 둘러싸인 모습으로 떠오른다. 그러고 나면 또 다른 사람이 나타난다. 그러나 나는 한 번에 여러 방향으로 헤엄쳐 나갈 수가 없다. 아이, 차라리 아예 헤엄치지 못한다는 말이 맞겠다.

그러나 확실히 감옥은 수도원 같다. 만약 내가 가장 불행한 사람이라면 이곳에서 마음의 평정을 얻을 수 있었을는지도 모르겠다. 그리고 아주 이상하게 들리겠지만 내 척추의 고통이 조금씩 나를 안심시키는 원인도 바로 그 같은 점에 있다. 나는 만약 고통이 극심하다면 내 마음은 완전히 평정을 유지할 수 있으리라는 것을 잘 안다.

그리고 만약 내가 죽게 된다면 보살핌을 받는다는 기분을 갖고 싶어 하리라는 것도 안다. 그것은 어린 시절로부터 받은 버릇이다. 어릴 때 잠자리에 들 때면 언제나 입맞춤을 하고 이불 속에 뉘어지곤 하였다.

그러나 다른 것도 있다. 갑자기 어느 여자, 혹은 어느 남자가 온통 '똑같은 한 사람'으로 다가온다. 모든 사람들이 비슷해 보이는 것이다.

마치 솔즈메의 수도원에서 보면 선과 악, 태어나는 것과 죽는 것조차 비슷하게 보이는 것과 마찬가지 현상이다. 어떤 의미에서 보면 죽음은 결혼과 같다. 리비아에서 보낸 마지막 밤 동안에는 내가 사랑하는 모든 것이 '가까이 손에 잡힐 듯이' 느껴졌다.

참으로 이상한 일이다.

네 편지들 중 하나를 내게 건네주려고 나를 찾는 것 같다. 나는 배달원을 찾으려고 한다.

나는 몇 가지 일을 생각해 보았다. 시리우스 좌(Sirius座)에서 바라보면 편지 한 통으로 사람 마음이 금세 바뀌는 것이 참으로 신기해 보인다. 이런 일은 음악을 통해서도 일어난다. 누군가 바하의 음악에 심취하게 되면 그는 태도에도 변화가 오게 된다. 만약 누군가 죽게 되었다면 그의 죽음은 물론, 그의 행동, 그리고 그의 불행까지도 전적으로 다른 양상을 띠게 될 것이다.

'증인'이 갖는 유별난 가치 -그것 또한 매우 이상하다. 사실 그가 내게 말할 때 나는 요한 세바스찬 바하로부터 인정을 받는다.

전날 나는 매우 감동적인 편지를 한 통 받았다. 편지를 보낸 이는 나를 '인정해'주었다. 그리고 그 편지는 어떤 감옥의 벽보다도 더 강력할 것이다. 거기서 발하는 빛은 어떠한 감옥도 녹여 버리고 말 것이다. 그 편지를 쓴 사람을 위해서 내가 기꺼이 목숨을 버릴 정도는 아니다. 그렇지만 이 사람은 일종의 보편적인 중요성을 지녔다.

그리고 신은 그것으로 위협받는다. 그리고 바하에 대해서 내게 편지를 쓴 또 다른 사람에 의해 협박받는다. 단순히 '존재하시는' 신, 바하는 이 편지가 성취한 만큼 그도 성취했을 것이다. 그것은 실제로는 크게 다르지 않다. 또한 내가 그녀 없이는 더 이상 살 수 없는 것처럼 보이는 것은 물론이다. 그러나 만약 다른 사람이 편지했다고 하더라도 그 사람 없이 살 수 없기는 마찬가지일 것이다. 나는 즉각 중얼거린다. '그것이 내가 갈망하는 것이다.' 왜냐하면 갈증을 품어줘야 할 곳이 바로 거기에 있기 때문이다.

그러나 만약 그것이 바하의 음악이거나, 아니면 15세기의 민요였다 하더라도 역시 나는 '그것이 바로 내가 애타게 갈망하는 것이다.'라고 말할 것이다. 그리고 종국엔 나의 갈증이 그들 모두를 지나고, 또 모든 바하 음악들을 넘어서 내가 감지할 수 없는 본질적인 공통분모에 도달하게 될 것이다.

○○○

미국에서 내 책만 빼고 모든 책이 도착했다. '북아프리카 내에선 금지'

○○○

나는 잔인하게 고통 받고 있기 때문에 아주 좋은 본보기이다. 오해와 근심거리가 마치 비수로 찌르듯이 끊임없이 내게 상처를 입힌다. 어떤 말들이 나를 즉시 위로해 주기도 한다.

나는 그것이 개개인들의 문제라고 생각한다. 나는 사랑의 환상을 지녔다. (나는 물론 증오의 환상을 가질 수도 있다. 그리고 나는 L처럼 이해하지 못하거나, 아니면 소문이나 퍼뜨리는 치들을 항상 미워한다) 그러나 환상이란 것도 그 같은 사랑이나 미움을 어느 특정 개인에게 주는 것이다. 오래 살면 살수록, 가상적인 것은 사랑이 아니라 오히려 그것의 대상이란 점이 내게 분명해졌다. 다만 길이 놓여 있을 뿐이다. 그리고 그 길들을 따라가는 사람들도 비슷비슷하다. 나는 특정 개인에 대해서는 금세 지루함을 느끼게 된다. 모든 사람이 저마다 기도를 드리는 교회일 뿐 하루 종일에 해당되지는 않는다. 신이 오락가락 하신다.

개인이란-한 시간 동안의 기도와 같다. (그러나 그들은 얼마나 소수인가!)

이런 얼마 안 되는 일순간들을 제외하면 나는 놀라운 정도로 혼자이다.

이 세상일들 중 진정으로 내 관심을 끄는 유일한 것은 다만 순간순간에만 분명해졌다가는 사라져 버려서, 나는 그것을 붙잡을 수가 없다. 음악, 그림, 혹은 사랑으로 인해 불붙는 열정. 내가 한 해의 의미를 몽땅 한데 모아 구현하는 크리스마스에 대해서 그토록 자주 생각하는 것도 바로 그 때문이다. 어쩔 수 없이 나머지 한 대는 온통 공허해 보일 수밖에 없다는 것을 나는 안다. 이 축제일을 빼고는 아무런 의미가 없는 것이다. 나는 축일(祝日)을 만드는 재료들로는 아무것도 판단할 수가 없다.

그렇기 때문에 나는 그들이 길거리에 흩어진 돌멩이들이나, 그렇고 그런 몸짓들을 분석하는 따위의 짓거리를 하면 질색을 한다. 그 말들하며 몸짓들이 모두 견딜 수 없이 추해 보이기 때문이다.

그들은 내가 '이것'을 비난하지 않는다고 하여 나를 책망한다. 물론 나는 그것을 비난한다. 그러나 그 반대되는 것과, 그것에 얽힌 모든 것들, 그리고 달랑과 로지에 또한 비난한다. 더군다나 나는 한 사람을 섬기기 위해서 또 한사람을 추켜올리는 짓은 못한다. 그들은 똑같은 부류의 인간들이다. 둘 다 저열하기는 매한가지이다.

누구에게든 그들도 알아차리지 못하는 새에 어떤 운명 같은 것이 그들 몸속을 관통해 흐르는 것을 느낀다. 만약에 모든 인간들의 움직임이 세금과 치안유지의 수준으로 저열하게 변질된다면 그리고 만약 모든 신들이 해충으로 괴롭힘을 당한다면 또, 성당이 사창굴을 만들 때 쓰인 돌과 똑같은 돌로 지어진다면 그렇다면 내게 잘못이 있단 말인가? 나는 로지에 같은 인간이, 페이루통이 로지에를 미워하는 이유만큼이나 남을 미워할 만한 무슨 이유를 가졌을까 하는 점에 대해 조금도 신경 쓰지 않는다. 어떻게 그런 작자들이 그들의 그 꼴불견스러운 언쟁의 범주 너머에서 벌어질 수 있는 것을 한 치라도 내다볼 수 있겠는가?

나는 그들의 시시한 분쟁 따위에는 조금도 개의치 않는다. 나는 다만 보이지 않는 목표를 열렬히 소망할 뿐이다. 그렇다고 해서 내가 그 목표를 달성할 무슨 방도를 알고 있다는 뜻은 아니다. 단지 그 작자들의 저열한 놀음이 내게 구역질을 나게 한다는 소리다.

그가 여기에 왔다. 그 같은 종류의 악당이나 그 부인을 내가 참지 못함에도 불구하고 그는 내게 꽤나 인상적이었다. 그런 치들은 죄다 마약에 홀딱 빠진 영웅들, 악당들, 암거래꾼들이가 십상이다. 하지만 멋지게 내뱉는 모욕적인 발언이나 단정적인 말, 그리고 중상모략들이란 언제 들어도 인상적이기 마련이다.

도대체 어떻게 하면 내가 그보다도 훨씬 더 깊이 비시정부를 증오한다는 것을 설명하기만이라도 바랄 수 있겠는가?

성령으로 불타오른 사람들이 화형을 당하거나 참수형을 당하거나, 아니면 십자가에 못 박히기 전의 재판동안에 왜 그렇게 하나같이 침묵을 지켰는지를 이제야 이해하겠다. 성령은 말로는 도저히 표현할 수 없는 정열을 불러일으킨다.

설사 내가 건물을 짓는 석조 더미만 보고도 그것으로 이루어질 대성당의 모습을 뚜렷이 그려 볼 수 있다한들, 실제 성당을 세우기 전까지는 내가 어떻게 그것을 다른 사람들에게 보여줄 수 있겠는가?

사실, 나는 죽이고 싶지 조차 않다. 다만 어깨를 움찔해 보이고는 혼자 속으로 슬퍼할 뿐이다.

1944

Antoine de
Saint—Exupéry

어머니에게

1944년 1월 5일

사랑하는 어머니, 디디(Didi)와 피에르 -사랑하는 모든 이들이여. 어떻게 지냅니까. 무엇을 생각하며, 어떻게 살아가고 있는지? 이건 겨울은 몹시도 슬픕니다.

그럼에도 불구하고 몇 달만 지나면 저는 온 마음을 바쳐 당신들의 품 안에 안기기를 바랍니다. 사랑하는 어머니. 어머니와 함께 난롯가에 앉아 제가 생각하는 것을 이야기해 드리고 어머니의 말씀을 최대한으로 반대하지 않으며, 어머니의 말씀을 듣고 싶습니다. 어머니는 인생의 모든 것에 대해 항상 옳으셨으니까요.

사랑합니다. 어머니

앙투안느

X 에게

1944년 1월10일, 알제에서

다시 메신저를 보았다. 기묘하군. 나는 그녀의 작품을 알고 싶다. "나는, 나는, 나는"은 피곤하다. 가장 얄미운 '나'는 "내가 말했다"이다. 그녀는 대통령, 국왕, 경관과 소령, 소방수나 거리청소부에게 자유롭게 자기 의사를 이야기했다.

용기, 그런 강한 개인들은 보통 용감하다 -반항심이 있다. 그녀는 왕정 국왕도, 경관도, 소령, 소방수, 거리청소부도 문제 삼지 않는다. 그녀는 알제가 견디기 힘들다고 생각한다. 그녀가 분명 옳겠지. 그녀는 미국인도 일본인도 모나코나 베리의 시민도 흑인도 인디언도 힌두족도 러시아인 독일인 화성인 캐너커 사람(Kanaka)도 어쩔 수 없는 사람들이라고 여긴다. 하나님 맙소사, 그녀는 얼마나 지겨운 존재일 수 있는가?

그녀는 분명 레지스탕스에게 큰 몫을 하고 있었겠지. 이런 사람들은 용감하게 게슈타포(Gestapo)의 코앞에서 단선 라디오를 옮겨 다니지. 그녀와 같은 사람은 남성적인 용기를 가졌어. 그녀가 하는 일이 가치가 있을지도 모르지만, 그녀가 말하는 것은 별로 흥미롭지 않다.

그녀는 나에게 그녀가 전한 정보를 믿지 못한다고 했을 때 얼마나 기분이 나빴는지 장황하게 늘어놓았어. 그녀는 영국 고가도로의 폭탄 투하에 대해 정보를 전했는데 그들은 그녀의 말을 듣지 않았어. 그들은 단지 그런 일이 없는데도 엄청난 재난을 알려 주는 그런 사람들 말만 믿었어. 그녀에게는 충분한 증거가 있었지… 하지만 공중 촬영 사진이라는 것이 있었다. 그 사진들은 이상할 정도로 정확했고 어떠한 부분을 감시하는 것보다 훨씬 자세한 정보를 알려 주었어. 그리고 그것이 훨씬 빨랐으니까.

그녀나 그녀의 라이벌들은 아무 말을 해도 신용 받지 못했어. 정보국은 조용히 공중 촬영 사진을 입체화시켰다.

마음의 적당한 안정, 하지만 지친 채로.

오늘 밤 나는 화가 났다. 내일이면 슬퍼지겠지. 나는 지난 달 동안 일했던 작품에 아무런 소득도 얻지 못했기 때문에 화가 났다. 아스티에 드 라 비저리 장군은 나를 위해 이야기했다. 부스카(Bouscat: 영웅이 아닌 자)는 다시 한 번 내가 영국으로 떠날 것을 제의했는데 다른 각도에서 가야 한다는 것이다. 일은 기묘하게 시간만 끈다. 모든 것이 사실상 너무나 간단하고 유용하며 분명하다.

하지만 오늘 저녁 에스카라 대령이 나에게 전화를 했다. 그는 미국 임무에 대한 일을 담당하고 있다.

"무엇이 잘못되었습니까?"

"대장이…"

"알겠습니다. 그가 거절했다는 말이군요?"

텅 빈 벽……

나의 죄는 항상 크다. 나는 미국에서 열렬한 애국적인 프랑스인이며 반 독일주의, 반 나치주의가 될 수 있지만 드골과 그의 정당이 이끄는 미래의 프랑스 정부를 찬성하지 않는다는 사실을 입증했다. 그리고 이것은 사소한 문제가 아니다. 프랑스는 결정해야만 한다. 미국에서는 누구나 프랑스에 봉사할 수는 있지만 프랑스를 다스리지는 못한다. 드골주의는 프랑스에 봉사하는 싸움의 무기가 되어야 한다. 하지만 그들에게 그렇게 말하는 것은 드골주의자들을 모욕하는 것이 되겠지.

지난 3년 동안 나는 한 번도 그들이 프랑스를 다스리는 일 이외의 것을 말하는 내용을 들은 적이 없다. 하지만 나는 나의 정직함을 배반할 준비가 되어 있지 않다. 프랑스는 비시나 알제가 아니다. 프랑스는 지하실에 있다. 프랑스로 하여금 원한다면 알제의 사람들을 택하게 하자. 하지만 그들은 어떤 특별한 권리는 가지고 있지는 않다.

나는 프랑스가 비시 정부에 대한 증오와 그들이 기본적으로 대변하는 것이 무엇인지 몰라서 그들을 선거하게 할 것이라고 확신한다. 그것은 어둠 속에서 사는 시대의 불행이다. 우리는 테러를 피할 수 없으며 그 테러는 비공식화된 교리의 이름으로 움직일 것이다. 그것은 가장 최악의 상황이다.

그러나 (그들에 따르면) 나는 내가 미국에서 받았던 그들의 봉사를 '커다란' 혜택이라고 여기기를 거부한다. 그래서 나도 그들이 미국에서 실패한 책임을 져야 한다. 나 때문에 그들은 아직도 정부를 형성하지 못하고 있었다. 얼마나 기막힌 우스개인지!

정치적 열정에 의해 형성된 얼마나 아름다운 구성인가! 얼마나 아첨에 찬 말인가!

그리고 그것은 내 머리 위로 쌓이는 커다란 서류를 정당화한다. 그들은 얼마나 근사한 발견을 했는가. 나를 구역질나게 한다…

생텍쥐페리는 미국이 안치오(1월 22일)에 상륙하고 영국과 더불어 카시노를 공격하기 시작하자 활동을 중단하지 않으면 안 되었다. 카시노의 공격은 5월까지 지속되었다. 그는 『사막의 지혜』를 쓰고 있었다.

조르쥬 펠리시에에게

1944년, 알제

내가 자네를 괴롭히지 않으려고 노력한다는 사실을 맹세하네. 이제까지 3주일 동안 나는 『어린 왕자』를 위한 영화 아이디어를 구상하고 있었지. 지금쯤 런던으로 가는 도중에 있는 중간 연락인이 떠나기 전에 책을 가지러 왔더군. 복사본은 어디에도 보이지 않았어. 그래도 나는 그걸 누구에게 빌려준 적은 없었다네. 오늘 그것이 필요하리라는 것도 알고 있었으니까.

나에게 매우 중요하며 5만 달러의 가치가 있는 어떤 것에, 자네가 1분도 허용하지 않는다는 것, 그리고 무엇이 일어났는지 나에게 말하지 않으려 하는 것을 나는 이해할 수 없네. 하나님은 아시겠지만 나는 불친절하게 굴려는 것은 아닐세. 하지만 만일 내가 5분 안에 5만 달러를 선 채로 잃어버린다면 그것은 최소한 30초의 대화는 해야 할 가치가 있지 않을까?

내 책은 어디 있나?

262 생텍쥐페리, 삶과 죽음을 넘어

조르쥬 펠리시에에게

친애하는 친구여.

내가 자네에게 무슨 유감이 있다고 생각지 말게. 만일 자네가 내 책을 다른 사람에게 빌려 주었다면 (나는 결코 어떤 책의 복사본을 다른 사람에게 빌려주지 않아. 내 방에서 읽게 할 뿐이지.) 나는 자네에게 유감스러울 걸세. 하지만 자네가 직접 그것을 빌려야만 했다면 난 매우 감동을 받을 거야.

이 일이 나를 매우 복잡한 상황에 말려들게 했네. 자네는 영화 회사가 어떤 것인지 알 수도 모를 수도 있어. 사업 거래는 그 자리에서 바로 체결되거나 아니면 전혀 체결이 안 되는 거야. 그들을 기다릴 수 없어. 나는 방금 런던에서 그 책이 읽혀지는 것에 대한 어떤 계획을 추진시켰네. 나는 연락인과 함께 식사를 하던 도중이었어. 그는 이날 오후 런던으로 갈 예정이었거든. 물론 나는 책을 가져오는 것을 잊어 버렸고, 그의 비행기가 탕지에로 떠나기 전에 책을 가지러 왔어.

3개의 영화는 어떠한 성공도 보장되지 않으며, 내 책이 팔릴 가능성은 (희망적인 견해에도 불구하고) 33분의 1밖에 안 된다는 사실을 보여 주었어. 그럼에도 불구하고 그것은 노력해 볼 가치가 있다네. 내 전체계획이 실패한 것은 내 편지로 설명해 주겠네. 하지만 자네가 내가 매우 중요하다고 여긴 30초의 대화를 거절하지 않았더라면 그런 편지는 전혀 필요하지 않았을 텐데.

자네의 편지는 우리의 우정에 대해 나를 안심시켜 주었어. 그 나머지는 중요하지 않아. 자네는 나에게 편지를 참 잘 썼어. 나는 차라리 자네가 나에게 편지를 안 쓰는 것보다 그가 책 없이 떠나야만 했던 것을 선택하겠어.

나의 화를 잊어 주게. 그것이 가장 좋은 일이라 생각하네.

앙투안느

조르쥬 펠리시에에게

10분 후

내가 자네의 편지 중에서 무엇이 나를 안심시키는지 정확하게 표현하지 않은 듯싶네.

우정과 다른 어떤 것 사이에는 논쟁이 있을 수 없어. 나는 1억을 가지고도 친구를 살 수는 없었어. 만일 자네가 내 책을 다시 읽고 싶다면 나는 코르다 씨가 나를 기다리다가 포기해도 별 상관없다네. 자네가 제일 우선권을 가지고 있어. 이건 내가 자비롭다는 말이 아닐세. 나는 코르다 씨의 영화 10개와 자네의 우정을 바꿀 수 없어. 코르다 씨의 돈은 그것이 살 수 있는 것만큼 가치가 있겠지. 그다지 많지 않을 거야. 아무것도 아니지.

하지만 나는 내 책을 읽어야 하는지에 대해 전혀 상관하지 않는 젊은 바보들에게 코르다 씨가 제공해야하는 이득을 읽어야만 한다는 생각은 받아들일 수 없었네. 그것 때문에 나는 절망에 **빠졌던** 거야. 만일 자네가 내 작은 책을 다시 읽고자 원했다는 사실을 알았더라면 나는 결코 화내지 않았을 텐데.

자네는 그렇게 할 완벽한 권리를 가지고 있어.

하지만 내가 어떻게 알 수 있겠나?

조르쥬 펠리시에에게

1944년

친애하는 친구여.

나는 방을 제외하고는 다른 시간에 일할 수 없기 때문에 늦게까지 잤네. 하지만 4시, 5시, 6, 7, 8, 9시에 일어나든 상관없어. 특히 급한 일을 전화로 알려오는 일이 없어진 이후로 나는 곧 다시 잠이 든다네.

이 바보 같은 생활에서 르 트로께가 나로 하여금 이렇게 살도록 만들었지만 나는 밤중에 글을 쓴다네. 낮에는 방해당하거나. 시끄럽기 때문에 밤중에 일을 해야 하지. 그리고 아침에 잠이 들지. 하지만 나는 항상 나를 필요로 하는 사람을 위해 일할 수 있으며 내가 아침에 방해받고 싶어 하지 않는다는 말을 들었을 때 나는 몹시 기묘한 기분이 들었지.

자네도 친절하게 나를 그대로 자게 하려고 오늘 아침 깨우지 않았다는 것도 알고 있네. 하지만 앞으로는 내가 잠자고 있다는 사실에 너무 구애받지 말기를 바라네. (병원에서의 자네 경우도 마찬가지겠지) 만일 자네가 아직 일어나지 않으면 나는 자네를 조금도 방해하지 않고 서재나 거실로 갈 수 있지 않겠나.

자네도 알다시피 나는 사람들이 내가 아침 10시 이전에 방해받는 것도 좋아하지 않는다는 말을 듣느니 (특히 내 직업에 관한 한) 차라리 엿새 밤을 자지 않고 보내겠어. 그런 소리는 내가 마치 예쁜 여자처럼 느껴지고 바보 같은 생각이 든다네. 항상 주저하지 말고 나를 깨워주게. 비록 내가 바로 침대에 들었다 하더라도 말일세. 밤에 하는 내 일은 내 외부 접촉과는 아무런 상관이 없으니 말일세. 고맙네.

마침내 생텍쥐페리는 그의 친구인 샹브, 샤생, 부스카, 그르니에, 프르네, 그리고 다른 사람들 덕분으로 그의 부대로 돌아가게 되었다.

라이프 잡지의 종군 취재 기자인 존 필립스는 그에게 기사를 써 달라고 요청했다. 생텍쥐페리는 그가 부대로 돌아가는 데 협조한다는 조건으로 수락했다. 이 일이 이루어지자마자 그는 미국인에게 보내는 편지를 썼다.

미국인에게 보내는 편지

나는 아라로 가는 비행 편대의 동료와 합류하기 위해 1943년 미국을 떠났다. 나는 미국 호송선으로 여행했다. 이 호송선은 30척의 배로 이루어졌고 미국에서 북아프리카로 가는 5만의 미국 병사가 타고 있었다. 일어나서 갑판에 나갔을 때 나는 이 움직이는 도시에 둘러싸여 있었다. 30척의 배는 물을 가로지르며 육중하게 천천히 전진했다. 하지만 나는 어떤 힘 이외의 다른 것을 느낄 수 없었다. 이 호송선은 나에게 십자군의 기쁨을 전해주었다.

미국에 있는 내 친구들이여. 나는 당신들에게 완전한 찬사를 보내고 싶다. 아마 언젠가 우리들 사이에 다소 심각한 논쟁이 발생할 것이다. 모든 국가는 이기적이며 모든 국가는 자신들의 이기심이 신성하다고 생각한다. 아마도 언젠가 미국의 권력욕이 우리가 우리에게 부당하다고 생각하는 것을 여러분 자신의 것으로 사로잡으려 할지 모른다. 아마도 미래의 어느 때 격렬한 논쟁이 우리 사이에 발생할지 모른다.

만일 전쟁에서 믿는 사람이 이긴다는 말이 사실이라면 평화 조약은 때때로 사업가에 의해 조인(調印)된다는 말도 또한 사실이다. 그러므로 만일 미래의 어느 때 내가 미국의 사업가들을 내적으로 비난한다면 나는 결코 여러분 나라의 높은 이상에 찬 전쟁의 목적을 잊어버리지 않을 것이다.

나는 항상 여러분의 기본적인 자질에 증인이 될 것이다. 미국의 어머니들은 그들을 자식들을 물질적인 목적을 위해 바치지 않는다.

그 소년들이 물질적인 목적 때문에 목숨을 바치지도 않았다. 나는 (그리고 후에는 나의 조국 사람들도 말할 것이다) 여러분을 전쟁으로 이끈 것은 정신적인 십자군이었다는 사실을 알고 있다.

나는 이에 대한 두 가지 증거를 가지고 있다.

첫 번째 증거는 바로 이것이다.

호송선으로 바다를 건너는 동안 내가 여러분의 병사들과 어울리면서 나는 필연적으로 그들이 듣는 전쟁 선전에 대한 증인이 되었다. 어떤 선전도 그 정의로는 도덕과는 관계가 없으며, 목적을 이루기 위해서 어떤 감정이라도 그것이 고귀하든 저속하든 이용한다. 만일 미국 군인들이 단지 미국의 이익을 옹호하기 위해 전쟁에 보내진다면 그들의 선전은 여러분의 석유 댐이나 고무농장이나, 위협받고 있는 무역시장에 중점도 둘 것이다.

하지만 그런 주제는 거의 거론되지 않았다. 만일 전쟁 선전이 다른 곳에 집중되어 있다면 그것은 여러분의 병사들이 다른 것에 대해 듣고 싶어 하기 때문이다. 그리고 그들이 눈으로 보기에 자기들의 목숨을 희생할 만한 가치를 정당화시키는 것은 무엇이었을까? 그들은 폴란드에서 목매어 달리는 인질과 프랑스에서 인질이 총살당한다는 소리를 들었다. 그들은 인류의 일부를 위협하는 새로운 형태의 노예들에 대해 들었다. 선전은 그들에게 그들 자신에 대해서가 아니라 다른 사람에 대해 이야기했다.

그들은 모든 인류와 일체감을 느끼도록 만들어졌다. 이 호송선의 5만 병사는 미국의 시민이 아니라 인간과 인간적 존중과, 인간의 자유와 위대함을 위해 전쟁에 나가고 있는 것이다. 여러분 국민의 위대함은 선전에 관한한 같은 위대함은 말하고 있다. 만일 언젠가 여러분의 평화 조약 기술이 물질적, 정치적 이유로 해서 프랑스의 무엇을 해친다면 그것은 여러분의 진정한 언론을 배반하는 일이 될 것이다. 내가 어떻게 미국 국민들이 그것을 위해 싸운 위대한 대의를 잊을 수 있겠는가?

여러분의 나라에 대한 신념은 내가 1943년 7월 여러분의 부대 중 하나를 위해 전쟁 임무로 날아갔던 튀니스에서 더욱 강조되었다. 하루 저녁에 20살 난 미국 조종사가 나와 내 친구들을 저녁 식사에 초대했다. 그는 그에게 매우 중요한 도덕적 문제로 고통 받고 있었다. 하지만 그는 수줍었고 자신의 비밀을 우리에게 털어놓아야 할지 마음을 정하지 못했다. 우리는 그를 술로 달랬고, 그래서 마침내 그는 얼굴은 붉히며 털어 놓았다.

"오늘 아침 저는 21번째 전쟁 임무를 마쳤습니다. 그것은 트리스데에 관한 일이었습니다. 한 동안 저는 여러 대의 메서슈미트 109와 붙게 되었지요. 전 내일 다시 그 일을 하게 될지 모르고 추락할 수도 있습니다. 여러분은 자신이 왜 싸우는지 알고 있습니다. 여러분은 자기 나라를 구하기 위해 싸웁니다. 하지만 저는 유럽에서 일어나는 당신네 문제와는 아무 상관이 없습니다. 우리의 문제는 태평양입니다. 그리고 만일 제가 여기 묻히는 위험을 감수한다면 그것은 여러분이 자신의 나라를 되찾도록 도와주는 것이라고 믿습니다. 모든 사람은 자기 나라에서 자유로울 권리가 있습니다. 그러나 만일 나와 내 나라 사람들이 여러분의 나라를 되찾도록 도와준다면 여러분도 태평양에서 우리를 도와주겠습니까?"

우리는 우리의 젊은 동료를 얼싸안고 싶었다! 위험의 시간 속에서 그는 모든 인류의 단결에 대한 자기 신념을 보장받고 싶었던 것이다.

나는 전쟁이 나눌 수 없으며 트리스데에 대한 임무가 간접적으로 태평양에서의 미국을 돕는 것을 알고 있지만, 우리의 젊은 동료는 이러한 복잡성을 깨닫지 못하고 있었던 것이다.

그리고 그 다음날 그는 우리나라를 우리에게 되찾아주기 위해 전쟁의 위험도 받아들일 것이다. 내가 그런 증명을 어떻게 잊을 수 있을까? 어떻게 내가 지금도 그 기억에 감동받지 않을 수 있겠는가?

미국의 친구들이여! 새로운 무언가 우리 지구상에 일어나고 있다는 것을 당신들도 볼 것이다. 기술 발전이 현대시대에 인간들을 복잡한 신경 체계로 연결시키고 있다는 것은 사실이다. 여행의 수단은 여러 가지이며 통신도 직각적이다. 우리는 함께 한 육체에 세포처럼 연결되어 있지만 이 육체에는 아직 정신이 없다. 이 체제는 아직 전체로써 그 조직을 깨닫지 못하고 있다. 손은 아직 그것이 눈이 하나뿐인 줄 모른다. 그리고 이 20살 된 젊은 조종사를 희미하게 괴롭히고 벌써 그에게 벌어지고 있는 것이 미래의 조화에 대한 자각 때문이다.

세계 역사상 처음으로 여러분의 젊은이들이 모든 전쟁의 공포에도 불구하고 그들에게는 사랑의 경험인 전쟁에서 죽어가고 있다. 그들을 배반하지 말라. 그들이 시간이 되면 그들의 평화를 정하도록 내버려 두자. 그 평화가 그들을 닮게 하자! 이 전쟁은 명예로운 것이다. 그 돌의 영혼적 신념이 평화를 명예로운 것으로 만들지 모른다.

나는 나의 프랑스와 미국 동료들 사이에서 매우 행복하다. P-38을 타고 내가 첫 임무를 수행한 뒤 그들은 내 나이를 알게 되었다. 43살이라니! 얼마나 놀라운 일인가? 당신네 미국의 규칙은 비인간적이다. 43살이면 25라이트닝 같은 빠른 비행기는 몰지 않는다. 길고 하얀 기체는 기류에 휩싸일 수도 있고, 그래서 사고가 일어나기도 한다. 때문에 나는 몇 달 동안 실직 상태로 있었다.

하지만 어떤 모험을 단행하지 않는다면 어떻게 프랑스를 위할 수 있는가? 그곳에서는 국민들이 고통 받으며 살아남기 위해 싸우고 죽어가고 있다. 어떻게 그들 중에 누구라도 그곳에서 육체적으로 고통 받는 그 사람들을 심판할 수 있는가? 여기 선전 본부에서 편안히 앉아서 말이다. 그리고 그들 중에 가장 최고만을 사랑할 수 있는가? 사랑한다는 것은 참여하고 나눈다는 것이다. 마침내 에이커 장군의 기적적인 관대한 결정으로 나의 하얀 기체를 날아올랐고 나는 다시 라이트닝을 타게 되었다.

나는 여러분의 재활 부대에서 우리 부대를 맡고 있는 아라로 가는 편대원이었던 가브왈르와 합류했다. 나는 다시 그 일원이었던 오슈데를 만났다. 그는 내가 전쟁 초기 전쟁의 성자라고 불렀던 사람이 며칠 뒤에 라이트닝을 탄 채 전쟁에서 죽었다.

나는 정복자의 발굽 아래 패하지 않고 단지 조용한 대지에 씨를 뿌리며 묻혀 있는 보통 사람들과 합류했다. 휴전협정의 긴 겨울이 끝난 뒤 그 씨는 싹을 피웠다. 나의 부대는 다시 한 번 나무처럼 햇살 속에서 피어났다. 나는 다시 한 번 깊은 바다 속 잠수와 같은 높은 고도의 기쁨을 경험한다.

사람들은 원시적인 기구를 가지고, 여러 가지 나침반도 가지고 금지된 구역으로 뛰어든다. 자기 나라위에서 사람들은 미국에서 만들어진 산소를 호흡한다. 프랑스 상공에 있는 뉴욕의 공기, 재미있지 않은가? 사람들은 공중에서 움직이는 것이 아니라 전 대륙의 곳곳에서 동시에 나타나는 라이트닝이라는 가벼운 짐승을 타고난다. 사람들은 현미경으로 커지는 기관처럼 크게 확대 해석된 사진을 가지고 돌아온다. 그 사진은 박테리아 세균학자들의 일을 한다. 그들은 육체를 파괴시키는 바이러스를 신체(프랑스)의 표면에서 찾는다. 적의 항구와 병영호송선이 세균처럼 렌즈 아래 나타난다. 사람들은 그것 때문에 죽을 수도 있다.

그리고 너무나 가까우면서도 먼 프랑스 상공을 날면서 명상에 잠긴다. 어떤 사람은 몇 세기나 그곳에서 멀리 떨어져 있다. 모든 다정함과 모든 기억과 살아야 할 모든 이유가 3만 5천 피트 아래에서 햇살에 빛나며 반짝이고 있다. 그럼에도 불구하고 박물관의 유리 상자 속에 갇혀진 이집트의 보물처럼 손에 닿지 않는다.

앙투안 드 생텍쥐페리

프랑스와 드 로즈 부인에게

1944년 5월

친애하는 이본느.

많은 것을 감사해야겠군요. 그것이 무엇인지는 모르지만 (중요한 것은 보이지 않는 법이지요) 나는 당신에게 감사하고 싶으니, 분명 이유가 있기는 있겠지요.

그것은 정확한 표현이 아닙니다. 사람은 정원에게 감사하지 않습니다. 나는 항상 인간을 두 개의 부류로 나눕니다. 안마당을 닮은 사람으로서 사람을 그 벽 사이에 가두려는 부류, 안마당에서는 침묵이 고통스럽기 때문에 소리를 내기 위해 대화를 하지 않을 수 없는 그런 사람이 있지요.

그리고 걸을 수 있고 조용히 있을 수도 있으며 숨 쉴 수도 있는 정원을 닮은 사람들이 있답니다. 별로 찾을 것은 없지요. 나비, 풍뎅이, 개똥벌레가 나타나겠지요.

사람들은 개똥벌레의 생활 습관에 대해 아무 것도 모릅니다. 사람들은 명상에 잠깁니다. 풍뎅이는 자기가 어디에 가는지 알고 있는 듯 보입니다. 아주 바쁜 것 같아요. 그것은 놀라운 일입니다. 그러자 나비가 큰 꽃에 앉을 때 사람들은 혼자 중얼거립니다. "저것은 마치 부드럽게 앞으로 흔들거리며 바빌론의 정원 테라스에 앉아 있는 것 같구나." 그러다가 별이 서넛 나오면 사람들은 침묵을 지킵니다.

사실 나는 당신에게 전혀 감사하지 않습니다. 당신은 당신 자신이고 나는 당신과 산책을 하고 싶습니다.

고속도로와 시골길을 닮은 사람들도 있습니다. 고속도로 형의 사람은 그들의 활주로와 표지판으로 나를 피곤하게 합니다. 그들은 어딘지 딱 정해진 곳, 이익이나 야망을 향해 달립니다. 시골길을 따라 가면 표지판 대신 너도밤나무가 있고, 그래서 사람들은 밤은 줄기 위해 어슬렁거리며 걸어갑니다. 아무런 다른 이유도 없이 말입니다. 정해진 목적도 특별한 동기도 없습니다. 사람들은 그저 산책을 하기 위해 걸어갑니다. 하지만 어떤 것도 표지판에서 지적한대로 가는 것이 아닙니다.

이본느, 친애하는 이본느. 이 시대의 사람들은 잘못된 길에 접어들었습니다. 전화 문명은 견딜 수 없습니다. 진정한 존재감은 존재의 우스꽝스러운 왜곡으로 대체되었습니다. 사람들은 1초에 여기서 저기로 옮겨 다니고, 라디오를 들리거나 버튼을 누르면 바하에서 엉터리 소리까지 들을 수 있습니다. 사람들은 어디에도 감싸여지지 않으며 아무 곳에도 존재하지 않습니다. 난 이런 수용되어지는 인류가 싫습니다. 내가 서 있는 곳에서 나는 영원을 위해 존재합니다. 만일 내가 의자에 앉아있다면 나는 그곳에 영원히 있고 싶습니다. 내가 의자에 앉았다면 나는 5분이라는 영원을 차지할 자격이 있습니다.

물론 당신은 너무나 많은 사람을 만나겠지요. 그것은 화가 나는 일이고, 그들은 당신을 말려버립니다. 그리고 물론 밤이면 당신은 너무나 의기소침하거나 만일 전화 때문에 무척 바빠도 생각을 하지 않으면 안 되는 그런 상황에 처해진다면 무척 우울하겠지요. 하지만 기묘하게도 사람은 시간을 가질 수 있습니다. 그것이 단지 1초라도 유용한 1초를 가질 수 있는 것이지요. 당신의 그곳은 '그곳'에 있는 것입니다. 악수를 하고 "안녕하십니까?"하고 말하는 곳에, 아니면 잘 가라는 인사말을 하는 그곳에 존재합니다. 당신은 단지 사건 사이의 시간 동안 압박을 받는 것입니다. 하지만 자신의 내부에서 당신은 정원의 완만한 리듬을 지킬 수 있습니다. 나는 이 진정한 리듬이 너무 나 소중하다고 생각합니다.

당신은 용해할 수 없기 때문에 그 완만한 리듬이 소중한 것입니다. 하지만 주의하세요. 끊임없이 라디오 버튼을 누르는 것도 매우 지치는 일입니다. 비록 사람이 용해될 수 없다 하더라도 비록 사람이 바하의 음악에서의 1초를 영원으로 가둔다 하더라도 그것은 피곤한일 임에 틀림없습니다. 바보들은 몹시 위험합니다. 하지만 지식인들도 마찬가지입니다. 만일 그들이 하나의 단체로 모인다면 말입니다. 하나의 지성은 통로이지만 100의 지성은 공공 광장을 이룹니다. 의미가 없는 공허한 일이지요.

나는 하얀 수염을 가지고 그의 고개용 마치 손수레 위에서 앉아보내 버린 자기의 젊음을 후회하듯 끄덕이는 늙은 사람과 같습니다. 나는 한때 매로빙 왕이었을지도 모릅니다. 일생동안 나는 달려왔지만 이제 달리는 데 싫증이 납니다. 지금 나는 어떤 중국의 속담을 이해할 것 같습니다. "3가지 일이 영혼의 상승을 파괴한다. 무엇보다도 먼저 여행이다…" 그리고 드랭은 나에게 스무 번쯤 말했습니다. "나는 진짜 위대한 세 사람을 알고 있어. 그들은 모두 문맹이지. 사보이의 양치기. 어부와 거지일세. 그들은 그들 주위를 떠난 적이 없지만 내가 일생 중 만나본 존경할 수 있는 유일한 사람들이었어."

가엾은 호세 라발은 미국에서 돌아오면서 다음과 같은 말을 했습니다. "돌아와서 기쁩니다. 나는 마천루와 같은 스케일도 아니고 차라리 당나귀의 수준과 같다고 할까."

그리고 나는 아무 곳으로도 인도하지 않는 표지판이 싫증납니다. 이제 다시 태어나야 하는 때문입니다.

솔즈메 (그레고리아 찬송은 훌륭합니다) 나 티베트의 수도원을 들어가기 위해 천직을 기다리는 동안, 아니면 정원사가 되기를 기다리는 동안 나는 다시 한 번 조절판을 당기며 한 시간에 400마일을 몰아 어디론가 아무데도 아닌 곳으로 가려 합니다.

그래서 나는 이본느 당신에게 그다지 의미가 없으며, 아마 알아보기도 힘든 (내 글씨를 고치기에 나는 이제 나이가 너무 많습니다) 편지를 쓰고 있는 것입니다. 하지만 상관없어요. 나는 단지 우정 속에서 5분이라는 영원을 쉬고 싶었을 뿐입니다.

생텍쥐페리

이 버림받은 땅에 편지가 도착할 것 같지 않으니 편지 쓸 생각일랑 하지 마십시오. 난 곧 알제에 갈 것입니다. 내가 전화하겠습니다. 비행기는 이 편지를 가지고 떠날 것입니다.

6월 4일 마크 클라크 장군과 알폰스 쥐앵 장군은 로마에 있었다. 6월 4일 노르망디 상륙작전이 벌어졌다. 생텍쥐페리는 엔진 고장 때문에 취소된 임무에서 돌아오다 그 소식을 들었다.
6월 14일 그는 마침내 프랑스 상공으로 날아갔다. 로데 근처였다. 그것은 그가 부대에 합류한 뒤 처음으로 프랑스 상공을 비행한 날짜이다.

장군에게 보내는 편지

1944년 7월 3일, 알제

존경하는 장군 각하.

『아라로의 비행』의 유일한 복사판을 무사히 보내주어 감사합니다. 그것을 읽고 어떻게 느끼셨는지, 또 우리의 아침 식사 모임에서 나에게 갑자기 그러나 상냥한 태도로 나를 공격했던 사령관 (이름은 있었습니다만) 의 반응을 잘 묘사했는지 모르겠습니다. 나는 그의 통찰력이나 공격에 그다지 감명을 받지 않았으므로 그가 『아라로의 비행』을 다시 읽기를 바라고 있습니다.

그의 반응도 이야기 안 하셨기에 나는 그가 내가 표현하고자 한 바를 이해하지 못했다고 여길 수밖에 없습니다. 요즘 논쟁의 성격은 그토록 정직한 사람이 간단한 내용을 왜곡하는 경향이 있어 나에게는 몹시 생소하게 느껴집니다. 만일 알제에 참가하지 않은 사람이 나의 은밀한 의도를 해부하고 비난한다면 나는 신경도 쓰지 않겠지요. 그들이 나에게 돌리는 비난은 마치 내가 그레타 가르보인 것처럼 느끼게 합니다.

나는 그들이 나에 대해 어떤 의견을 가지고 있는지를 전혀 무시합니다. 그리하여 북아프리카에서 내 책이 판매 금지가 된다 한들 무슨 상관이 있겠습니까. 저는 책을 파는 사람이 아닙니다. 반대로 장군의 친구의 오해는 내가 그를 높이 평가하기 때문인지 묘하게 견디기가 힘들군요. 그냥 그와 같은 사람들을 위해 나는 그 책을 썼습니다.

정치가를 위해서가 아닙니다. 왜 그는 정치적 야욕의 관점에서 내 책 몇 페이지를 읽었을까요? 내가 알제이의 신문에 수상록을 발표했다 칩시다. 그리고 사람들은 평화 조약의 관점에서 그 책을 설명하려고 합니다. 어떤 마키아벨리식 책략이 내 책에서 발견되지 않을까요?

나는 책임에 대해 이야기했습니다. 그건 옳아요. 하지만 나의 의도는 분명했습니다. 나는 프랑스 사람들이 패전한 데 책임이 있다는 이상한 생각에 대해서는 한 줄도 쓰지 않았습니다.

나는 분명히 미국인들에게 말했습니다. "당신들이 패전에 책임이 있다. 우리는 공장에서 일하는 8백만에 대항하는, 대지에서 일하는 400만의 사람일 뿐이다. 두 사람에 대항해서 한 사람이 싸워야 하고 다섯 대에 대항하여 한 대의 기계가 싸워야 한다. 달라디에가 비록 프랑스 국민들을 노예로 전락시켰더라도 그는 각 주민에게서 하루에 100시간씩 일하도록 만들 수는 없었다. 하루는 24시간뿐이다. 프랑스의 행정이 어떻든 한 사람이 두 사람을 대항하여 싸우고, 대포 한 대로 다섯 대와 맞서야하는 결과를 낳았다. 우리는 두 사람을 대항하여 싸울 태세는 되어 있다 –우리는 죽을 각오가 되어 있다. 하지만 우리의 죽음이 값있는 것이 되려면 우리는 당신네들이 우리에게 4대의 탱크와 4대의 대포와 우리가 부족한 네 대의 비행기를 주어야만 한다. 당신네들은 우리를 구해 나치의 위협으로부터 자신들을 구하기 원한다. 하지만 계속해서 당신네 주말을 위한 냉장고만 만들고 있지 않은가. 그것이 우리 패전의 유일한 원인이다. 하지만 그 패전은 그럼에도 불구하고 세계를 구했다. 우리가 패했다는 것을 받아들이는 것이 나치즘에 대항하는 출발점이 되었다."

나는 그들에게 말했습니다. (그들은 아직 전쟁에 참전하지 않았었지요?)

"저항의 나무는 언젠가 씨로부터 자란 것과 마찬가지로 우리의 희생으로부터 무성해질 것이다!"

장군의 친구는 내 책의 중요한 이 부분을 보는 데 어떻게 나와 그리 다를 수 있습니까? 기적은 미국인들이 그것을 읽고 그 책이 베스트셀러가 되었다는 것입니다. 기적은 그 책이 미국 내의 수백 개 신문기사에 나오게 되어 미국인들 자신도 "생텍쥐페리가 옳아. 우리는 프랑스를 비난하지 말아야 해. 우리도 프랑스가 패한 데 부분적으로 책임이 있으니까."라고 말했다는 것입니다.

만일 미국에 있는 프랑스 사람들이 영원히 프랑스의 운명에 대해 설명하는 대신 내 지적을 좀 더 따라 주었다면 미국과 우리의 관계는 오늘날과 같이 되지 않았을 것입니다. 누구도 다르게 생각하도록 만들 수 없을 것입니다.

그리고 아직 내가 '우리도 책임이 있어.'라고 말했던 내 책에는 더욱 일반적인 부분이 있습니다. 하지만 나는 패전을 이야기하는 것이 아니라 파시스트와 나치의 현상에 대해 이야기하는 것입니다. 어떻게 이것이 명백하지 않을 수 있는지요. 나는 내 자신도 이해시키고자 그토록 노력했는데 말씀입니다.

나는 말했습니다. 서방의 기독교 문명은 거기에 매달려 있는 위협에 대해 책임이 있다는 말입니다. 지난 80년 동안 인간의 마음에 그 교리를 가져다주기 위해 무엇을 했다는 말입니까? 새로이 실행된 교리는 기존의 부유하고 축적된 부자들이었거나 아니면 편안함의 미국식 사고방식 정도에 지나지 않았습니다.

1918년 이래로 무엇이 젊은이들의 마음을 흥분시켰습니까? 내 세대는 주식 거래를 했고 자동차에 관해 토론하고 그들 각자의 술이나 재미없는 사업거래나 했습니다. 얼마나 많은 사람이 내가 항공 우편을 통해 겪었던 헌신적 금욕적인 생활을 겪었을까요? 얼마나 많은 사람들이 카드놀이나 페르노 술, 브릿지나 칵테일 파티에 빠져 들었을까요. 내 인생의 20년간 나는 베른슈타인(그 위대한 애국자)의 연극을 경멸했고, 루이 베르네이유도 싫어했지만 무엇보다도 세계에서 벌어지는 이기적인 고립, 모두들 자기 이익만 추구하려는 행위를 싫어합니다.

나는 '바람, 모래와 별'이라는 책을 써서 사람들에게 열정적으로 그들이 모두 한 지구상의 거주자이며 한 배의 승선자라는 사실을 알려 주고 싶었습니다. 어떤 판단으로 뚱뚱한 고위 성직자나(오늘날의 부역자들인) 치안판사는 서구 기독교 문명의 수탁자(受託者)이며 문명의 우주적인 교리의 신탁자란 말입니까?

인간은 이 대목에서 만족할 수 없는 그런 것에 대해 갈증을 느낍니다. 장군에 대한 나의 깊은 우정은 우리가 처음 만났을 때 장군이 나와 같은 사람이며 나와 같은 마음을 지닌 사람이라는 사실을 알게 되었기 때문이라는 것을 모릅니까? 당신도 목이 말랐고 기묘하게 우리의 갈증은 단지 사막에서 아니면 야간 비행 중 어려운 시기에만 만족되지 않았습니까? 우리 두 사람 모두 '르 카나르 앙쉐네'나 파리 스와르는 결코 읽지 않으려 했던 것도 같았습니다.

나는 루이 베르네이유를 참을 수가 없었어요. 왜 당신의 책은 나에게 그토록 감명을 줄까요? 나는 내 갈증을 해소시켜 주는 사람들을 좋아합니다. 나는 루이 필립과 기조, 그리고 후버씨와 같은 이들이 인간을 어떻게 만들었는지 몹시 경멸합니다. 그것은 활동적인 사람과 앉아서 일하는 직업을 가진 사람 사이에 영원히 존재하는 반감의 문제입니다.

문명은 끊임없이 구제되어야만 합니다. 파라과이에서 우림은 도시의 도로 사이에서 느낄 수 있습니다. 비록 풀에 지나지 않는다 하더라도 그 풀들이 도시를 삼킬 수도 있습니다. 우림은 끊임없이 몰아내어야 합니다.

전쟁 전 윤리에서 장군의 친구가 만족한다는 것에는 무엇이 있습니까? 그리고 우리처럼 그도 해소할 수 없는 갈증을 느낀다면 왜 그는 내가 영혼적인 가치를 무시했던 그 시기를 비난한다고 해서 그가 불쾌하다고 느껴야 합니까? 왜 그는 내 책을 잘못 해석하고 잘못 생각해야 합니까?

내가 우리 각자가 모든 것에 대해 책임이 있다고 말할 때에 나는 아우구스티누스 전통에 따른 것입니다. 그러니 그가 싸우는 동안 장군의 친구도 책임이 있습니다. 그는 브르타뉴의 농부들과 시골의 우체부를 전쟁에서 함께 통합합니다. 그는 싸우는 부대이고, 그를 통해 시골 우체부는 전쟁에 나갑니다. 시골 우체부를 통해 장군의 친구는 사회에 봉사하는 것입니다. 전체는 분리된 부분으로 나누어질 수 없습니다.

내가 쓴 주제와 레옹 블랭의 정치에 대한 바보 같은 불평 사이에 어떤 관련이 가능합니까? 내 책 어디에 '내가 책임이 있다.'와 부끄러운 죄의 고백을 똑같다고 정당화시킬 수 있는 구절이 있습니까? 그것은 모든 이의 자랑스러운 모토가 되어야 합니다. 그것은 행동의 신념을 뜻합니다. 그것은 인간 감정의 기초입니다. 관료들이 내 책에서 정치적 의도를 읽는다는 사실이 나로 하여금 미소 짓게 합니다. 왜냐하면 나는 나이가 44살이나 되어도 매주 P-38 라이트닝을 타고 프랑스를 위해 싸우기 때문입니다. 왜냐하면 나는 8일전 비행기용 따라 가다가 아네시 근처에서 엔진 고장을 일으켜 돌아왔기 때문입니다 나는 그런 관료들에게 신경 쓰지 않습니다. 하지만 나는 당신의 친구가 나의 메시지를 잘못 해석한다는 것은 받아들일 수 없습니다. 나는 그를 위해 썼고, 그와 같은 사람들을 위해 썼습니다. 그로 하여금 10년이 지난 후 내 책을 다시 읽으라고 하십시오. 왜냐하면 오늘날 가장 곧은 사람들에게 조차도 뚫고 들어간다는 것은 불가능해 보이기 때문입니다.

조르쥬 펠리시에에게

1944년 7월 9일에서 10일 사이, 튀니스

사랑하는 친구여.
나는 여기 이틀간 머물러 있네. 내 비행기가 기계고장을 일으켰어. '전기장치가 전선에 걸려 전체가 다 탔다는군. 발신 장치, 라디오 등 등…' 이 편지가 자네한테 도착할 즈음이면 나는 분명히 나의 비행기장으로 돌아가 있을 걸세.

우연히 나는 알제와 그 비둘기장의 관계가 절단되었다고 들었네. 내가 오랫동안 떨어져 있어야만 한다 해도 내 편지는 기대하지 말게 -아마 중간에서 없어질 테니까. 그렇지만 어떤 전보라도 기다리고 있어 보게나.

나는 내일 떠나네. 내 나이로는 기묘한 직업을 훈련받고 있는 셈이지. 내 나이에 가장 가까운 조종사는 나보다 6살이나 어리지. 나는 텐트에서 지내거나, 7시에 하얗게 칠한 방에서 아침을 먹고 온통 혼란 속에서 다른 우주의 3만 5천 피트 상공을 나는 것이 알제에서 아무것도 안하고 지내는 것보다 훨씬 나은 것 같아.

나는 어떤 진공 상태에 빠져 생각도 글도 쓸 수가 없다네. 나는 그곳에서는 사회적인 목적을 잃어버린다네. 하지만 나는 가장 힘든 직업을 택했고, 그래서 항상 일을 처리하면서 절대로 포기하지 않을 거야. 나는 이 지긋지긋한 전쟁이 내가 산소에 타는 양초처럼 완전히 다 녹기 전에 끝나기를 바라고 있네. 나는 뒤에 할 다른 일이 있어.

물론 나는 이 부대의 다른 동료 조종사들에게 애정을 느끼고 있어. 하지만 그래도 인간적인 접촉이 없어서 고통 받는다네. 마음과 정신은 너무나도 중요해. 혼란 속에서 식사 도중 나는 엄청난 시간의 손실을 느끼네. 나는 아무 그룹이나 묻혀 들어갈 수 있지. 그리고 아무도 내가 무엇이 부족하다는 것을 짐작하지 못할 거야. 다른 사람들처럼 영화나 여자가 부족한 정도로 생각하겠지. 그래도 나의 가장 큰 부분은 침묵에 잠겨있는 걸세. 그리고 나는 모든 것이 부족하다네…

어머니에게

1944년 7월, 보르고

사랑하는 어머니.

어머니께서 저를 걱정하시지 않도록, 그리고 제 편지가 어머니께 확실히 닿는다고 어머니를 안심시켜드리고 싶습니다. 전 좋습니다. 진짜 건강해요. 하지만 오랫동안 어머니를 보지 못해서 슬프고, 어머니가 걱정됩니다. 사랑하는 어머니. 우리는 얼마나 불행한 시대에 살고 있는 것입니까!

디디가 자기 집을 잃었다니 정말 안됐군요. 그 애를 도울 수만 있다면 얼마나 좋겠습니까! 하지만 그 애에게 앞으로 제가 도울 거라고 말 전해주십시오. 자신을 사랑하는 사람에게 나도 그들을 사랑한다고 말할 수 있는 때가 가능할까요?

사랑하는 어머니. 제가 어머니를 사랑하듯 저를 사랑해주세요.

앙투안느

피에르 다로즈에게

1944년 7월 30일, 혹은 31일
우편 번호 99027

친애하는 다로즈.

…나는 있는 힘껏 싸우고 있네. 나는 이 세상에서 가장 늙은 조종사일거야. 내가 아는 비행기 조종사의 평균 나이 제한은 30살이지. 지난번 나는 내가 44살이 되는 바로 그 순간 아네시의 상공에서 기계고장을 일으켰다네! 내가 독일전투기에게 쫓기면서 느릿느릿 알프스를 넘으면서 나는 아프리카에서 내 책을 판금했던 그 광적인 애국주의자들을 생각하고 나 혼자 미소 었지. 얼마나 인생이기묘한지 모르겠군!

나는 부대에 복귀한 뒤 온갖 경험을 했어. 엔진 고장, 산소 부족으로 기절도 해보고 적기에게 쫓기기도 했고, 그리고 비행 도중 기체에 불이 붙기도 했다네. 나는 너무나 탐욕스럽게 느끼지 않으며, 나 자신을 온전한 기술자라고 여기고 있다네. 그것이 나의 유일한 만족일세— 그리고 프랑스 상공을 날면서 사진을 찍는 고독한 비행기를 타는 것과 마찬가지로 그것도 참 기묘하지.

여기는 사악한 증오로부터 멀리 떨어져있지만 그래도 동료들 사이에도 인간의 약점이 보인다네. 나에겐 아무도 없어. 이야기할 상대가 없어. 최소한 누군가 인생을 나눌 사람은 있어. 하지만 얼마나 영혼의 사막인지!

만일 내가 총에 맞아 추락한다면 나는 아무것도 후회하지 않을 거야. 미래의 개미탑은 나를 지겹게 하고, 나는 로봇의 미덕도 싫어 한다네. 나는 차라리 정원사가 되고 싶네.

생 텍스

7월 31일 아침 8시 45분 생텍쥐페리는 아네시 상공을 날기 위해 떠났다.

조사 보고서

지중해 연합 사진 정찰 명령

출격 번호	날짜	
X X 335 176	1944년 7월 31일	

조종사	출격 시간	귀대 시간
정찰대원	8시 45분	
소령 생텍쥐페리		

부대	소요시간	E/A:
33RD FAF		

기체번호	고사포:
223	

목표물과 참조…	주의…
M/F/A/428	사진 없음
리옹 동쪽 지도	

일반 비고 사항
조종사는 돌아오지 않았고 행방불명된 것으로 추정함.

(베르몽 F. 로비송, 연락장교)

부대일지의 다른 비행 난에 다음과 같은 기입 사항이 있다.

날짜 : 7월 31일 – 승무원 : 조종사 계급·이름:

비행기의 종류와 번호 : 록히드 P-38 번호 223

정찰 업무의 성격 : 남 프랑스 지역의 공중촬영 임무

결국 돌아오지 않았다…

(서명) Rene Gavoille

르네 가뷜르 장군의 회상

···나는 생텍쥐페리를 다시 보지 못할 것이다. 7월 30일 오후, 그는 바스티아에 있었는데 거기서 그는 로크웰 육군대령과 몇몇 친구들을 만났다. 그는 그들과 계속 함께 있을 수 없는 것이 유감스러웠으므로, 다음 날 저녁에 있을 우리 회식에 그들을 초대했는데, 그날 저녁 그는 에발룽가에서 몇 킬로 떨어진 한 레스토랑에서, 참석자 몇 명이 회상한 대로라면 매우 화려한 만찬에 와달라고 이미 초대를 받은 후였다.

7월 31일, 생텍쥐페리는 평소의 버릇답지 않게 유난히 일찍 나왔다. 파리에서 사이공까지 그가 시험비행을 하기 바로 전날 밤에도 그러지 않았던가?

1943년에서 44년까지 1년 동안 열한 번째의 작전을 수행하기 위해 그는 쥬뜨낭, 두리에 중위와 활주로로 갔다. 33 S 176, 리용 동쪽··· 그는 P-38 라이트닝 223호기를 타고 아침 8시 45분에 이륙했다. 그날 아침 늦게 활주로에 도착해서 나는 이 얘기를 들었다. 모든 사람들이 내 반응을 기억하고 있다.

오후 1시. 그는 돌아오지 않았다. 오후 2시30분, 수도 없이 전화를 하고 레이더와 무전기로 불러 보았으나, 그가 아직도 공중에 떠있을 가능성은 이제 없다. 그리고 3시 30분 미국관리 로비송이 다음과 같이 써진 '조사보고'에 서명을 했다.

"조종사 귀환하지 않음, 실종된 것으로 보임."

그가 작전임무를 준비하느라 비행복을 갖춰 입고, 엔진의 시동을 걸어 놓고, 조종실의 모든 상황을 체크하고 도르래를 푼 다음 시야에서 사라질 동안 내가 그를 지켜보지 않은 것은 이번이 처음이었다. 그리고 아마 마지막이 된 것 같다.

그의 물건들을 살살이 살펴보러 를루 대위와 함께 그의 방에 들어가 보니, 침대는 건드리지 않은 채 그대로 있었다. 그는 잠을 자지 않았던 것이었고, 테이블 위에는 삐에르 달로즈에게 보내는 편지를 포함해서, 친구들에게 보내는 두 봉의 편지가 놓여 있었다. (두 통 모두 전날 쓴 것이었다)

전에는 리페이트 비행대에 있었던 프랑스의 인물 로크웰 육군대령과, 다른 사람들, 바랄레 대령, 마린 소령, 라실리에 대위가 그 전날의 생텍쥐페리의 초대에 응해 회식 장소에 도착해서 이 비보를 들었다…

생텍쥐페리의 실종에 대해 모든 책들이 쓰고 있지만, 우리는 7월 31일에 무슨 일이 있었는지, 아닌지 알지 못한다. 우리 미국과 프랑스의 보고서가 정확한 것이다. 레이다에 의하면 생텍쥐페리는 돌아오는 비행에서 프랑스 남부 해안을 통과하지 않았으며, 해상에서의 전투도 없었다. 처음에 우리는 그가 곧 돌아올지도 모른다고 기대했으나, 그 희망은 점점 희미해져 가고 있다.

베르농 로비송의 회상

가뷔르는 아직도 희망을 버리지 않고 내내 내 옆에 붙어 있었다. 가끔씩 그는 생텍쥐페리가 늦게 귀환하는 데 대해 이러저러한 설명을 하려 했다. 아마 그는 강제 착륙을 당했거나 낙하산으로 탈출했을 것이다. 아마 산소가 부족했기 때문에 레이다 탐지가 가능한 고도로 낮추었을지도 모른다. 생텍쥐페리는 사실 다른 조종사들보다 산소를 더 많이 사용했었으니까.

나는 그가 매 작전 임무마다 최선을 다했다는 것을 알고 있다. 첫 번째 목표물이 만약 구름에 덮여 있었다면, 그는 다음 목표물을 찾아보았을 것이고. 그 다음엔 돌아왔거나, 하늘이 갤 때까지 그 근처에 남아있었을 것이었다. 완전함에 대한 이러한 열정이 종종 예정보다 그가 늦게 돌아오는 원인이었다.

요행을 바랄 수 있게 해주었던 이러한 설명은 시간이 갈수록 점점 힘을 잃었다. 비행기의 연료 저장 능력이 바닥난 지 한참이 지난 게 명백해지자 가뷔르는 아주 침울하게, 우리더러 이제 더 이상 기다리지 말라고 했다.

생텍쥐페리가 어디서 어떻게 죽었는지에 대해서 늘 추측이 있어왔다. 다양한 가정들이 종합되었다. 세월이 흐를수록 서로 상충하지 않는 이러한 가설들이 더 많이 나오고 있다.

최초로 나타난 것 중의 하나는 생텍쥐페리의 찬미자인 허만 코르트라는 신학도의 가설인데, 그것은 1949년 삐에르 체브리에 의해 출판되었다.

가르다 호수 위의 말케시나에서 허만 코르트라는 제2 항공특공대의 한 독일인 직원이 오두막집에서 전화선에 둘러싸인 채 일을 하고 있었다. 이 청년은 근 한 달 동안이나 책상 앞에 붙어 앉아 있었다.

아침 6시에서 한밤중까지 그는 벨그레이드에서 아비뇽에 이르는 부채꼴 모양의 함수자 위에 시계를 맞추어놓았다. 7월 31일 아침, 메서슈미트109와 F-W 190이 아자치오 상공을 정찰하기 위해 프랑스를 이륙했다.

오후 5시에 코르트는 '트리뷴'(아비뇽의 암호명)을 불렀으나 응답이 없었다. 선이 끊겨 있었다. 밤 12시 반에 그는 매일 보고서를 밀어 놓았다. 전화벨이 울리면 그는 떠날 준비가 되어 있었다. 아비뇽의 지역국인 '트리뷴'은 이스트리의 르코네상스 그룹이 아자치오 상공으로 돌아오는 것을 확인했다. 그 직원은 1944년 7월 31일자로 개인 노트에 이것을 적었다.

트리뷴 사령부로부터 전화. 바다 위에서 화염에 싸인 르코네상스기 격추. 아자치오 통과. 르코네상스 비행은 불번.

하급 비행 장교인 로버트 헤첼레의 다음 기록문은 1972년 독일어로 출판되어, 1981년에 이르러서야 프랑스와 그 밖의 외국에서 약간의 주목을 받았다.

7월 31일 나는 마르세이유, 멘톤과 그 외의 후방 지역에서 벌어지는 적의 활동 사항을 정찰하라는 임무를 띠고 오전 11시 2분에 헤겔 하사와 함께 오렌지 기지에서 이륙했다. 우리는 명령에 따라 임무를 수행했으며, 카스텔라네 상공을 향해서 절반 쯤 선회하다가 P-38 제트 전투기와 맞닥뜨렸다. 그 적기는 아마 혼자 날고 있는 모양이었다. 적기는 우리 비행기보다 천 미터 가량위에서 날고 있었으므로 이쪽에서 공격을 가할 가능성은 전혀 없었다. 놀랍게도 적기는 우리 쪽으로 날아오면서 우리 머리 위에서 놀라운 속도로 공격을 퍼부었다. 우리는 나선형으로 비행해 올라가서 겨우 첫 공격을 면했다. 그리고 있는 힘을 다 짜내어서 간신히 P-38기에 대해 유리한 위치를 확보했다. 이 공중전 중 나는 바로 P-38기의 뒤쪽에서 발사를 할 수 있는 기회를 가질 수 있었다. 거리는 약 150내지 200미터 정도 떨어져 있었다. 나는 발사를 했지만 포탄은 비행기의 후미만 스치고 지나갔다. 나는 다시 한 바퀴 돈 후에 한 번 더 발사 위치를 잡았다. 이번에는 약 300미터 가량 떨어졌었다. 포탄은 비행기 앞부분만 스치고 지나갔다. 아마도 내 공격을 피하기 위해서 적의 비행사는 직선으로 곧장 날아가다 갑자기 고도를 낮추는 식으로 비행기를 조종한 모양이다. 나는 계속 추적하여 더 가깝게 접근했다. (약 40내지 60미터 정도밖에 떨어지지 않았었다) 나는 다시 발사했다. 그리고 나서 나는 그 제트 전투기가 평형을 잃더니 꽁무니에서 하얀 연기가 뿜어져 나오는 것을 보았다. 나는 거리를 둔 채 쫓아갔다. P-38기는 해안을 가로질러 바다 쪽으로 날아가서는 파도에 닿을락말락할 정도로 고도를 낮추었다. 내가 그 제트전투기를 따라가는데 갑자기 우측 엔진에서 불길이 솟아 올랐다. 우측 날개가 물에 닿는 듯 하더니 바다 속으로 곤두박질쳤다. 비행기는 공중에서 몇 번 재주를 넘다가 물속으로 가라앉아 버렸다. 추락은 1205 시각에, 대략 세인트-라파엘 남쪽 10킬로미터 지점, 지도상으로는 AT 지역쯤에서 발생했다.

우리는 다른 적기와는 더 부딪치는 일이 없이 되돌아 왔다.

이상의 기록을 강하게 확증시켜주는 또 다른 기록이 하나 잔존해 있다. 그것은 1944년 비오에 살고 있었던 끌로드 알랭 재거 씨의 기록 문서이다.

두 기록문을 대조해 보았을 때 딱 한 가지 다른 점은 폭격을 받은 비행기가 바닷속으로 추락한 지점에 관한 것뿐이다. 어쨌거나 독일 전투기가 같은 시각, 같은 지역에서 P-38기를 한꺼번에 두 대를 격추시킨 것은 아니지 않겠는가.

끌로드 알랭 재거 씨의 회상

1944년 7월 나는 17년 하고 반년이 더 지난 나이의 학생이었고, 알페스 마리티메즈의 비오에서 살고 있었다. 나는 1944년 1월부터 시작하여 프랑스가 해방된 날인 1944년 8월 24일까지 내내 전쟁의 전반적 양상들이 보여주는 다양한 사건들을 관찰하여 기록하는 습관을 들였다.

7월 31일 내가 적은 내용은 이와 같다.

"오전 11시경 3000미터 상공에서 흰 연기가 꼬리처럼 뿜어져 나오는 것을 보았다. 정오가 되었을 때 저공비행을 하며 약하나마 대공 폭격은 계속되었다…"

이것은 페스탈로찌 노트에 기록되어 있었다. (그것은 스위스 어린 애들이 보통 사용하는 표준 포켓용 노트였다)

사실의 기록: 발마스크의 포대 마을 서편에서 일정 간격으로 지상 포화 소리 (아마도 20mm구경 대공 기관총일 것이다) 가 들려오는 바람에 나는 깜짝 놀라서 비오의 부모님 댁 창밖을 내다보았다. 창문은 니스 쪽을 향해서 나 있었다. 거기서 내다보이는 광경들은 널찍했다. 왼쪽에는 그라스. 위편으로 꾸르메뜨 산봉우리가 보였고 오른쪽에는 바다(비오의 요항)가 펼쳐져 있었다. 비오의 마을은 해발 8미터 지점의 암석 지대 위에 위치해 있다. 창문들 바로 맞은편에는 넓이가 400미터 가량이나 되는 깊은 계곡이 놓여 있었다.

나는 이중 기체를 지닌 은회색 비행기가 그라스 방향에서 날아오는 것을 아주 선명하게 보았다. 비행기는 3800미터 밀어진 바다 쪽을 향해 전속력을 내며 날아가고 있었다.

그것은 지붕 위를 스치고 지나갔다. 비행기의 한쪽 날개에 그려진 미국기와 그 곁에 그려진 프랑스의 3색기가 내 눈에 확 띄었다. 날개 탱크는 없었다. 조종사는 검은색 비행복을 입고 있었다. 비행기는 3,

4초가량 계속 시야에 들어왔다. (아직 제트기가 나오기 전 시대였다.) 기체의 꽁무니에서 연기가 나지도 않았고 엔진 고장이나, 대공 포화로 인한 연기도 일지 않았다.

주석 : 나는 이전에 『과학과 생명』이나, 독일 주간지 등을 포함하여 다른 잡지들을 통해 P-38 제트 전투기를 사진으로 본 일이 있었으므로 알아보기는 쉬웠다.

76세이신 내 어머니 또한 비행기가 날아 지나간 것을 기억하고 계시다. 어머님도 그때 나와 함께 창밖을 내다보셨기 때문이다. 우리는 생각했다.

"멋진 미국 비행기야. 하지만 왜 프랑스기가 달린 걸까?"

비오에 살던 다른 사람들도 이 비행기를 보았지만 날짜나 시간을 기록하지 않았다. 그들은 현 비오 시장인 마르셀 까마뜨 씨와, 로저 레오네이다.

나는 왜 이 사실을 미리 알리지 않았던가? 우선 나는 노트를 어디 두었는지를 잊어버렸다가 1976년에야 다시 발견했던 것이다. 또한 나는 '생텍쥐페리의 실종과 내가 본 광경'을 전혀 연관시켜 보지 않았다. 나는 전쟁 잡지에서 그의 글 중 한 편을 읽고 나서 1977년 가발르 장군에게 편지를 썼다.

장군은 조사가 입증한 바로는 그 날 바로그 지역에서 임무를 수행하던 유일한 P-38기의 조종사가 생텍쥐페리였다는 회답을 보내왔다.

가발르 장군은 이후 또 다른 증인으로부터 서신을 받았다. 그 증인은 당시 아홉 살 반의 어린아이로서, 비오 기차역에 바로 인접한 안티베스의 라 퐁똔느 지역에서 살고 있었다. 7월 말 경 어느 날 그 증인은 두 대의 다른 비행기에 의해 추격당하는 비행기 한 대를 보았던 모양이다.

꾸스또 사령관이나, 프랑스 해군이라면 비행기가 바닷속으로 추락한 정확한 지점을 집어낼 수 있을는지도 모르겠다.

그 날은 구름 한 점 없는 아름다운 날이었다. 햇빛은 밝게 빛나고 있었다. 죽기에는 너무 아까운 좋은 날씨였다…

이미 설명한 바와 같이 레이더 탐지기는 아무것도 잡아내지 못했다. 즉, P-38기가 상당히 저공비행을 했음에 틀림없다는 이야기다.

격추된 비행기가 날아간 정확한 행선과, 그것이 바닷물 속으로 추락한 정확한 지점은 의문점으로 남아있다. 독일 조종사가 지도상으로는 AT 지역에 표시를 남기긴 했지만, 생텍쥐페리는 비오 상공을 날다가 오른쪽으로 선회하여 세인트 라파엘 남쪽으로 날아갔을 가능성이 있다. 그렇다면 헤첼레의 보고문에 기록된 사항들이 맞다는 소리가 된다. 아니면 몬테 카를로 쪽으로 곧장 날아갔을지도 모른다. 이 경우에는 독일 소령 레오플드 뵘의 다음 기록과 일치하게 될 것이다.

1944년 7월 하순께였다. 나는 빌프란체에서 몬테 카를로 지역에 이르는 수비대를 맡고 있었다. 내가 있던 곳은 '개 머리'라 불리우는 장소의 한 별장이었다. 나는 부상 중이었으므로 보다 더 잘 보기 위해서 아예 침대를 베란다로 내놓았다.

지루한 순간이라고는 한 순간도 없었다. 나는 헨솔드 망원경으로 가끔 코르시카 해안가에서 부서지는 파도까지 볼 수 있었다. 그 날, 나는 수평선 위로 세 개의 점들이 나타나는 것을 볼 수 있었다. 몬테 카를로 쪽으로 날아가는 세 대의 비행기들이었다. 이 세 대의 비행기들은 바닷물 위를 스치다시피 하면서 순항 중이었다.

그들은 내가 바라보는 지점 쪽으로 곧장 날아왔다. 추격하던 두 대의 비행기들은 앞의 비행기가 파도 위에 불시착하도록 뒤쫓아 공격하더니, 다시 수평 비행자세로 되돌아가서 곧 사라져 버렸다.

가장 신빙성이 있어 보이는 기록들은 끌로드알랭 재거, 레오플드 뵘, 그리고 로버트 헤첼레의 것이다.

다시 인간의 자리를 생각하며

어느 시대 어느 상황에서나 우리들 인간에게 부여되는 최고의 과제는 우리 스스로 인간임을 확인하는 것이 아닐까 한다. 어려운 시대, 혼미한 상황일수록 우리가 구해야 하는 것은 우리 스스로 설 자리를 되새겨보는 것이다.

그것은 때로 구도(求道)의 길처럼 어렵고 외로운 길일 수도 있으리라. 그 외로운 길을 과감히 일구어가는 길에 우리들의 생텍쥐페리가 있다. 그는 온 생애를 모든 인간, 우리들을 대신하듯 이 정열적으로 전진해 갔다. 지중해의 하늘과 바다 속에 자신을 산화할 때까지…

그는 일찍이 실신하면서까지 인간을 향하여 나아간 적이 있다. 광막한 사막을 가로질렀다. 오직 한 사람이라도 인간을 만나기 위해서 그는 끝없이 걸었다. 그리고 인간을 만났다.

그의 삶이 바로 그대로가 아니었을까? 그는 언제나 모든 인간을 책임지기라도 하는 듯이 외로운 싸움을 했다. 당연히 그의 문학은 오락이 아니었고. 사변도 아니었다. 오직 삶을 밝힐 뿐이었다.

거기에는 모든 것이 어우러졌다. 인간적인 모든 것에서 비롯되는 이야기가 피어나는 것이었다. 그것은 따가운 햇살처럼 뜨거운 에세이이기도 했고. 몽상이 피어오르는 우화이기도 했고. 준열한 자기 기록이기도 했다.

오늘 이렇게 외람되게 옮겨 보는 글들은 생텍쥐페리가 가장 정열적으로 그의 생애 최후로 자기를 불태우던 시절에 기록한 것들이다.

편지일 수도, 일기일 수도, 그저 낙서일 수도 있는 글들이 바로 삶의 편린(片鱗)을 그대로 재발견할 수 있는 기회를 준다.

그 무렵 그는 절규를 했었다. "나는 이 시대를 견딜 수가 없다"고.

그 견딜 수 없는 시대를 그는 철저히 자기를 불태움으로써 극복하려고 하지 않았을까?

전시(戰時)라는 인간성 불모의 시절을 통감하면서 그는 인간이 설 자리를 찾고자 얼마나 몸부림쳤을까? 혼미와 극한 상황 속에서 그의 세계는 어떻게 유지될 수 있었던 것일까? 웃을 수도 울 수도 없는 비극, '복합비극' 속에서 그의 의식세계는 더 확산되었을지도 모른다.

옮긴이는 바로 그 기대를 함께 확인하고 싶어서 감히 이 글을 옮길 수 있었다. 그리고 그것을 유감없이 확인할 수 있었다.

이 우울한 서울의 하늘 아래에서도 생텍쥐페리의 인간을 찾아 함께 전진하며, 함께 인간이고자 하는 행로를 되새겨 볼 수 있을 것만 같았다.

읽는 이들의 동참과 공감이 미흡한 번역을 가려 줄 수 있길 바라며 미진한 펜을 놓는다.

설영환